Heinrich Heine

Sämmtliche Werke

Erster Theil

SALZWASSER
VERLAG

Heinrich Heine

Sämmtliche Werke

Erster Theil

Unveränderter Nachdruck der Originalausgabe von 1865.

1. Auflage 2022 | ISBN: 978-3-37501-031-7

Verlag: Salzwasser Verlag GmbH, Zeilweg 44, 60439 Frankfurt, Deutschland
Vertretungsberechtigt: E. Roepke, Zeilweg 44, 60439 Frankfurt, Deutschland
Druck: Books on Demand GmbH, In de Tarpen 42, 22848 Norderstedt, Deutschland

H. Heine's

sämmtliche Werke.

Heinrich Heine's

sämmtliche Werke.

Rechtmäßige Original-Ausgabe.

Hamburg.

1865.

Dichtungen

von

Heinrich Heine.

Erster Theil.

Buch der Lieder.

Hamburg.

1865.

Inhalt.

Die im Inhaltsverzeichnis mit einem * bezeichneten Gedichte fehlen in der von Heine geordneten Separatausgabe des „Buches der Lieder;" die mit einem † versehenen sind auch in der französischen Ausgabe enthalten.

Seite

Vorwort des Herausgebers XIII

Buch der Lieder.

Vorrede zur zweiten Auflage 3
Vorrede zur dritten Auflage 12
Vorrede zur dritten Auflage der „Reisebilder" 16
Vorrede zur fünften Auflage des „Buchs der Lieder" 17
Vorrede zur französischen Ausgabe der Gedichte 18

Junge Leiden.
1817—1821.

Traumbilder.

Mir träumte einst von wildem Liebesglühn 27
† Ein Traum, gar seltsam schauerlich 28
† Im nächt'gen Traum hab' ich mich selbst geschaut 32
Im Traum sah ich ein Männchen, klein und putzig . . . . —
† Was treibt und tobt mein tolles Blut 33
Im süßen Traum, bei stiller Nacht 35
Nun hast du das Kaufgeld, nun zögerst du doch 38
† Ich kam von meiner Herrin Haus 41
Ich lag und schlief, und schlief recht mild 48
Da hab' ich viel' blasse Leichen 49

Lieder.

* Die du bist so schön und rein 51
* Einsam klag' ich meine Leiden 52
* Jedweder Geselle sein Mädel am Arm 53
* Wenn ich bei meiner Liebsten bin 54

Seite
Morgens steh' ich auf und frage 55
Es treibt mich hin es treibt mich her . . . . —
Ich wandelte unter den Bäumen 56
Lieb Liebchen, leg's Händchen aufs Herze mein . . . . —
Ich wollte, meine Lieder 57
In Vaters Garten heimlich steht . . . . —
Schöne Wiege meiner Leiden 58
Warte, warte, wilder Schiffsmann 59
Berg' und Burgen schaun herunter 60
Anfangs wollt' ich fast verzagen 61
Oben, wo die Sterne glühen . . . . —
Mit Rosen, Cypressen und Flittergold 62

Romanzen.

Die Weihe 64
Der Traurige 66
Bergstimme 67
Zwei Brüder 68
Der arme Peter 1—3 70
Lied des Gefangenen 72
Die Grenadiere 73
Die Botschaft 74
Die Heimführung 75
Don Ramiro 76
Die Romanze vom Rodrigo 83
Belsazer 85
Die Minnesänger 87
Ständchen eines Mauren 88
Die Fensterschau 89
Der wunde Ritter 90
Wasserfahrt 91
Das Liedchen von der Reue 92
An eine Sängerin 94
Die Lehre 96
Das Lied von den Dukaten 97
Gespräch auf der Paderborner Heide 98
Traum und Leben 100
Lebensgruß 101
Wahrhaftig 102

Sonette.

Sonettenkranz an A. W. von Schlegel. 1—3 103
An den Hofrath Georg S(artorius) 105

Seite

* An J. B. R(ousseau) 106
* An Franz von Z. 107
An meine Mutter B. Heine, Geborne von Geldern. 1. 2. 108
An H. Str. 109
* Das projektirte Denkmal Goethe's zu Frankfurt am Main 110
* Bamberg und Würzburg . . . . —
* „Das Bild," Trauerspiel von E. von Houwald 111
* „Aucassin und Nicolette." An J. F. Koreff . . . . —
* Die Nacht auf dem Drachenfels 112
* An Fritz St(einmann) 113
Fresko-Sonette an Christian S(ethe).
Ich tanz' nicht mit, ich räuchre nicht den Klötzen 113
Gieb her die Larv', ich will mich jetzt maskiren 114
Ich lache ob den abgeschmackten Laffen 115
Im Hirn spukt mir ein Märchen wunderfein . . . . —
In stiller, wehmuthweicher Abendstunde 116
Als ich vor einem Jahr dich wiederblickte . . . . —
Hüt dich, mein Freund, vor grimmen Teufelsfratzen 117
* Wie nähm' die Armuth bald bei mir ein Ende 118
* Die Welt war mir nur eine Marterkammer . . . . —
Du sahst mich oft im Kampf mit jenen Schlingeln 119
Ich möchte weinen, doch ich kann es nicht . . . . —
* An Sie 120

Übersetzungen aus Lord Byron's Werken.

1821.

Vorbemerkung 122
* Manfred. Erster Aufzug 123
* Lebewohl 134
* An Inez 137
* Gut' Nacht 138

Lyrisches Intermezzo.

1822—1823.

Prolog 147
† Im wunderschönen Monat Mai 149
† Aus meinen Thränen sprießen . . . . —
† Die Rose, die Lilje, die Taube, die Sonne 150
† Wenn ich in deine Augen seh' . . . . —
Dein Angesicht, so lieb und schön 151
† Lehn deine Wang' an meine Wang' . . . . —
† Ich will meine Seele tauchen 152
† Es stehen unbeweglich . . . . —

	Seite
† Auf Flügeln des Gesanges	153
† Die Lotosblume ängstigt	154
† Im Rhein, im schönen Strome	—
† Du liebst mich nicht, du liebst mich nicht	155
* Du sollst mich liebend umschließen	—
† O schwöre nicht und küsse nur	156
† Auf meiner Herzliebsten Äugelein	—
† Die Welt ist dumm, die Welt ist blind	157
† Liebste, sollst mir heute sagen	—
† Wie die Wellenschaumgeborene	158
† Ich grolle nicht, und wenn das Herz auch bricht	—
† Ja, du bist elend, und ich grolle nicht	159
Das ist ein Flöten und Geigen	—
† So hast du ganz und gar vergessen	160
† Und wüssten's die Blumen, die kleinen	—
† Warum sind denn die Rosen so blass	161
† Sie haben dir Viel erzählet	162
† Die Linde blühte, die Nachtigall sang	163
† Wir haben Viel für einander gefühlt	—
* Ich glaub' nicht an den Himmel	164
† Du bliebest mir treu am längsten	—
Die Erde war so lange geizig	165
† Und als ich so lange, so lange gesäumt	166
Die blauen Veilchen der Äugelein	—
Die Welt ist so schön und der Himmel so blau	167
† Mein süßes Lieb, wenn du im Grab	—
† Ein Fichtenbaum steht einsam	168
* Schöne, helle, goldne Sterne	—
† Ach, wenn ich nur der Schemel wär'	169
† Seit die Liebste war entfernt	—
† Aus meinen großen Schmerzen	170
† * Ich kann es nicht vergessen	—
† Philister im Sonntagsröcklein	171
† Manch Bild vergessener Zeiten	172
† Ein Jüngling liebt ein Mädchen	173
* Freundschaft, Liebe, Stein der Weisen	—
† Hör' ich das Liedchen klingen	174
* Es schauen die Blumen alle	—
† Mir träumte von einem Königskind	175
† Mein Liebchen, wir saßen beisammen	—
Aus alten Märchen winkt es	176
† Ich hab' dich geliebet und liebe dich noch	177

Seite

† Am leuchtenden Sommermorgen 177
† Es leuchtet meine Liebe 178
† Sie haben mich gequälet 179
† Es liegt der heiße Sommer . . . . —
† Wenn Zwei von einander scheiden 180
† Sie saßen und tranken am Theetisch . . . . —
† Vergiftet sind meine Lieder 181
† Mir träumte wieder der alte Traum 182
† Ich steh' auf des Berges Spitze . . . . —
Mein Wagen rollet langsam 183
† Ich hab' im Traum geweinet 184
† Allnächtlich im Traume seh' ich dich . . . . —
† Das ist ein Brausen und Heulen 185
† Der Herbstwind rüttelt die Bäume . . . . —
† Es fällt ein Stern herunter 186
† Der Traumgott bracht' mich in ein Riesenschloß 187
† Die Mitternacht war kalt und stumm 188
† Am Kreuzweg wird begraben 189
† Wo ich bin, mich rings umdunkelt . . . . —
† Nacht lag auf meinen Augen 190
† Die alten, bösen Lieder 192

Die Heimkehr.

1823—1824.

† In mein gar zu dunkles Leben 199
† Ich weiß nicht, was soll es bedeuten 200
† Mein Herz, mein Herz ist traurig 201
† Im Walde wandl' ich und weine 202
† Die Nacht ist feucht und stürmisch . . . . —
† Als ich auf der Reise zufällig 203
† Wir saßen am Fischerhause 204
† Du schönes Fischermädchen 205
† Der Mond ist aufgegangen 206
* Auf den Wolken ruht der Mond 207
* Eingehüllt in graue Wolken 208
† Der Wind zieht seine Hosen an . . . . —
† Der Sturm spielt auf zum Tanze 209
† Der Abend kommt gezogen 210
† Wenn ich an deinem Hause 211
† Das Meer erglänzte weit hinaus 212
† Da droben auf jenem Berge 213
* Du Lilje meiner Liebe 214

Seite
† Am fernen Horizonte . . . 214
† Sei mir gegrüßt, du große . . . 215
† So wandl' ich wieder den alten Weg . . . 216
† Ich trat in jene Hallen . . . —
† Still ist die Nacht, es ruhen die Gassen . . . —
† Wie kannst du ruhig schlafen . . . 217
† Die Jungfrau schläft in der Kammer . . . 218
† Ich stand in dunkeln Träumen . . . 219
† Ich unglücksel'ger Atlas! . . . —
Die Jahre kommen und gehen . . . 220
† Mir träumte: traurig schaute der Mond . . . —
† Was will die einsame Thräne . . . 221
† Der bleiche, herbstliche Halbmond . . . 222
† Das ist ein schlechtes Wetter . . . 223
† Man glaubt, dass ich mich gräme . . . 224
† Deine weißen Liljenfinger . . . 225
Hat sie sich denn nie geäußert . . . —
† Sie liebten sich Beide, doch Keiner . . . 226
† Und als ich euch meine Schmerzen geklagt . . . —
† Ich rief den Teufel und er kam . . . —
† Mensch, verspotte nicht den Teufel . . . 227
† Die heil'gen drei Könge aus Morgenland . . . 228
† Mein Kind, wir waren Kinder . . . —
† Das Herz ist mir bedrückt, und sehnlich . . . 230
† Wie der Mond sich leuchtend dränget . . . —
† Im Traum sah ich die Geliebte . . . 231
† Theurer Freund! was soll es nützen . . . 232
† Werdet nur nicht ungeduldig . . . 233
† Nun ist es Zeit, dass ich mit Verstand . . . —
† Den König Wiswamitra . . . 234
† Herz, mein Herz, sei nicht beklommen . . . —
† Du bist wie eine Blume . . . 235
† Kind! es wäre dein Verderben . . . —
† Wenn ich auf dem Lager liege . . . 236
Mädchen mit dem rothen Mündchen . . . —
† Mag da draußen Schnee sich thürmen . . . 237
Andre beten zur Madonne . . . —
† Verrieth mein blasses Angesicht . . . 238
Theurer Freund, du bist verliebt . . . —
† Ich wollte bei dir weilen . . . 239
† Saphire sind die Augen dein . . . 240
† Habe mich mit Liebesreden . . . 241

		Seite
†	Zu fragmentarisch ist Welt und Leben	241
	Ich hab' mir lang' den Kopf zerbrochen	242
†	Sie haben heut Abend Gesellschaft	—
†	Ich wollt' meine Schmerzen ergössen	243
†	Du hast Diamanten und Perlen	244
†	Wer zum ersten Male liebt	—
*	Zu der Lauheit und der Flauheit	245
*	O, mein gnädiges Fräulein, erlaubt	—
†	Gaben mir Rath und gute Lehren	246
	Diesen liebenswürd'gen Jüngling	—
†	Mir träumt: ich bin der liebe Gott	247
†	Ich hab' euch im besten Juli verlassen	249
†	Von schönen Lippen fortgedrängt, getrieben	250
†	Wir fuhren allein im dunkeln	—
†	Das weiß Gott, wo sich die tolle	251
†	Wie dunkle Träume stehen	—
*	Hast du die Lippen mir wund geküsst	252
†	Und bist du erst mein ehlich Weib	253
*	Als sie mich umschlang mit zärtlichem Pressen	—
*	In den Küssen welche Lüge	254
†	An deine schneeweiße Schulter	—
†	Es blasen die blauen Husaren	255
	Habe auch, in jungen Jahren	—
†	Bist du wirklich mir so feindlich	256
†	Ach, die Augen sind es wieder	—
*	Himmlisch war's, wenn ich bezwang	257
*	Blamier mich nicht, mein schönes Kind	—
*	Ja, Freund, hier unter den Linden	258
†	Selten habt ihr mich verstanden	—
†	Doch die Kastraten klagten	259
†	Auf den Wällen Salamanka's	—
†	Neben mir wohnt Don Henriquez	260
†	Kaum sahen wir uns, und an Augen und Stimme	261
†	Über die Berge steigt schon die Sonne	—
†	Zu Halle auf dem Markt	262
*	Schöne, wirthschaftliche Dame	—
†	Dämmernd liegt der Sommerabend	263
†	Nacht liegt auf den fremden Wegen	—
†	Der Tod Das ist die kühle Nacht	264
†	Sag, wo ist dein schönes Liebchen	—
	Götterdämmerung	265
	Ratcliff	268
†	Donna Clara	272

	Seite
* An Edom	275
* Mit einem Exemplar des „Rabbi von Bacharach"	276
† Almansor. 1—3	277
† Die Wallfahrt nach Kevlaar. 1—3	282

Aus der Harzreise.

1824.

Prolog	289
Auf dem Hardenberge	290
Berg-Idylle. 1—3	291
Der Hirtenknabe	299
Auf dem Brocken	301
Die Ilse	302

Die Nordsee.

1825—1826.

Erster Cyklus.

† Krönung	309
† Abenddämmerung	311
Sonnenuntergang	312
† Die Nacht am Strande	314
† Poseidon	317
Erklärung	319
† Nachts in der Kajüte	320
Sturm	323
† Meeresstille	325
† Seegespenst	326
† Reinigung	329
† Frieden	330

Zweiter Cyklus.

† Meergruß	333
† Gewitter	335
† Der Schiffbrüchige	336
Untergang der Sonne	338
Der Gesang der Okeaniden	340
† Die Götter Griechenlands	344
† Fragen	347
Der Phönix	348
* Seekrankheit	350
† Im Hafen	352
† Epilog	355

Vorwort des Herausgebers.

Von dem Grundsatze ausgehend, daſs eine Gesammtausgabe der Heine'schen Werke alle Arbeiten des Verfassers enthalten muſs, die von ihm selbst oder sichern Gewährsmännern jemals dem Druck übergeben worden sind, habe ich in den nachfolgenden Bänden auch solche Gedichte aufgenommen, die nur ein einziges Mal in Zeitschriften, Almanachen ꝛc. veröffentlicht wurden. Aus ästhetischen Gründen hielt ich mich für verpflichtet, bei dem Abdruck sämmtlicher Gedichte die Fassung l e t z t e r H a n d zu Grunde zu legen, und auch die später vom Verfasser gestrichenen Strophen nur in den Noten unter dem Text mitzutheilen.

In der Reihenfolge der einzelnen Gedichte bin ich dem von Heine selbst getroffenen Arrangement möglichst treu gefolgt und habe mich bemüht, die eingeschalteten Lieder so zu placieren, wie es die Rücksicht auf ihre Entstehungszeit und auf die einheitliche Stimmung der betreffenden Cyklen zu erfordern schien.

Die von Fr. Steinmann unter H. Heine's Namen veröffentlichten Piecen habe ich nur insoweit für echt angenommen, als dieselben vor dem Tode des Dichters publiciert worden sind. — Die in der „Abendzeitung“ 1820 und 1821 mit der Unterschrift „Heine“ abgedruckten Gedichte sind nicht von Heinrich Heine verfasst, wie aus folgender Erklärung*) hervorgeht:

„Bitte.

„Der mir unbekannte Verfasser des „Der Herbst“ betitelten und bloß „Heine“ unterzeichneten Gedichts in Nr. 242 der „Abendzeitung“ würde mir einen ziemlich großen Gefallen erzeigen und missdeutungsfähiger Berichtigungen mich überheben, wenn er die Güte haben wollte, seiner Namensunterschrift wenigstens den Anfangsbuchstaben eines Vornamens beizufügen.

„Berlin, den 16. Oktober 1821.

„Heinrich Heine.“

---

*) Abgedruckt im „Bemerker,“ Nr. 19, Beilage zum 174. Blatte des „Gesellschafters,“ vom 31. Oktober 1821.

Ebenso ist das, im Pariser „Vorwärts!“ (1846) und in andern Journalen unter H. Heines Namen mitgetheilte Scherzgedicht: „Den Gärtner ernährt sein Spaten ꝛc.“ nicht von unserm Dichter, sondern gegen Ende der zwanziger Jahre von W. Neumann verfasst und veröffentlicht worden.

Auf das genaueste habe ich in den Noten durch jedesmalige Nachweisung des ältesten, mir bekannt gewordenen Abdrucks, die Entstehungszeit der einzelnen Gedichte zu bestimmen gesucht. Die Varianten sind, wenn nicht ausdrücklich eine andere Quelle bezeichnet ist, immer dem ältesten Abdruck entnommen. Ohne Zweifel wird es dem Leser von Interesse sein, durch Vergleichung dieser zahlreichen Varianten mit den späteren Verbesserungen — denn fast jede Änderung, die Heine an seinen Dichtungen vornahm, war eine erhebliche Verbesserung — einen Einblick in die geheimnisvolle Werkstatt des schaffenden Dichtergeistes zu gewinnen.

Die erste Ausgabe des „Buches der Lieder“ erschien 1827. — In der französischen Ausgabe der Gedichte (Poëmes et Légendes, — Drames et Fantaisies) ist, außer den im Inhaltsverzeichnisse vermerkten, auch noch das Vorworts-Gedicht zur dritten Auflage des „Buches der Lieder“ als „Prolog“ zum „Intermezzo“ enthalten.

Abkürzungszeichen in den Textnoten.

G. = Gedichte, von H. Heine. Berlin, in der Maurer'schen Buchhandlung. 1822.

Tr. = Tragödien, nebst einem lyrischen Intermezzo, von H. Heine. Berlin, Verlag von F. Dümmler. 1823.

B. d. L. = Buch der Lieder, von H. Heine.

Buch der Lieder.

Vorrede
zur zweiten Auflage.

Diese neue Ausgabe des „Buchs der Lieder“ kann ich dem überrheinischen Publikum nicht zuschicken, ohne sie mit freundlichen Grüßen in ehrlichster Prosa zu begleiten. Ich weiß nicht, welches wunderliche Gefühl mich davon abhält, dergleichen Vorworte, wie es bei Gedichtesammlungen üblich ist, in schönen Rhythmen zu versificieren. Seit einiger Zeit sträubt sich Etwas in mir gegen alle gebundene Rede, und, wie ich höre, regt sich bei manchen Zeitgenossen eine ähnliche Abneigung. Es will mich bedünken, als sei in schönen Versen allzu viel gelogen worden und die Wahrheit scheue sich, in metrischen Gewanden zu erscheinen.

Nicht ohne Befangenheit übergebe ich der Lesewelt den erneueten Abdruck dieses Buches. Es hat mir die größte Überwindung gekostet, ich habe fast ein ganzes Jahr gezaudert, ehe ich mich zur flüchtigen Durchsicht desselben entschliessen konnte. Bei seinem Anblick erwachte in mir all jenes Unbehagen, das mir einst vor zehn Jahren, bei der ersten Publikation, die Seele beklemmte. Verstehen wird diese Empfindung nur der Dichter oder Dichterling, der seine ersten Gedichte gedruckt sah. Erste Gedichte! Sie müssen auf nachlässigen, verblichenen Blättern geschrieben sein, dazwischen hie und da müssen welke Blumen liegen, oder eine blonde Locke, oder ein verfärbtes Stückchen Band, und an mancher Stelle muss noch die Spur einer Thräne sichtbar sein ... Erste Gedichte aber, die gedruckt sind, grell schwarz gedruckt auf entsetzlich glattem Papier, diese haben ihren süßesten, jungfräulichsten Reiz verloren, und erregen bei dem Verfasser einen schauerlichen Missmuth.

Ja, es sind nun zehn Jahre, seitdem diese Gedichte zuerst erschienen, und ich gebe sie, wie damals, in chronologischer Folge, und ganz voran ziehen wieder Lieder, die in jenen früheren Jahren gedichtet worden, als die ersten Küsse der deutschen Muse in meiner Seele brannten. Ach, die Küsse dieser guten Dirne verloren seitdem sehr Viel von ihrer Gluth und Frische! Bei so langjährigem Verhältnis musste die Inbrunst der Flitterwochen allmählich verrauchen; aber die Zärtlichkeit wurde manchmal um so herzlicher, besonders in schlechten Tagen, und da bewährte sie mir ihre ganze Liebe und Treue, die deutsche Muse! Sie tröstete mich in heimischen Drangsalen, folgte mir in's Exil, erheiterte mich in bösen Stunden des Verzagens, ließ mich nie in Stich, sogar in Geldnoth wusste sie mir zu helfen, die deutsche Muse, die gute Dirne!

Eben so wenig, wie an der Zeitfolge, änderte ich an den Gedichten selbst. Nur hie und da in der ersten Abtheilung wurden einige Verse verbessert. Der Raumersparnis wegen habe ich die Dedikationen der ersten Auflage weggelassen *). Doch kann ich nicht umhin zu erwähnen, dass das lyrische Intermezzo einem Buche entlehnt ist, welches unter dem Titel „Tragödien" im Jahr 1823 erschien und meinem Oheim Salomon Heine zugeeignet worden. Die hohe Achtung, die ich diesem großartigen Manne zollte, so wie auch meine Dankbarkeit für die Liebe, die er mir damals bewiesen, wollte ich durch jene Widmung beurkunden. „Die Heimkehr," welche zuerst in den „Reisebildern" erschien, ist der seligen Friederike Varnhagen von

*) Dieselben sind der vorliegenden Ausgabe wieder beigefügt.

Der Herausgeber.

Ense gewidmet, und ich darf mich rühmen, der Erste gewesen zu sein, der diese große Frau mit öffentlicher Huldigung verehrte. Es war eine große That von August Varnhagen, dass er, alles kleinliche Bedenken abweisend, jene Briefe veröffentlichte, worin sich Rahel mit ihrer ganzen Persönlichkeit offenbart. Dieses Buch kam zur rechten Zeit, wo es eben am besten wirken, stärken und trösten konnte. Das Buch kam zur trostbedürftig rechten Zeit. Es ist, als ob die Rahel wusste, welche posthume Sendung ihr beschieden war. Sie glaubte freilich, es würde besser werden, und wartete; doch als das Warten kein Ende nahm, schüttelte sie ungeduldig den Kopf, sah Varnhagen an, und starb schnell — um desto schneller auferstehen zu können. Sie mahnt mich an die Sage jener anderen Rahel, die aus dem Grabe hervorstieg und an der Landstraße stand und weinte, als ihre Kinder in die Gefangenschaft zogen.

Ich kann ihrer nicht ohne Wehmuth gedenken, der liebreichen Freundin, die mir immer die unermüdlichste Theilnahme widmete und sich oft nicht wenig für mich ängstigte in jener Zeit meiner jugendlichen Übermüthen, in jener Zeit, als die Flamme der Wahrheit mich mehr erhitzte, als erleuchtete...

Diese Zeit ist vorbei! Ich bin jetzt mehr erleuchtet, als erhitzt. Solche kühle Erleuchtung kommt aber immer zu spät bei den Menschen. Ich sehe jetzt im klarsten Lichte die Steine, über welche ich gestolpert. Ich hätte ihnen so leicht ausweichen können, ohne darum einen unrechten Weg zu wandeln. Jetzt weiß ich auch, dass man in der Welt sich mit Allem befassen kann, wenn man nur die dazu nöthigen Handschuhe anzieht. Und dann sollten wir nur Das thun, was thunlich ist und wozu wir am meisten Geschick haben, im Leben wie in der Kunst. Ach! zu den unseligsten Missgriffen des Menschen gehört, dass er den Werth der Geschenke, die ihm die Natur am bequemsten entgegen trägt, kindisch verkennt, und dagegen die Güter, die ihm am schwersten zugänglich sind, für die kostbarsten ansieht. Den Edelstein, der im Schoße der Erde festgewachsen, die Perle, die in den Untiefen des Meeres verborgen, hält der Mensch für die besten Schätze; er würde sie gering achten, wenn die Natur sie gleich Kieseln und Muscheln zu seinen Füßen legte. Gegen unsere Vorzüge sind wir gleichgültig; über unsere Gebrechen suchen wir uns so lange zu täuschen, bis wir sie endlich für Vortrefflichkeiten halten. Als ich einst nach einem Koncerte von Paganini diesem Meister mit leidenschaftlichen Lobsprüchen über sein Violinspiel entgegentrat, unterbrach er mich mit den Worten: „Aber wie gefielen Ihnen heute meine Komplimente, meine Verbeugungen?"

Bescheidenen Sinnes und um Nachsicht bittend übergebe ich dem Publikum das „Buch der Lieder;" für die Schwäche dieser Gedichte mögen vielleicht meine politischen, theologischen und philosophischen Schriften einigen Ersatz bieten.

Bemerken muss ich jedoch, dass meine poetischen, eben so gut wie meine politischen, theologischen und philosophischen Schriften, einem und demselben Gedanken entsprossen sind, und dass man die einen nicht verdammen darf, ohne den andern allen Beifall zu entziehen. Zugleich erlaube ich mir auch die Bemerkung, dass das Gerücht, als hätte jener Gedanke eine bedenkliche Umwandlung in meiner Seele erlitten, auf Angaben beruhet, die ich eben so verachten wie bedauern muss. Nur gewissen bornierten Geistern konnte die Milderung meiner Rede, oder gar mein erzwungenes Schweigen, als ein Abfall von mir selber erscheinen. Sie missdeuteten meine Mäßigung, und Das war um so liebloser, da ich doch nie ihre Überwuth missdeutet habe. Höchstens dürfte man mich einer Ermüdung beschuldigen. Aber ich habe ein Recht, müde zu sein . . . Und dann muss Jeder dem Gesetze der Zeit gehorchen, er mag wollen oder nicht . . .

Und scheint die Sonne noch so schön,
Am Ende muss sie untergehn!

Die Melodie dieser Verse summt mir schon den ganzen Morgen im Kopfe und klingt vielleicht wieder aus Allem, was ich so eben geschrieben. In einem Stücke von Raimund, dem wackern Komiker, der sich unlängst aus Melancholie todtgeschossen, erscheinen Jugend und Alter als allegorische Personen, und das Lied, welches die Jugend singt, wenn sie von dem Helden Abschied nimmt, beginnt mit den erwähnten Versen. Vor vielen Jahren, in München, sah ich dieses Stück; ich glaube, es heißt: „Der Bauer als Millionär.“ Sobald die Jugend abgeht, sieht man, wie die Person des Helden, der allein auf der Scene zurückbleibt, eine sonderbare Veränderung erleidet. Sein braunes Haar wird allmählich grau und endlich schneeweiß; sein Rücken krümmt sich, seine Kniee schlottern; an die Stelle des vorigen Ungestüms tritt eine weinerliche Weichheit . . . das Alter erscheint.

Naht diese winterliche Gestalt auch schon dem Verfasser dieser Blätter? Gewahrst du schon, theurer Leser, eine ähnliche Umwandlung an dem Schriftsteller, der immer jugendlich, fast allzu jugendlich, in der Literatur sich bewegte? Es ist ein betrübender Anblick, wenn ein Schriftsteller vor unseren Augen, Angesichts des ganzen Publikums, allmählich alt wird. Wir haben's gesehen, nicht bei Wolfgang Goethe, dem ewigen Jüngling, aber bei August Wilhelm von Schlegel, dem bejahrten Gecken; wir haben's gesehen, nicht bei Adalbert Chamisso, der mit jedem Jahre sich blüthenreicher verjüngt, aber wir sahen es bei Herrn Ludwig Tieck, dem ehemaligen romantischen Strohmian, der jetzt ein alter räudiger Muntsche geworden ... O, ihr Götter, ich bitte euch nicht, mir die Jugend zu lassen, aber lasst mir die Tugenden der Jugend, den uneigennützigen Groll, die uneigennützige Thräne! Lasst mich nicht ein alter Polterer werden, der aus Neid die jüngeren Geister ankläfft, oder ein matter Jammermensch, der über die gute alte Zeit beständig flennt ... Lasst mich ein Greis werden, der die Jugend liebt und trotz der Alterschwäche noch immer Theil nimmt an ihren Spielen und Gefahren! Mag immerhin meine Stimme zittern und beben, wenn nur der Sinn meiner Worte unerschrocken und frisch bleibt!

Sie lächelte gestern so sonderbar, halb mitleidig, halb boshaft, die schöne Freundin, als sie mit ihren rosigen Fingern meine Locken glättete ... Nicht wahr, du hast auf meinem Haupte einige weiße Haare bemerkt?

„Und scheint die Sonne noch so schön,
Am Ende muss sie untergehn!“

Geschrieben zu Paris, im Frühjahr 1837.

Heinrich Heine.

Vorrede

zur dritten Auflage*).

Das ist der alte Märchenwald!
Es duftet die Lindenblüthe!
Der wunderbare Mondenglanz
Bezaubert mein Gemüthe.

Ich ging fürbaß, und wie ich ging,
Erklang es in der Höhe.
Das ist die Nachtigall, sie singt
Von Lieb' und Liebeswehe.

Sie singt von Lieb' und Liebesweh',
Von Thränen und von Lachen,
Sie jubelt so traurig, sie schluchzet so froh,
Vergessene Träume erwachen. —

*) Das nachstehende Gedicht ward, unter der Überschrift: „Die Liebe," zuerst in der „Zeitung für die elegante Welt," Nr. 172, vom 3. September 1839, abgedruckt.

Ich ging fürbass, und wie ich ging,
Da sah ich vor mir liegen
Auf freiem Platz ein großes Schloss,
Die Giebel hoch aufstiegen.

Verschlossene Fenster, überall
Ein Schweigen und ein Trauern;
Es schien, als wohne der stille Tod
In diesen öden Mauern.

Dort vor dem Thor lag eine Sphinx,
Ein Zwitter von Schrecken und Lüsten,
Der Leib und die Tatzen wie ein Löw',
Ein Weib an Haupt und Brüsten.

Ein schönes Weib! Der weiße Blick,
Er sprach von wildem Begehren;
Die stummen Lippen wölbten sich
Und lächelten stilles Gewähren.[1]

Die Nachtigall, sie sang so süß,
Ich konnt' nicht widerstehen —
Und als ich küsste das holde Gesicht,
Da war's um mich geschehen.

---

1) holdes Gewähren.

Lebendig ward das Marmorbild,
Der Stein begann zu ächzen —
Sie trank meiner Küsse[2] lodernde Gluth
Mit Dürsten und mit Lechzen.

Sie trank mir fast den Odem aus —
Und endlich, wollustheischend,
Umschlang sie mich, meinen armen Leib
Mit den Löwentatzen zerfleischend.

Entzückende Marter und wonniges Weh!
Der Schmerz wie die Lust unermesslich!
Derweilen des Mundes Kuss mich beglückt,
Verwunden die Tatzen mich grässlich.

Die Nachtigall sang! „O schöne Sphinx!"
O Liebe! was soll es bedeuten,
Dass du vermischest mit Todesqual
All' deine Seligkeiten?

„O schöne Sphinx! O löse mir
Das Räthsel, das wunderbare!
Ich hab' darüber nachgedacht
Schon manche tausend Jahre."

* * *

[2]) Sie trank der Küsse

— Das hätte ich Alles sehr gut in guter Prosa sagen können . . . Wenn man aber die alten Gedichte wieder durchliest, um ihnen, Behufs eines erneueten Abdrucks, einige Nachfeile zu ertheilen, dann überrascht Einen unversehens die klingelnde Gewohnheit des Reims und Silbenfalls, und siehe! es sind Verse, womit ich diese dritte Auflage des „Buchs der Lieder" eröffne. O Phöbus Apollo! sind diese Verse schlecht, so wirst du mir gern verzeihen . . . Denn du bist ein allwissender Gott, und du weißt sehr gut, warum ich mich seit so vielen Jahren nicht mehr vorzugsweise mit Maß und Gleichklang der Wörter beschäftigen konnte . . . Du weißt, warum die Flamme, die einst in brillanten Feuerwerkspielen die Welt ergötzte, plötzlich zu weit ernsteren Bränden verwendet werden musste . . . Du weißt, warum sie jetzt in schweigender Gluth mein Herz verzehrt . . . Du verstehst mich, großer schöner Gott, der du ebenfalls die goldene Leier zuweilen vertauschtest mit dem starken Bogen und den tödtlichen Pfeilen . . . Erinnerst du dich auch noch des Marsyas, den du lebendig geschunden? Es ist schon lange her, und ein ähnliches Beispiel thät' wieder noth . . . Du lächelst, o mein ewiger Vater!

Geschrieben zu Paris, den 20. Februar 1839.

Heinrich Heine.

Vorrede

zur dritten Auflage der „Reisebilder."

Einige Gedichte, die in der ersten Auflage dieses Buches den Schluss der „Heimkehr" bildeten, durften dieser dritten Auflage um so eher entzogen werden, da sie den Einklang des Buches mehr störten als förderten, und außerdem in einer neueren Gesammtausgabe meiner Gedichte zu finden sind. In letzterer — „Buch der Lieder von Heinrich Heine. Dritte Auflage. Hamburg, bei Hoffmann und Campe. 1839." — erlaubte ich mir weder eine spätere Nachfeile, noch irgend eine Abweichung von der chronologischen Ordnung, so dass darin die frühesten Anfänge und letzten Ausbildungen jener Gedichte, die seitdem als eine Art Volkslieder der neueren Gesellschaft so mannigfach nachgeklungen, bequem und belehrsam zu überschauen sind.

Paris, den 24. Juni 1839.

Heinrich Heine.

Vorrede

zur fünften Auflage des „Buchs der Lieder."

Der vierten Auflage dieses Buches konnte ich leider keine besondere Sorgfalt widmen, und sie wurde ohne vorhergehende Durchsicht abgedruckt. Eine Versäumnis solcher Art wiederholte sich glücklicherweise nicht bei dieser fünften Auflage, indem ich zufällig in dem Druckorte verweilte und die Korrektur selber besorgen konnte. Hier in demselben Druckorte, bei Hoffmann und Campe in Hamburg, publiciere ich gleichzeitig unter dem Titel „Neue Gedichte" eine Sammlung poetischer Erzeugnisse, die wohl als der zweite Theil des „Buchs der Lieder" zu betrachten ist. — Den Freunden im Vaterlande meine heitersten Scheidegrüße!

Geschrieben zu Hamburg, den 21. August 1844.

Heinrich Heine.

Vorrede
zur französischen Ausgabe der Gedichte.

Das Buch, welches ich gegenwärtig veröffentliche, enthält die französische Uebersetzung eines Theiles jener lyrischen Produktionen, die mir in meiner Heimat den Namen eines Dichters verschafft haben. Es ist ein schöner Name und wohl eben so Viel werth wie der eines großen Tribunen, dessen ich mich gleichfalls eine Zeitlang erfreute; ich spüre davon noch den bitteren Nachgeschmack.

Die äußerliche Ökonomie dieses Bandes gestattete mir nicht, hier eine vollständige Sammlung meiner Gedichte zu geben; aber eine Auswahl zu treffen ist ein schwierig Ding für das Vaterherz eines Poeten, der gleich zärtliche Gefühle für all' seine gereimten Sprößlinge hegt. In dieser Verlegenheit ergriff ich den Ausweg, hier nur diejenigen Poesien zusammen zu stellen, welche ich schon früher in meinen Mußestunden übersetzt, und diejenigen hinzuzufügen, welche ich zu verschiedenen Zeiten schon in Journalen im Verein mit Freunden publiciert hatte, die sowohl die Kunst des Stiles, wie die noch seltnere Kunst der Geduld besaßen.

Ich konnte mir die wehmüthige Freude nicht versagen, in diesem Buche die graciösen Bemerkungen wieder abzudrucken, welche mein verstorbener Freund Gerard de Nerval dem „Intermezzo“ und der „Nordsee“ vorausschickte. Ich vermag nicht ohne tiefe Rührung an die Abende des Märzmonats 1848 zu denken, wo der gute sanfte Gerard mich tagtäglich in meiner Einsamkeit an der Barrière de la Santé besuchte, um ruhig mit mir an der Übersetzung meiner friedlichen deutschen Träumereien zu arbeiten, während um uns her alle politischen Leidenschaften tobten und die alte Welt mit furchtbarem Getöse zusammenbrach! In unsre ästhetischen und gar idyllischen Gespräche versenkt, hörten wir nicht das Geschrei des famösen Weibes mit den großen Brüsten, welche damals durch die Gassen von Paris rannte und ihr Lied heulte: „Des lampions! des lampions!“, die Marseillaise der Februarrevolution, unseligen Angedenkens. Leider war mein Freund Gerard, selbst in seinen lichten Tagen, beständigen Zerstreuungen unterworfen, und ich bemerkte, — jedoch zu spät, um den Irrthum zu verbessern, — dass er sieben Gedichte des Cyklus, welcher „Die Nordsee“ bildet, überschlagen. Ich habe diese Lakune in meiner Dichtung gelassen, um nicht dem Ganzen Abbruch zu thun, dessen harmonische Einheit der Farbe und des Rhythmus durch die Einschaltung von Versuchen meiner eigenen ungewandten Feder hätte gestört werden können. Gerard's Sprache floss mit einer lieblichen und unnachahmbaren Reinheit dahin, welche nur der unvergleichlichen Anmuth seiner Seele ähnlich sah. Er war mehr eine Seele, als ein Mensch, ja eine Engelseele, wie abgedroschen das Wort auch sei. Diese Seele war in hohem Grade sympathisch, und, ohne Viel von der deutschen Sprache zu verstehen, errieth Gerard besser den Sinn eines in deutscher Sprache verfassten Gedichts, als Diejenigen, welche diese Mundart zum Studium ihres Lebens gemacht. Und er war ein großer Künstler; die Parfüms seiner Gedanken waren stets von schön ciselierten Golddöschen umschlossen. Indess besaß er keine Spur von künstlerischem Egoismus; er war von einer kindlichen Offenherzigkeit und von sensitivem Zartgefühl; er war gut, er liebte alle Welt, und beneidete Niemand; er hat keiner Fliege was zu Leide gethan; er zuckte die Achseln, wenn ihn zufällig ein Kläffer gebissen. — Und trotz all' dieser Vorzüge des Talents, der Anmuth und der Herzensgüte hat mein Freund Gerard auf die bekannte Art sein Leben in der verrufenen Gasse de la Vieille-Lanterne beschlossen.

Die Armuth war nicht die Ursache dieses finsteren Vorfalls, aber sie hat mit dazu beigetragen. Jedenfalls ist es erwiesen, dass der Unglückliche in der Stunde des Verderbens nicht einmal ein anständiges, wohlgeheiztes Zimmer zur Verfügung hatte, wo man mit Bequemlichkeit seine Vorkehrungen treffen konnte, um sich zu . . .

Armer Junge! du verdientest wohl die Thränen, welche deinem Andenken geflossen, und ich vermag die meinigen beim Niederschreiben dieser Zeilen nicht zu hemmen. Aber deine irdischen Leiden haben aufgehört, während die deines Mitarbeiters von der Barrière de la Santé noch immer ihren Fortgang nehmen. — Lass dich von diesen Worten nicht allzu weichherzig stimmen, lieber Leser; der Tag ist vielleicht nicht fern, wo du all deines Mitleids für dich selber bedürfen wirst. Kennst du dein eigenes Ende?

Aber kehren wir zu den Liedern und Romanzen zurück, welche in diesem Buche gesammelt sind. Ich habe über jedem Abschnitte die Zeit seines Entstehens bemerkt. Das ist ein Dienst, für welchen mir die forschenden Kritiker Dank wissen werden, die mit so vieler Lust in den Werken eines Dichters dem Ursprung seiner Gedanken nachspüren und die geheimen Richtungen seines Geistes während seiner verschiedenen Lebensphasen aufdecken. Meine ersten lyrischen Produktionen finden sich in den „Nachtstücken,“ und datieren von 1816. Es sind die vier ersten Gedichte, und sie gehörten einem Cyklus toller Traumbilder an. Zu derselben Zeit schrieb ich „Die beiden Grenadiere,“ und diese jugendliche Produktion ward 1822 in meiner ersten Gedichtesammlung gedruckt. Ich mache diese chronologische Bemerkung, damit es nicht den Anschein hat, als wandelte ich in den Fußstapfen eines österreichischen Dichters.

Ich habe gesagt, daß sich in den „Nachtstücken“ das erste kindliche Lallen des lyrischen Dichters findet; seine letzten Seufzer, fast möchte ich sagen: sein Todesröcheln, findet man am Schlusse dieses Bandes in einer Reihe von Lamentationen, welche ich „Das Buch Lazarus“ betitelt habe. Die Übersetzung ist das Werk eines eben so scharfsinnigen wie eleganten Schriftstellers, dem es besser als vielen seiner Landsleute gelungen ist, sich die geistigen

Schätze des ernsthaften und gelehrten Deutschlands anzueignen, ohne dabei die erheblichen und reichen Vorzüge des französischen Geistes zu opfern. Ich habe der Versuchung nicht widerstehn können, die paar Zeilen wieder abzudrucken, welche „Das Buch Lazarus“ begleiten.

Indem ich gleichfalls die Vorrede mit abdruckte, welche dem Wintermärchen „Deutschland“ vorangeht, entging es meiner Beachtung, daſs jene Worte für das deutsche Publikum, und nicht für den französischen Leser bestimmt waren, der wahrscheinlich das Gedicht „Deutschland“ hin und wieder zu deutsch und zu unverständlich finden wird. Ich gestehe, daſs darin eine Menge urdeutscher Anspielungen vorkommt, die eines mehrbändigen Kommentars bedürften. Außerdem finden sich daselbst zahlreiche Stellen, wo der Gedanke des Verfassers mit grotesk drolligen Reimen spielt, deren Abwesenheit die französische Version manchmal sehr matt, wo nicht gar läppisch, gestalten muß.

Es ist immer ein sehr gewagtes Unternehmen, ein metrisches Werk, das einer Sprache germanischen Stammes angehört, in der Prosa einer romanischen Mundart wiederzugeben. Der tiefinnerste Gedanke des Originals verflüchtigt sich leicht in der Übersetzung, und es bleibt nur ein stroherner

Mondschein zurück, wie ein boshafter Mensch mit Bezug auf meine übersetzten Gedichte spöttelte.

Ich grüße dich, lieber Leser, und bitte Gott, dass er dich segne und behüte.

Paris, den 25. Juni 1855.

Heinrich Heine.

Junge Leiden.

(1817—1821.)

Traumbilder.

1.*

Mir träumte einst von wildem Liebesglühn,[1]
Von hübschen Locken, Myrten und Resede,
Von süßen Lippen und von bittrer Rede,
Von düstrer Lieder düstern Melodien.

Verblichen und verweht sind längst die Träume,
Verweht ist gar[2] mein liebstes Traumgebild!
Geblieben ist mir nur, was gluthenwild[3]
Ich einst gegossen hab' in weiche Reime.

Du bliebst, verwaistes Lied! Verweh jetzt auch,
Und such das Traumbild, das mir längst entschwunden,
Und grüß es mir,[4] wenn du es aufgefunden —
Dem luft'gen Schatten send' ich luft'gen Hauch.

*) Dies Gedicht bildete die „Zueignung" der von Heine 1822 bei Maurer in Berlin veröffentlichten „Gedichte."
1) Minneglühn.
2) Verweht ist auch
3) glutherfüllt
4) Und grüße mir's

2.*

Ein Traum, gar seltsam schauerlich,
Ergötzte und erschreckte mich.[1]
Noch schwebt mir vor manch grausig Bild,
Und in dem Herzen wogt es wild.[2]

Das war[3] ein Garten, wunderschön,
Da wollt' ich lustig[4] mich ergehn;
Viel' schöne Blumen sahn mich an,[5]
Ich hatte meine Freude dran.

Es zwitscherten die Vögelein
Viel' muntre[6] Liebesmelodein;
Die Sonne roth, von Gold umstrahlt,[7]
Die Blumen[8] lustig bunt bemalt.

Viel[9] Balsamduft aus Kräutern rinnt,
Die Lüfte wehen lieb und lind;
Und Alles schimmert, Alles lacht,
Und zeigt mir freundlich seine Pracht.

*) Dies Gedicht ward, mit der Überschrift: „Der Traum." unterzeichnet: „Sy. Freudhold Riesenharf," zuerst in „Hamburg's Wächter," 17. Stück, vom 8. Februar 1817. — und unter der Überschrift: „Die Wundermaid" 1822, in den „Gedichten" abgedruckt.

1) Ein langer Traum, gar fürchterlich
Und wundersam, erschreckte mich.

2) Und stürmt und wogt im Busen wild.

3) Es war
Da war ꝛc., B. d. L. 1. Aufl.

4) traulich

5) Viel' Blümlein meine Augen sahn,

6) Gar muntre

7) Von Goldglanz schien die Sonn' umstrahlt,
Von Goldglanz war die Sonn' umstrahlt, G.
Die Sonne war von Gold umstrahlt, B. d. L. 1. Auflage.

8) Die Blümchen
Die Blümlein G.

9) Süß

Inmitten[10] in dem Blumenland
Ein klarer Marmorbrunnen[11] stand;
Da schaut' ich eine schöne Maid,
Die emsig wusch ein weißes Kleid.

Die Wänglein süß[12], die Äuglein mild,
Ein blondgelocktes Heil'genbild;[13]
Und wie ich schau', die Maid ich fand
So fremd und doch so wohlbekannt.

Die schöne Maid, die sputet sich,
Sie summt ein Lied gar wunderlich:[14]
„Rinne, rinne Wässerlein,
Wasche mir das Linnen rein!“[15]

Ich ging und nahete mich ihr,[16]
Und flüsterte:[17] O sage mir,
Du wunderschöne, süße Maid,
Für wen ist dieses weiße Kleid?[18]

Da sprach sie schnell: „Sei bald bereit,
Ich wasche dir dein Todtenkleid!“
Und als sie Dies gesprochen kaum,
Zerfloß das ganze Bild wie Schaum. —[19]

Und fortgezaubert stand ich bald
In einem düstern, wilden Wald.[20]

10) Und mitten
11) Marmorbronnen
12) Die Wangen bleich,
13) Ein wundersames Himmelsbild!
14) Die schöne Maid beeilt sich sehr,
Sie summt ein seltsam Liedchen her:
15) Wasche, wasche Hemde rein!“
16) Ich kam und näh'rte mich zu ihr,
Ich kam und nahete mich ihr, G.
17) Und lispelte:
18) Du wonnevolle, schöne Maid,
Wem höret dieses weiße Kleid?
19) Und wie sie Dies gesprochen dar,
Auf einmal Alles schwunden war. —
20) Anstarrte mich ein wilder Wald;
Gar schauerlich war's drin und kalt,
Wie fortgezaubert &c. G.
Schnell fortgezaubert &c. B. d. L.
1 Auflage.

Die Bäume ragten himmelan;
Ich stand erstaunt[21] und sann und sann.

Und horch! welch dumpfer Wiederhall![22]
Wie ferner Äxtenschläge Schall;
Ich eil' durch Busch und Wildnis fort,
Und komm' an einen freien Ort.

Inmitten in dem grünen Raum,
Da stand ein großer Eichenbaum;
Und sieh! mein Mägdlein wundersam
Haut mit dem Beil den Eichenstamm.[23]

Und Schlag auf Schlag, und sonder Weil'
Summt sie ein Lied und schwingt das Beil:
„Eisen blink, Eisen blank,
Zimmre hurtig Eichenschrank!"

Ich ging und nahete mich ihr,[24]
Und flüsterte:[25] O sage mir,
Du wundersüßes Mägdelein,[26]
Wem zimmerst du den Eichenschrein?

Da sprach sie schnell: „Die Zeit ist karg,
Ich zimmre deinen[27] Todtensarg!"
Und als sie Dies gesprochen kaum,
Zerfloß das ganze Bild wie Schaum. —[28]

Es lag so bleich, es lag so weit
Ringsum nur kahle, kahle Heid';

21) Ich stand und staunt'
22) Vernehme dumpfen Wiederhall,
23) Und sieh! die Maid ich wieder schaut',
Die emsig in den Eichstamm haut.
24) Ich kam und näh'rte mich zu ihr.
Ich kam und nahete mich ihr. G.
25) Und lispelte:
26) Du wonnevolle Magedein,
27) Ich zimmre dir den
28) Und wie sie Dies gesprochen dar,
Auf einmal Alles schwunden war.

Ich wusste nicht, wie mir geschah,
Und heimlich schaudernd[29] stand ich da.

Und nun ich eben fürder schweif',
Gewahr' ich einen weißen Streif;
Ich eilt' drauf zu,[30] und eilt' und stand,
Und sieh! die schöne Maid ich fand.

Auf weiter Heid' stand weiße Maid,
Grub tief die Erd'[31] mit Grabescheit.
Kaum wagt' ich noch sie anzuschaun,
Sie war so schön und doch ein Graun.[32]

Die schöne Maid, die sputet sich,
Sie summt ein Lied gar wunderlich:[33]
„Spaten, Spaten, scharf und breit,
Schaufle Grube tief und weit!"

Ich ging und nahete mich ihr,[34]
Und flüsterte:[35] O sage mir,
Du wunderschöne, süße Maid,[36]
Was diese Grube hier bedeut't?

Da sprach sie schnell: „Sei still, ich hab'[37]
Geschaufelt dir ein kühles Grab."[38]
Und als so sprach die schöne Maid,[39]
Da öffnet sich die Grube weit.

29) schauernd
30) Ich eil' herzu.
31) Grub in die Erd'
32) So mild und schön, und doch voll Graun.
33) Die schöne Maid beeilt sich sehr,
Sie summt ein seltsam Liedchen her:
34) Ich kam und näh'rte mich zu ihr,
Ich kam und nahete mich ihr, G.
35) Und lispelte:
36) Du wonnevolle, schöne, Maid,
37) „Bereit dich hab,
„Sei still, mein Knab', G.
38) Ich schaufle dir dein eignes Grab,
Ich schaufle dir ein kühles Grab." B. d. L. 1. Auflage.
39) die Wundermaid,

Und als ich[40] in die Grube schaut',
Ein kalter Schauer[41] mich durchgraut;
Und in die dunkle Grabesnacht[42]
Stürzt' ich hinein, — und bin erwacht.

3.*

Im nächt'gen Traum hab' ich mich selbst geschaut,
In schwarzem[1] Galafrack und seidner Weste,
Manschetten an der Hand, als ging's zum Feste,
Und vor mir stand mein Liebchen, süß und traut.
Ich beugte mich und sagte: „Sind Sie Braut?
Ei! ei! so gratulier' ich, meine Beste!"
Doch fast die Kehle mir zusammenpresste
Der langgezogne, vornehm kalte Laut.
Und bittre Thränen plötzlich sich ergossen
Aus Liebchens Augen, und in Thränenwogen
Ist mir das holde Bildnis fast zerflossen.
O süße Augen, fromme Liebessterne
Obschon ihr mir im Wachen oft gelogen,
Und auch im Traum, glaub' ich euch dennoch gerne!

4.**

Im Traum sah ich ein Männchen, klein und putzig,
Das ging auf Stelzen, Schritte ellenweit,
Trug weiße Wäsche und ein feines Kleid,
Inwendig aber war es grob und schmutzig.

40) Und da ich
41) Schauder
42) Mitternacht

*) Mit der Überschrift: „Der Glückwunsch" zuerst abgedruckt in den „Gedichten," 1822.

1) Im schwarzen B. d. L. 1. Aufl.

**) Mit der Überschrift: „Die Trauung" zuerst abgedruckt in den „Gedichten," 1822.

Inwendig war es jämmerlich, nichtsnutzig,
Jedoch von außen voller Würdigkeit;
Von der Kourage sprach es lang und breit,
Und that sogar recht trutzig und recht stutzig.[1]
„Und weißt du, wer Das ist? Komm her und schau!“
So sprach der Traumgott, und er zeigt mir schlau
Die Bilderfluth in eines Spiegels Rahmen.
Vor einem Altar stand das Männchen da,
Mein Lieb daneben, Beide sprachen: „Ja!“
Und tausend Teufel riefen lachend: „Amen!“

5.*

Was treibt und tobt mein tolles Blut?
Was flammt mein Herz in wilder Gluth?
Es kocht mein Blut und schäumt[1] und gährt,
Und grimme Gluth mein Herz verzehrt.

Das Blut ist toll, und gährt und schäumt,
Weil ich den bösen Traum geträumt:[2]
Es kam der finstre Sohn der Nacht,
Und hat mich keuchend fortgebracht.

Er bracht' mich in ein helles Haus,
Wo Harfenklang und Saus und Braus,
Und Fackelglanz und Kerzenschein;[3]
Ich kam zum Saal, ich trat hinein.

[1]) recht stutzig und recht trutzig.

*) Mit der Überschrift: „Die Hochzeit“ zuerst abgedruckt in den „Gedichten,“ 1822.

[1]) und zischt

[2]) Mein Blut ist toll, die Flamme wild,
Weil zu mir kam ein Traumgebild;

[3]) Wo Fackelglanz und Harfenbraus;
Viel' dumpfe Stimmen schollen drein;

Das war ein lustig Hochzeitfest;
Zu Tafel saßen froh die Gäst'.
Und wie ich nach dem Brautpaar schaut', —
O weh! mein Liebchen war die Braut.[4]

Das war mein Liebchen wunnesam,
Ein fremder Mann war Bräutigam;[5]
Dicht hinterm Ehrenstuhl der Braut,
Da blieb ich stehn, gab keinen Laut.

Es rauscht Musik, — gar still stand ich;
Der Freudenlärm betrübte mich.
Die Braut, sie blickt so hochbeglückt,
Der Bräut'gam ihre Hände drückt.[6]

Der Bräut'gam füllt den Becher sein
Und trinkt daraus, und reicht gar fein
Der Braut ihn hin; sie lächelt Dank, —
O weh! mein rothes Blut sie trank.

Die Braut ein hübsches Äpflein nahm,
Und reicht es hin dem Bräutigam.
Der nahm sein Messer, schnitt hinein, —
O weh! Das war das Herze mein.

Sie äugeln süß, sie äugeln lang,
Der Bräut'gam kühn die Braut umschlang,
Und küsst sie auf die Wangen roth,
O weh! mich küsst der kalte Tod.

4) Gar vornehm saß der Bräut'gam da, —
O weh! mein Lieb als Braut ich sah.

5) Es war mein eignes Liebchen süß,
Die dort ein Mann sein Bräutchen hieß;

6) Der Bräut'gam oft gar zärtlich blickt,
Die Braut erwiedert's hold, und nickt.

Wie Blei lag meine Zung' im Mund,
Dass ich kein Wörtlein sprechen kunnt'.
Da rauscht es auf, der Tanz begann;
Das schmucke Brautpaar tanzt voran.

Und wie ich stand so leichenstumm,
Die Tänzer schweben flink herum; —
Ein leises Wort der Bräut'gam spricht,[7]
Die Braut wird roth, doch zürnt sie nicht. — —

6.*

Im süßen Traum, bei stiller Nacht,
Da kam zu mir mit Zaubermacht,
Mit Zaubermacht, die Liebste mein,
Sie kam zu mir ins Kämmerlein.[1]

Ich schau' sie an, das holde Bild!
Ich schau' sie an, sie lächelt mild,[2]
Und lächelt, bis das Herz mir schwoll,
Und stürmisch kühn das Wort entquoll:

„Nimm hin, nimm Alles, was ich hab',
Mein Liebstes tret' ich gern dir ab,[3]

[7]) Zwei leise Wörtlein der Bräut'gam spricht,
Die Braut wird roth, doch zürnt sie nicht,

Des Bräut'gams Augen Funken sprühn,
Schön Bräutchens Wangen schamhaft glühn;
Sie schleichen fort ins Brautgemach —
Ich aber schleiche hintennach.

Ich schleich' einher und zittre sehr,
Rings um mich flammt ein Gluthenmeer,
Die Erde unter mir erkracht, —
Da zuckt mein Herz — und ich erwacht'.

*) Mit der Überschrift: „Der Kampf“ zuerst abgedruckt in den „Gedichten“ 1822.

1) Da kam zu mir mit Zauberpracht
Die lang ersehnte Liebste mein,
Und goss mir Gluth ins Herz hinein.

2) Und wie ich schau', erglüh' ich wild,
Und wie ich schau', sie lächelt mild,

3) „Nimm hin, nimm Alles, was da mein,
Mein Liebstes will ich gern dir weihn,

Dürft' ich dafür dein Buhle sein,
Von Mitternacht bis Hahnenschrein."

Da staunt mich an gar seltsamlich,
So lieb, so weh und inniglich,
Und sprach zu mir die schöne Maid:
„O, gieb[4] mir deine Seligkeit!"

„Mein Leben süß, mein junges Blut,
Gäb' ich mit Freud' und wohlgemuth
Für dich, o Mädchen, engelgleich, —
Doch nimmermehr das Himmelreich."

Wohl braust hervor mein rasches Wort,
Doch blühet schöner immerfort,
Und immer spricht die schöne Maid:
„O, gieb mir deine Seligkeit!"

Dumpf dröhnt dies Wort mir ins Gehör,
Und schleudert mir ein Gluthenmeer
Wohl in der Seele tiefsten Raum;[5]
Ich athme schwer, ich athme kaum. —

Das waren weiße Engelein,
Umglänzt von goldnem Glorienschein;[6]
Nun aber stürmte wild herauf
Ein gräulich schwarzer Koboldhauf.

Die rangen mit den Engelein,
Und drängten fort die Engelein;
Und endlich auch die schwarze Schar
In Nebelduft zerronnen war. —

4) So gib
5) Wohl in den tiefsten Seelenraum:
6) Die glänzten hell im Rosenschein;

Ich aber wollt' in Lust vergehn,
Ich hielt im Arm mein Liebchen schön;
Sie schmiegt sich an mich wie ein Reh,
Doch weint sie auch mit bitterm Weh.[7]

Feins Liebchen weint; ich weiß warum,
Und küss' ihr Rosenmündlein stumm —
„O still', feins Lieb, die Thränenfluth,
Ergieb dich meiner Liebesgluth![8]

„Ergieb dich meiner Liebesgluth —"[9]
Da plötzlich starrt zu Eis mein Blut;
Laut bebet auf der Erde Grund,
Und öffnet gähnend sich ein Schlund.[10]

Und aus dem schwarzen Schlunde steigt
Die schwarze Schar; — feins Lieb erbleicht![11]
Aus meinen Armen schwand feins Lieb;
Ich ganz alleine stehen blieb.

Da tanzt im Kreise wunderbar
Um mich herum die schwarze Schar,
Und drängt heran, erfasst mich bald.
Und gellend Hohngelächter schallt.

Und immer enger wird der Kreis,
Und immer summt die Schauerweis':
„Du gabest hin die Seligkeit,
Gehörst uns nun in Ewigkeit!"

7) Wie'n Rehlein süß umschlingt sie mich,
Doch weint sie auch recht bitterlich.
8) Gieb her, feins Lieb, nur Minnegluth!
9) Minnegluth" —
10) seinen Schlund.
11) Und aus dem Abgrund, schwarz und graus,
Stieg wild die schwarze Schar heraus.

7.*

Nun hast du das Kaufgeld, nun zögerst du doch?
Blutfinstrer Gesell, was zögerst du noch?
Schon sitze ich harrend im Kämmerlein traut,
Und Mitternacht naht schon, — es fehlt nur die Braut.

Viel schauernde Lüftchen vom Kirchhofe wehn; —
Ihr Lüftchen! habt ihr[1] mein Bräutchen gesehn?
Viel' blasse Larven gestalten sich da,
Umknixen mich grinsend und nicken: „O ja!"

Pack aus, was bringst du für Botschafterei,
Du schwarzer Schlingel in Feuerlivrei?
„Die gnädige Herrschaft meldet sich an,
Gleich kommt sie gefahren im Drachengespann."

Du lieb[2] grau Männchen, was ist dein Begehr?
Mein todter Magister, was treibt[3] dich her?
Er schaut mich mit schweigend trübseligem Blick,
Und schüttelt das Haupt und wandelt zurück.

Was winselt und wedelt der zott'ge Gesell?[4]
Was glimmert Schwarz-Katers Auge so hell?
Was heulen die Weiber mit fliegendem Haar?
Was lullt mir Frau Amme mein Wiegenlied gar?

*) Mit der Überschrift: „Die Brautnacht" zuerst abgedruckt im Berliner „Gesellschafter," 93. Blatt, vom 11. Juni 1821.
1) Ihr Lüftchen, ei! habt ihr
2) Du herzlieb
3) treibet
4) mein zott'ger Gesell?

Frau Amme, bleib heut mit dem Singsang zu Haus,
Das Eiapopeia ist lange schon aus;
Ich feire ja heute[5] mein Hochzeitfest, —
Da schau mal, dort kommen schon zierliche Gäst'.

Da schau mal! Ihr Herren, Das nenn' ich galant!
Ihr tragt, statt der Hüte, die Köpf' in der Hand!
Ihr Zappelbein-Leutchen im Galgen-Ornat,
Der Wind ist still, was kommt ihr so spat?[6]

Da kommt auch alt Besenstielmütterchen schon,[7]
Ach, segne mich, Mütterchen, bin ja dein Sohn.
Da zittert der Mund im weißen Gesicht;
„In Ewigkeit, Amen!" das Mütterchen spricht.[8]

Zwölf winddürre Musiker schlendern herein;
Blind Fiedelweib holpert wohl hinterdrein.[9]
Da schleppt der Hanswurst, in buntscheckiger[10] Jack,
Den Todtengräber huckepack.

Es tanzen zwölf Klosterjungfraun[11] herein;
Die schielende Kupplerin führet den Reihn.
Es folgen[12] zwölf lüsterne Pfäffelein schon,
Und pfeifen ein Schandlied im Kirchenton.

Herr Trödler, o schrei dir nicht blau das Gesicht.
Im Fegfeuer nützt mir dein Pelzröckel nicht;
Dort heizet man gratis jahraus, jahrein,
Statt mit Holz, mit Fürsten- und Bettlergebein.

5) Ich feire gar heute G.
6) warum kommt ihr so spat?
7) Alt Besenstielmütterchen wackelt dort schon,
8) alt Mütterchen spricht.
9) hintendrein.
10) buntscheckichter
11) Da tanzen zwölf Klosterjungfrauen
12) Da folgen

Die Blumenmädchen sind bucklicht und krumm,
Und purzeln kopfüber im Zimmer herum.
Ihr Eulengesichter und Heuschreckenbein,[13]
Hei! lasst mir das Rippengeklapper nur sein!

Die sämmtliche Höll' ist los fürwahr,
Und lärmet und schwärmet in wachsender Schar;
Sogar der Verdammnis-Walzer erschallt, —
Still, still! nun kommt mein Feinsliebchen auch bald.

Gesindel, sei still, oder trolle dich fort!
Ich höre kaum selber mein leibliches Wort, —
Ei, rasselt nicht eben ein Wagen vor?
Frau Köchin! wo bist du? schnell öffne das Thor;

Willkommen, Feinsliebchen, wie geht's dir, mein Schatz?
Willkommen, Herr Pastor, ach, nehmen Sie Platz!
Herr Pastor mit Pferdefuß[14] und Schwanz,
Ich bin Eur Ehrwürden[15] Diensteigener ganz!

Lieb Bräutchen, was stehst du so stumm und so bleich?[16]
Der Herr Pastor schreitet zur Trauung sogleich;
Wohl zahl' ich ihm theure, bluttheure Gebühr,
Doch, dich zu besitzen, gilt's Kinderspiel mir.

Knie nieder, süß Bräutchen, knie hin mir zur Seit'! —
Da kniet sie, da sinkt sie, — o selige Freud'!
Sie sinkt mir ans Herz, an die schwellende Brust,
Ich halt' sie[17] umschlungen mit schauernder Lust.

13) mit Heuschreckenbein,
14) Pferdefüßen
15) Hochwürden
16) so stumm und bleich?
17) Ich hielt sie

Die Goldlockenwellen umspielen[18] uns Beid':
An mein Herze pochte das Herze der Maid.
Sie pochen[19] wohl beide vor Lust und vor Weh,
Und schweben[20] hinauf in die Himmelshöh.

Die Herzlein schwimmen[21] im Freudensee,
Dort oben in Gottes heil'ger Höh;
Doch auf den Häuptern, wie Grausen und Brand,
Da hat die Hölle gelegt die Hand[22]

Das ist der finstre Sohn der Nacht,
Der hier den segnenden Priester macht;
Er murmelt die Formel aus blutigem Buch,
Sein Beten ist Lästern, sein Segen ist Fluch.

Und es krächzet und zischet und heulet toll,
Wie Wogengebrause, wie Donnergeroll; —
Da blitzet auf einmal ein bläuliches Licht, —
„In Ewigkeit, Amen!" das Mütterchen spricht.[23]

8.*

Ich kam vor meiner Herrin Haus,
Und wandelt' in Wahnsinn und Mitternachtgraus.
Und wie ich am Kirchhof vorübergehn will,
Da winken die Gräber ernst und still.

18) umspielten
19) Sie pochten
20) Und schwebten
21) Die Herzlein schwammen
22) Doch über den Häuptern viel Grausen sich regt,
Da hatte die Hölle die Hand gelegt.
23) alt Mütterchen spricht.

*) Mit der Überschrift: „Der Kirchhof" zuerst abgedruckt im „Gesellschafter," 73. Blatt, vom 7. Mai 1821.

Da winkt's von des Spielmanns Leichenstein,
Das war der flimmernde Mondesschein.
Da lispelt's: „Lieb Bruder, ich komme gleich!“
Da steigt's aus dem Grabe nebelbleich.

Der Spielmann war's, der entstiegen jetzt,
Und hoch auf den Leichenstein sich setzt.
In die Saiten der Zither greift er schnell,
Und singt dabei recht hohl und grell:

„Ei! kennt ihr noch das alte Lied,
Das einst so wild die Brust durchglüht,
Ihr Saiten, dumpf und trübe?
Die Engel, Die nennen es Himmelsfreud',
Die Teufel, Die nennen es Höllenleid,
Die Menschen, Die nennen es — Liebe!“

Kaum tönte des letzten Wortes Schall,
Da thaten sich auf die Gräber all';
Viel' Luftgestalten dringen hervor,
Umschweben[1] den Spielmann und schrillen im Chor:

„Liebe! Liebe! deine Macht
Hat uns hier zu Bett gebracht,
Und die Augen zugemacht, —
Ei, was rufst du in der Nacht?“

So heult es verworren, und ächzet und girrt,
Und brauset und sauset, und krächzet und klirrt;
Und der tolle Schwarm den Spielmann umschweift,
Und der Spielmann wild in die Saiten greift:

1) Und umschweben G.

„Bravo! Bravo! immer toll!
Seid willkommen!
Habt vernommen
Daß mein Zauberwort erscholl!
Liegt man doch jahraus, jahrein,
Mäuschenstill im Kämmerlein;
Lasst uns heute lustig sein!
Mit Vergunst, —
Seht erst zu, sind wir allein? —
Narren waren wir im Leben,
Und mit toller Wuth ergeben
Einer tollen Liebesbrunst.
Kurzweil kann[2] uns heut nicht fehlen,
Jeder soll hier treu erzählen,
Was ihn weiland hergebracht,
Wie gehetzt,
Wie zerfetzt
Ihn die tolle Liebesjagd.“

Da hüpft aus dem Kreise, so leicht wie der Wind,
Ein mageres Wesen, das summend beginnt:

„Ich war ein Schneidergeselle
Mit Nadel und mit Scher';
Ich war so flink und schnelle
Mit Nadel und mit Scher';
Da kam die Meisterstochter
Mit Nadel und mit Scher';
Und hat mir ins Herz gestochen[3]
Mit Nadel und mit Scher'.“

2) Kurzweil soll
3) Und hat mir's Herz durchstochen | Und hat mir ins Herze gestochen G.

Da lachten die Geister im lustigen Chor;
Ein Zweiter trat still und ernst hervor:

„Den Rinaldo Rinaldini,
Schinderhanno, Orlandini,
Und besonders Carlo Moor
Nahm ich mir als Muster vor.

„Auch verliebt — mit Ehr' zu melden —
Hab' ich mich wie jene Helden,
Und das schönste Frauenbild
Spukte mir im Kopfe wild.

„Und ich seufzte auch und girrte;
Und wenn Liebe mich verwirrte,
Steckt' ich meine Finger rasch
In des reichen[4] Nachbars Tasch'.

„Doch der Gassenvogt mir grollte,
Daß ich Sehnsuchtsthränen wollte
Trocknen mit dem Taschentuch,
Das mein Nachbar bei sich trug.

„Und nach frommer Häschersitte
Nahm man still mich in die Mitte,
Und das Zuchthaus, heilig groß,
Schloß mir auf den Mutterschoß.

„Schwelgend süß in Liebessinnen,
Saß ich dort beim Wollespinnen,
Bis Rinaldo's Schatten kam
Und die Seele mit sich nahm."

[4]) In des Herren

Da lachten die Geister im lustigen Chor;
Geschminkt und geputzt trat ein Dritter hervor:

„Ich war ein König der Bretter,
Und spielte das[5] Liebhaberfach,
Ich brüllte manch wildes: „Ihr Götter!"
Ich seufzte manch zärtliches: „Ach!"

„Den Mortimer spielt' ich am besten,
Maria war immer so schön!
Doch trotz der natürlichsten Gesten,
Sie wollte mich nimmer verstehn. —

„Einst, als ich verzweifelnd am Ende:
„Maria, du Heilige!" rief,
Da nahm ich den Dolch behende[6]
Und stach mich ein bißchen zu tief."

Da lachten die Geister im lustigen Chor;
Im weißen Flausch trat ein Vierter hervor:

„Vom Katheder schwatzte herab der Professor,[7]
Er schwatzte, und ich schlief gut dabei ein;[8]
Doch hätt' mir's behagt viel tausendmal besser[9]
Bei seinem holdseligen Töchterlein.

„Sie hat[10] mir oft zärtlich am Fenster genicket,
Die Blume der Blumen, mein Lebenslicht!
Doch die Blume der Blumen ward endlich gepflücket
Vom dürren Philister, dem reichen Wicht.

5) Und spielte im
6) den Dolch nun behende —
7) Professer
8) Er schwatzt', und ich schlief oft gut dabei ein;
9) Doch hätt's mir behaget noch tausendmal besser
Doch hätt' ich geschlafen noch tausendmal besser G.
10) Sie hatt'

„Da flucht' ich den Weibern und reichen Halunken,
Und mischte mir Teufelskraut in den Wein,
Und hab' mit dem Tode Schmollis[11] getrunken,
Der sprach: „Fiducit, ich heiße Freund Hein!““

Da lachten die Geister im lustigen Chor:
Einen Strick um den Hals, trat ein Fünfter hervor:

„Es prunkte und prahlte der Graf beim Wein
Mit dem Töchterchen sein und dem Edelgestein.
Was schert mich, du Gräflein, dein Edelgestein,
Mir mundet weit besser dein Töchterlein.

„Sie lagen wohl Beid' unter Riegel und Schloss,
Und der Graf besoldte viel Dienertross.[12]
Was scheren mich Diener und Riegel und Schloss? —
Ich stieg getrost auf die Leitersproff'.

„An Liebchens Fensterlein klettr' ich getrost.
Da hör' ich es[13] unten fluchen erbost:
„Fein sachte, mein Bübchen, muss auch dabei sein,
Ich liebe ja auch das Edelgestein.“[14]

„So spöttelt der Graf und erfasst mich gar,
Und jauchzend umringt mich die Dienerschar.
„Zum Teufel, Gesindel! ich bin ja kein Dieb;
Ich wollte nur stehlen mein trautes Lieb!“

„Da half kein Gerede, da half kein Rath,
Da machte man hurtig die Stricke parat;

11) Smollis
12) Dienergetross. G.
13) Da hör ich's
14) die Edelgestein'.“

Wie die Sonne kam, da wundert' sie sich,
Am hellen[15] Galgen fand sie mich.

Da lachten die Geister im lustigen Chor;
Den Kopf in der Hand, trat ein Sechster hervor:

„Zum Weidwerk trieb mich Liebesharm;
Ich schlich umher, die Büchs' im Arm.
Da schnarret's[16] hohl vom Baum herab,
Der Rabe rief: „Kopf — ab! Kopf — ab!

„O, spürt' ich doch ein Täubchen aus,
Ich brächt' es meinem Lieb nach Haus!
So dacht' ich, und in Busch und Strauch
Späht rings umher mein Jägeraug'.

„Was koset dort? was schnäbelt fein?
Zwei Turteltäubchen mögen's sein.
Ich schleich herbei, — den Hahn gespannt, —
Sieh da! mein eignes Lieb ich fand.

„Das war mein Täubchen, meine Braut,
Ein fremder Mann umarmt[17] sie traut, —
Nun, alter Schütze, treffe gut!
Da lag der fremde Mann im Blut.

„Bald drauf ein Zug mit Henkersfrohn —
Ich selbst dabei als Hauptperson —
Den Wald durchzog. Vom Baum herab
Der Rabe rief: „Kopf — ab! Kopf — ab!““

15) Am lichten
16) Da schnarrt' es
17) umarmt

Da lachten die Geister im lustigen Chor:
Da trat der Spielmann selber hervor:

„Ich hab' mal ein Liedchen gesungen,
Das schöne Lied ist aus;
Wenn das Herz im Leibe zersprungen,
Dann gehen die Lieder nach Haus!"

Und das tolle Gelächter sich doppelt erhebt,
Und die bleiche Schar im Kreise schwebt;
Da scholl vom Kirchthurm „Eins" herab,[18]
Da stürzten die Geister sich heulend ins Grab.

9.*

Ich lag und schlief, und schlief recht mild,
Verscheucht war Gram und Leid;
Da kam zu mir ein Traumgebild.
Die allerschönste Maid.

Sie war wie Marmelstein so bleich,
Und heimlich wunderbar;
Im Auge schwamm es perlengleich,
Gar seltsam wallt' ihr Haar.

Und leise, leise sich bewegt
Die marmorblasse Maid,
Und an mein Herz sich niederlegt[1]
Die marmorblasse Maid.[2]

18) Vom Kirchthurm scholl jetzt „Eins" herab.

*) Mit der Überschrift: „Die Blasse" zuerst abgedruckt in den „Gedichten" 1822.

1) Und auf mein Ruhebett sich legt

2) Hier folgt in der älteren Fassung noch die Strophe:

Wild küßt sie und umschlingt sie mich,
Die Brust so weiß wie Schnee,
Bedeckt mich lieb und inniglich, —
Mir war so wohl, so weh.

Wie bebt und pocht vor Weh und Lust
Mein Herz und brennet heiß![3]
Nicht bebt, nicht pocht der Schönen Brust,
Die ist so kalt wie Eis.

„Nicht bebt, nicht pocht wohl meine Brust,
Die ist wie Eis so kalt;
Doch kenn' auch ich der Liebe Lust,
Der Liebe Allgewalt.

„Mir blüht kein Roth auf Mund und Wang',
Mein Herz durchströmt kein Blut;
Doch sträube dich nicht schaudernd[4] bang,
Ich bin dir hold und gut."

Und wilder noch umschlang sie mich,
Und that mir fast ein Leid;[5]
Da kräht der Hahn — und stumm entwich
Die marmorblasse Maid.

10.*

Da hab' ich viel' blasse Leichen
Beschworen mit Wortesmacht;
Sie wollen nun nicht mehr weichen
Zurück in die alte Nacht.

[3]) Wie bebt, wie pocht mein Herz vor Lust,
Und zuckt und brennet heiß?
[4]) schauernd
[5]) bald ein Leid;

*) Mit der Überschrift: „Das Erwachen" zuerst abgedruckt in den „Gedichten" 1822.

Das zähmende Sprüchlein vom Meister
Vergaß ich vor Schauer und Graus;
Nun ziehn die eignen Geister
Mich selber ins neblichte Haus.

Lasst ab, ihr finstern Dämonen!
Lasst ab, und drängt mich nicht!
Noch manche Freude mag wohnen
Hier oben im Rosenlicht.

Ich muss ja immer streben
Nach der Blume, wunderhold;
Was bedeutet' mein ganzes Leben,
Wenn ich sie nicht lieben sollt'?[1]

Ich möcht' sie nur einmal umfangen
Und pressen ans glühende Herz!
Nur einmal auf Lippen und Wangen
Küssen den seligsten Schmerz![2]

Nur einmal aus ihrem Munde
Möcht' ich hören ein liebendes[3] Wort, —
Alsdann wollt' ich folgen zur Stunde
Euch, Geister, zum finsteren[4] Ort.

Die Geister haben's vernommen,
Und nicken schauerlich.[5]
Feinsliebchen, nun bin ich gekommen; —
Feinsliebchen, liebst du mich?

1) gesollt?|
2) Und pressen an glühender Brust!
Nur einmal die Lippen und Wangen
Zerküssen mit Wahnsinnlust! G.
Nur einmal die Lippen und Wangen
Küssen mit sel'gem Schmerz. B. d. L. 1 Aufl.
3) liebvolles
4) finstern
5) grausiglich.

Lieder.

1.*

Die du bist so schön und rein,
Wunnevolles Magedein,
Deinem Dienste ganz allein
Möcht' ich wohl mein Leben weihn.

Deine süßen Äugelein
Glänzen mild wie Mondesschein;
Helle Rosenlichter streun
Deine rothen Wängelein.

Und aus deinem Mündchen klein
Blinkt's hervor wie Perlenreihn;
Doch den schönsten Edelstein
Hegt dein stiller Busenschrein.

Fromme Minne mag es sein,
Was mir drang in's Herz hinein,
Als ich weiland schaute dein,
Wunnevolles Magedein!

---

*) Mit der Überschrift: „Minnegruß“ nur abgedruckt in den „Gedichten“ 1822.

2.*

Einsam klag' ich meine Leiden
Im vertrauten Schoß der Nacht;
Frohe Menschen muss ich meiden,
Fliehen scheu, wo Freude lacht.

Einsam fließen meine Thränen,
Fließen immer, fließen still;
Doch des Herzens brennend Sehnen
Keine Thräne löschen will.

Einst, ein lachend muntrer Knabe,
Spielt' ich manches schöne Spiel,
Freute mich der Lebensgabe,
Wusste nie von Schmerzgefühl.

Denn die Welt war nur ein Garten,
Wo viel' bunte Blumen blühn,
Wo mein Tagwerk Blumen-warten,
Rosen, Veilchen und Jasmin.

Träumend süß auf grüner Aue
Sah ich Bächlein fließen mild;
Wenn ich jetzt in Bächlein schaue,
Zeigt sich mir ein bleiches Bild.

*) Mit der Überschrift: „Minneklage“ nur abgedruckt in den „Gedichten,“ 1822.

Bin ein bleicher Mann geworden,
Seit mein Auge sie gesehn;
Heimlich weh ist mir geworden,
Wundersam ist mir geschehn.

Tief im Herzen hegt' ich lange
Englein stiller Friedensrüh;
Diese flohen zitternd, bange,
Ihrer Sternenheimat zu.

Schwarze Nacht mein Aug' umdüstert,
Schatten drohen feindlich grimm;
Und im Busen heimlich flüstert
Eine eigen fremde Stimm'.

Fremde Schmerzen, fremde Leiden
Steigen auf mit wilder Wuth,
Und in meinen Eingeweiden
Zehret eine fremde Gluth.

Aber daß in meinem Herzen
Flammen wühlen sonder Ruh,
Daß ich sterbe hin vor Schmerzen —
Minne, sieh! Das thatest du!

3.*

Jedweder Geselle, sein Mädel am Arm,
Durchwandelt die Lindenreihn;
Ich aber, ich wandle, daß Gott erbarm'!
Ganz mutterseel-allein.

*) Mit der Überschrift: „Sehnsucht" nur abgedruckt in den „Gedichten," 1822.

Mein Herz wird beengt, mein Auge wird trüb,
Wenn ein Andrer mit Liebchen sich freut.
Denn ich habe auch ein süßes Lieb,
Doch wohnt sie gar ferne und weit.

So manches Jahr getragen ich hab',
Ich trage nicht länger die Pein,
Ich schnüre mein Bündlein und greife den Stab,
Und wandr' in die Welt hinein.

Und wandre fort manch' hundert Stund',
Bis ich komm' an die große Stadt;
Sie prangt an eines Stromes Mund,
Drei keckliche Thürme sie hat.

Da schwindet bald mein Liebesharm,
Da harret Freude mein;
Da kann ich wandeln, Feinsliebchen am Arm,
Durch die duftigen Lindenreihn.

4.*

Wenn ich bei meiner Liebsten bin,
Dann geht das Herz mir auf;
Dann bin ich reich in meinem Sinn
Und biet' die Welt zu Kauf.

Doch wenn ich wieder scheiden muss
Aus ihrem Schwanenarm,
Dann schwindet all mein Überfluss
Und ich bin bettelarm.

*) Dies sonst nur von Steinmann im „Musenalmanach, 1848" mitgetheilte Lied ist mit der Überschrift: „Wechsel" auch in einer Zeitung abgedruckt, die sich im Besitze des Herrn Stadtrath Klein in Köln befindet, und deren Titel nicht in Erfahrung zu bringen war.

5.*

Morgens steh ich auf und frage:
Kommt Feinsliebchen heut?
Abends sink ich hin und klage:
Ausblieb sie auch heut.

In der Nacht mit meinem Kummer
Lieg' ich schlaflos, wach;
Träumend, wie im halben Schlummer,
Wandle ich bei Tag.

6.**

Es treibt mich hin, es treibt mich her!
Noch wenige Stunden,[1] dann soll ich sie schauen,
Sie selber, die schönste der schönen Jungfrauen; —
Du treues Herz, was pochst du so schwer![2]

Die Stunden sind aber ein faules Volk!
Schleppen sich behaglich träge,
Schleichen gähnend ihre Wege;
Tummle dich, du faules Volk!

Tobende Eile mich treibend erfasst!
Aber wohl niemals liebten die Horen; —
Heimlich im grausamen Bunde verschworen,
Spotten sie tückisch[3] der Liebenden Hast.

*) Mit der Überschrift: „Erwartung“ zuerst abgedruckt in den „Gedichten,“ 1822.

**) Mit der Überschrift: „Die Stunden.“ unterzeichnet: „Sy. Freudhold Riesenharf,“ zuerst in „Hamburg's Wächter,“ 38. Stück, vom 17. März 1817, — und mit der Überschrift:: „Ungeduld,“ 1822 in den „Gedichten“ abgedruckt.

1) Nach wenigen Stunden G.

2) Du altes Herz, was pochst du so sehr?

3) Spotten sie böslich

7.*

Ich wandelte unter den Bäumen
Mit meinem Gram allein;
Da kam das alte Träumen,
Und schlich mir ins Herz hinein.

Wer hat euch dies Wörtlein gelehret,
Ihr Vöglein in luftiger Höh?
Schweigt still! wenn mein Herz es höret,
Dann thut[1] es noch einmal so weh.

„Es kam ein Jungfräulein gegangen,
Die sang es immerfort,
Da haben wir Vöglein gefangen
Das hübsche, goldene[2] Wort."

Das sollt ihr mir nicht mehr erzählen,
Ihr Vöglein wunderschlau;
Ihr wollt meinen Kummer mir stehlen,
Ich aber Niemanden trau'.

8.**

Lieb Liebchen, leg's Händchen aufs Herze mein; —
Ach, hörst du, wie's pochet im Kämmerlein?
Da hauset ein Zimmermann schlimm und arg,
Der zimmert mir einen Todtensarg.

*) Mit der Überschrift: „Das Wörtlein Liebe" zuerst abgedruckt in den „Gedichten," 1822.
1) Dann thät'
2) goldne

**) Mit der Überschrift: „Der Zimmermann," unterzeichnet: „Sy. Freudhold Riesenharf, zuerst in „Hamburg's Wächter," 38. Stück, vom 17. März 1817. — und mit der Überschrift: „Holzmeyer" 1822 in den „Gedichten" abgedruckt.

Es hämmert und klopfet bei Tag und bei Nacht;
Es hat mich schon längst[1] um den Schlaf gebracht.
Ach, sputet euch, Meister Zimmermann,
Damit ich balde[2] schlafen kann!

9.*

Ich wollte, meine Lieder
Das wären Blümelein:
Ich schickte sie zu riechen
Der Herzallerliebsten mein.

Ich wollte, meine Lieder
Das wären Küsse fein:
Ich schickt' sie heimlich alle
Nach Liebchens Wängelein.

Ich wollte, meine Lieder
Das wären Erbsen klein:
Ich kocht' eine Erbsensuppe,
Die sollte köstlich sein.

10.**

In Vaters Garten heimlich steht
Ein Blümchen, traurig und bleich;
Der Winter zieht fort, der Frühling weht,
Bleich Blümchen bleibt immer so bleich.

1) schon lang
2) Damit ich endlich
*) Nur von Steinmann im „Musenalmanach, 1848" mitgetheilt.

**) Mit der Überschrift: „Die weiße Blume" nur abgedruckt in den „Gedichten," 1822.

Die bleiche Blume schaut
Wie eine kranke Braut.

Zu mir bleich Blümchen leise spricht:
„Lieb Brüderchen, pflücke mich!“
Zu Blümchen sprech' ich: Das thu' ich nicht,
Ich pflücke nimmermehr dich.
Ich such' mit Müh' und Noth
Die Blume purpurroth.

Bleich Blümchen spricht: „Such hin, such her
Bis an deinen kühlen Tod,
Du suchst umsonst, findst nimmermehr
Die Blume purpurroth.
Mich aber pflücken thu,
Ich bin so krank wie du.“

So lispelt bleich Blümchen und bittet sehr —
Da zag' ich und pflück' ich es schnell.
Und plötzlich blutet mein Herze nicht mehr,
Mein inneres Auge wird hell.
In meine wunde Brust
Kommt stille Engellust.

11.*

Schöne Wiege meiner Leiden
Schönes Grabmal meiner Ruh,
Schöne Stadt, wir müssen scheiden, —[1]
Lebe wohl! ruf' ich dir zu.

*) Mit der Überschrift: „Lebewohl!“ zuerst abgedruckt in den „Gedichten.“ 1822.

1) ich muss dich meiden. —

Lebe wohl, du heil'ge Schwelle,
Wo da wandelt Liebchen traut;
Lebe wohl, du heil'ge Stelle,
Wo ich sie zuerst geschaut.

Hätt' ich dich doch nie gesehen,
Schöne Herzenskönigin!
Nimmer wär' es dann geschehen,
Daß ich jetzt so elend bin.

Nie wollt' ich dein Herze rühren,
Liebe hab' ich nie erfleht;
Nur ein stilles Leben führen
Wollt' ich, wo dein Odem weht.

Doch du drängst mich selbst von hinnen,
Bittre Worte spricht dein Mund;
Wahnsinn wühlt in meinen Sinnen,
Und mein Herz ist krank und wund.

Und die Glieder matt und träge
Schlepp' ich fort am Wanderstab,
Bis mein müdes Haupt ich lege
Ferne in ein kühles Grab.

12.*

Warte, warte, wilder Schiffsmann,
Gleich folg' ich zum Hafen dir;
Von zwei Jungfraun nehm' ich Abschied,
Von Europa und von ihr.

*) Mit der Überschrift: „Abfahrt“ zuerst abgedruckt in den „Gedichten,“ 1822.

Blutquell, rinn aus meinen Augen,
Blutquell, brich aus meinem Leib,
Daſs ich mit dem heißen Blute
Meine Schmerzen niederschreib'.

Ei, mein Lieb, warum just heute
Schauderst du, mein Blut zu sehn?
Sahst mich bleich und herzeblutend
Lange Jahre[1] vor dir stehn!

Kennst du noch das alte Liedchen
Von der Schlang' im Paradies,
Die durch schlimme Äpfelgabe
Unsern Ahn ins Elend stieß?

Alles Unheil brachten Äpfel!
Eva bracht' damit den Tod,
Eris brachte Troja's Flammen,
Du brachtst Beides, Flamm' und Tod.

13.*

Berg' und Burgen schaun herunter
In den spiegelhellen Rhein,
Und mein Schiffchen segelt munter,
Rings umglänzt von Sonnenschein.

Ruhig seh' ich zu dem Spiele
Goldner Wellen, kraus bewegt;
Still erwachen die Gefühle,
Die ich tief im Busen hegt'.

1) Jahrelang ja

*) Mit der Überschrift: „Auf dem Rhein" zuerst abgedruckt in den „Gedichten," 1822.

Freundlich grüßend und verheißend
Lockt hinab des Stromes Pracht;
Doch ich kenn' ihn, — oben gleißend,
Birgt sein Innres Tod und Nacht.

Oben Lust, im Busen Tücken,
Strom, du bist der Liebsten Bild!
Die kann auch so freundlich nicken,
Lächelt auch so fromm und mild.[1]

14.*

Anfangs wollt' ich fast verzagen,
Und ich glaubt' ich trüg' es nie;
Und ich hab' es doch getragen, —
Aber fragt[1] mich nur nicht: wie?

15.**

Oben, wo die Sterne glühen,
Müssen uns die Freuden blühen,
Die uns unten sind versagt;
In des Todes kalten Armen
Kann das Leben erst erwarmen,
Und das Licht der Nacht enttagt.

1) In der ältesten Fassung folgte hier noch die Strophe:
Doch wer solchem Lächeln glaubet
Und sein Lebensglück drin sucht,
Dem wird jedes Glück geraubet,
Und sein Leben ist verflucht.

*) Mit der Überschrift: „An Karl v. U(echtritz). Ins Stammbuch." zuerst abgedruckt in den „Gedichten," 1822.
1) Aber frag

**) Mit der Überschrift: „Ahnung" nur abgedruckt in den „Gedichten," 1822.

16.*

Mit Rosen, Cypressen und Flittergold
Möcht' ich verzieren lieblich und hold
Dies Buch wie einen Todtenschrein,[1]
Und sargen meine Lieder hinein.

O, könnt' ich die Liebe sargen hinzu!
Am Grabe der Liebe wächst Blümlein der Ruh,
Da blüht es hervor, da pflückt man es ab, —
Doch mir blüht's nur, wenn ich selber im Grab.

Hier sind nun die Lieder, die einst so wild,
Wie ein Lavastrom, der dem Ätna entquillt,[2]
Hervorgestürzt aus dem tiefsten Gemüth,
Und rings viel blitzende Funken versprüht!

Nun liegen sie stumm und todtengleich,
Nun starren sie kalt und nebelbleich.
Doch aufs Neu' die alte Gluth sie belebt,
Wenn der Liebe Geist einst über sie schwebt.

Und es wird im Herzen viel Ahnung laut:
Der Liebe Geist einst über sie thaut;
Einst kommt dies Buch in deine Hand,
Du süßes Lieb im fernen Land.[3]

*) Mit der Überschrift: „Nachhall“ zuerst abgedruckt in den „Gedichten,“ 1822.

1) Mit Myrten und Rosen, lieblich und hold
Mit duft'gen Cypressen und Flittergold
Möcht' ich zieren dies Buch wie 'nen Todtenschrein.

2) Wie ein Lavastrom dem Gluthberg entquillt.

3) Süß Lieb im fernen Norderland.

Dann löst sich des Liedes Zauberbann,
Die blassen Buchstaben schaun dich an,
Sie schauen dir flehend ins schöne Aug',
Und flüstern mit Wehmuth und Liebeshauch.

Romanzen.

1.

Die Weihe.*

Einsam in der Waldkapelle,
Vor dem Bild der Himmelsjungfrau,
Lag ein frommer bleicher Knabe
Demuthsvoll dahingesunken.

„O Madonna! lass mich ewig
Hier auf dieser Schwelle knieen,
Wollest nimmer mich verstoßen
In die Welt, so kalt und sündig.

„O Madonna! sonnig wallen
Deines Hauptes Strahlenlocken;
Süßes Lächeln mild umspielet
Deines Mundes heil'ge Rosen.

*) Zuerst, mit der Unterschrift: „Sy. Freudhold Riesenharf" abgedruckt in „Hamburg's Wächter," 17. Stück, vom 8. Februar 1817.; später nur noch 1822 in die „Gedichte" aufgenommen.

„O Madonna! deine Augen
Leuchten mir wie Sternenlichter;
Lebensschifflein treibet irre,
Sternlein leiten ewig sicher.

„O Madonna! sonder Wanken
Trug ich deine Schmerzenprüfung,
Frommer Minne blind vertrauend,
Nur in deinen Gluthen glühend.[1]

„O Madonna! hör' mich heute,
Gnadenvolle, wunderreiche,[2]
Spende mir ein Huldeszeichen,
Nur ein leises Huldeszeichen!"

Da thät sich ein schauerlich Wunder bekunden,
Wald und Kapell' sind auf einmal verschwunden,
Knabe nicht wusste, wie ihm geschehn,
Hat Alles auf einmal umwandelt[3] gesehn.

Und staunend stand er im schmucken Saale,
Da saß Madonna, doch ohne Strahlen;
Sie hat sich verwandelt in liebliche Maid,
Und grüßet und lächelt mit kindlicher Freud'.

Und sieh! vom blonden[4] Lockenhaupte,
Sie selber sich eine Locke raubte,
Und sprach zum Knaben mit himmlischem Ton:
„Nimm hin deinen besten Erdenlohn!"[5]

1) Glühend nur in deinen Gluthen.
2) Reich an wundersamer Gnade,
3) umstaltet
4) vom holden
5) „Nimm hin, mein Knäblein, den Erdenlohn!"

Sprich nun, wer bezeugt die Weihe?
Sahst du nicht die Farben wogen
Flammig an der Himmelsbläue?
Menschen nennen's Regenbogen.

Englein steigen auf und nieder,
Schlagen rauschend mit den Schwingen,
Flüstern wundersame Lieder,
Süßer Harmonien Klingen.

Knabe hat es wohl verstanden,
Was mit Sehnsuchtsgluth ihn ziehet
Fort und fort nach jenen Landen,
Wo die Myrte ewig blühet.

2.

Der Traurige.*

Allen thut es weh im Herzen,
Die den bleichen Knaben sehn,
Dem die Leiden, dem die Schmerzen
Aufs Gesicht geschrieben stehn.

Mitleidvolle Lüfte fächeln
Kühlung seiner heißen Stirn;
Labung möcht' ins Herz ihm lächeln
Manche sonst so spröde Dirn'.

*) Zuerst abgedruckt in den „Gedichten." 1822.

Aus dem wilden Lärm der Städter
Flüchtet er sich nach dem Wald.
Lustig rauschen dort die Blätter,
Lust'ger Vogelsang erschallt.

Doch der Sang verstummet balde
Traurig rauschet Baum und Blatt,
Wenn der Traurige dem Walde
Langsam sich genähert hat.

3.

Bergstimme.*

Ein Reiter durch das Bergthal zieht
Im traurig stillen Trab:
„Ach! zieh' ich jetzt wohl in Liebchens Arm,
Oder zieh' ich ins dunkle Grab?"
Die Bergstimm' Antwort gab:
„Ins dunkle Grab!"

Und weiter reitet der Reitersmann,
Und seufzet schwer dazu:
„So zieh' ich denn hin ins Grab so früh, —
Wohlan, im Grab ist Ruh!"
Die Stimme sprach dazu:
„Im Grab ist Ruh!"

*) Mit der Überschrift: „Die Bergstimm'" zuerst abgedruckt in den „Gedichten" 1822.

Dem Reitersmann eine Thräne rollt
Von der Wange kummervoll:
„Und ist nur im Grabe die Ruhe für mich,
So ist mir im Grabe wohl.“
Die Stimm' erwiedert hohl:
„Im Grabe wohl!“

4.

Zwei Brüder.*

Oben auf der Bergesspitze
Liegt das Schloss in Nacht gehüllt;
Doch im Thale leuchten Blitze,
Helle Schwerter klirren wild.

Das sind Brüder,[1] die dort fechten
Grimmen Zweikampf, wuthentbrannt.
Sprich, warum die Brüder rechten
Mit dem Schwerte in der Hand?

Gräfin Laura's Augenfunken
Zündeten den Brüderstreit;
Beide glühen liebestrunken
Für die adlig holde Maid.

*) Mit der Überschrift „Die Brüder“ zuerst abgedruckt in den „Gedichten,“ 1822.

1) 'S sind zwei Brüder.

Welchem aber von den Beiden
Wendet sich ihr Herze zu?
Kein Ergrübeln kann's entscheiden, —
Schwert heraus, entscheide du!

Und sie fechten kühn verwegen,
Hieb' auf Hiebe niederkracht's.
Hütet euch, ihr wilden Degen,
Böses Blendwerk schleicht des Nachts.[2]

Wehe! Wehe! blut'ge Brüder!
Wehe! Wehe! blut'ges Thal!
Beide Kämpfer stürzen nieder,
Einer in des andern Stahl. —

Viel' Jahrhunderte verwehen,
Viel' Geschlechter deckt das Grab;
Traurig von des Berges Höhen
Schaut das öde Schloß herab.

Aber Nachts, im Thalesgrunde,
Wandelt's heimlich, wunderbar;
Wenn da kommt die zwölfte Stunde,
Kämpfet dort das Brüderpaar.

2) Grausig Blendwerk schleichet Nachts.

5.

Der arme Peter.*

I.

Der Hans und die Grete tanzen herum,
Und jauchzen vor lauter Freude.
Der Peter steht so still und stumm,
Und ist so blaß wie Kreide.

Der Hans und die Grete sind Bräut'gam und Braut,
Und blitzen im Hochzeitgeschmeide.
Der arme Peter die Nägel kaut
Und steht[1] im Werkeltagskleide.

Der Peter spricht leise vor sich her,
Und schaut betrübt[2] auf Beide:
„Ach! wenn ich nicht gar zu vernünftig wär',
Ich thät' mir was zu Leide."

II.

„In meiner Brust, da sitzt ein Weh,
Das will die Brust zersprengen;
Und wo ich steh', und wo ich geh',
Will's mich von hinnen drängen.

*) Zuerst abgedruckt in den „Gedichten," 1822.

1) Und geht
2) betrübet

„Es treibt mich nach der Liebsten Näh',
Als könnt's die Grete heilen;
Doch wenn ich Der ins Auge seh',
Muß ich von hinnen eilen.

„Ich steig' hinauf des Berges Höh',
Dort ist man doch alleine;
Und wenn ich still dort oben steh',
Dann steh' ich still und weine."

III.

Der arme Peter wankt vorbei,
Gar langsam, leichenblaß und scheu.
Es bleiben fast, wenn sie ihn sehn,
Die Leute auf der Straße stehn.

Die Mädchen flüstern sich ins Ohr:
„Der stieg wohl aus dem Grab hervor?"
Ach nein, ihr lieben Jungfräulein,
Der legt sich erst ins Grab hinein.

Er hat verloren seinen Schatz,
Drum ist das Grab der beste Platz,
Wo er am besten liegen mag
Und schlafen bis zum jüngsten Tag.

6.

Lied des Gefangenen.*

Als meine Großmutter die Lise behext,
Da wollten die Leut' sie verbrennen.
Schon hatte der Amtmann viel Dinte verklext,
Doch wollte sie nicht bekennen.

Und als man sie in den Kessel schob,
Da schrie sie Mord und Wehe;
Und als sich der schwarze Qualm erhob,
Da flog sie als Rab' in die Höhe.

Mein schwarzes, gefiedertes Großmütterlein!
O komm mich im Thurme besuchen!
Komm, fliege geschwind durchs Gitter herein,
Und bringe mir Käse und Kuchen.

Mein schwarzes, gefiedertes Großmütterlein!
O möchtest du nur sorgen,
Daß die Muhme nicht auspickt die Augen mein,
Wenn ich luftig schwebe morgen.

*) Mit der Überschrift: „Lied des gefangenen Räubers“ zuerst abgedruckt in den „Gedichten,“ 1822.

7.

Die Grenadiere.*

Nach Frankreich zogen zwei Grenadier',
Die waren in Russland gefangen.
Und als sie kamen ins deutsche Quartier,
Sie ließen die Köpfe hangen.

Da hörten sie beide die traurige Mähr:
Dass Frankreich verloren gegangen,
Besiegt und zerschlagen das große Heer, —
Und der Kaiser, der Kaiser gefangen.

Da weinten zusammen die Grenadier'
Wohl ob der kläglichen Kunde.
Der Eine sprach: „Wie weh wird mir,
Wie brennt meine alte Wunde!"

Der Andre sprach: „„Das Lied ist aus,
Auch ich möcht' mit dir sterben,
Doch hab' ich Weib und Kind zu Haus,
Die ohne mich verderben.""

„Was schert mich Weib, was schert mich Kind,
Ich trage weit bessres Verlangen;
Lass sie betteln gehn, wenn sie hungrig sind, —
Mein Kaiser, mein Kaiser gefangen!

*) Zuerst abgedruckt in den „Gedichten," 1822.

„Gewähr mir, Bruder, eine Bitt':
Wenn ich jetzt sterben werde,
So nimm meine Leiche nach Frankreich mit,
Begrab mich in Frankreichs Erde.

„Das Ehrenkreuz am rothen Band
Sollst du aufs Herz mir legen;
Die Flinte gieb mir in die Hand,
Und gürt mir um den Degen.

„So will ich liegen und horchen still,
Wie eine Schildwach,[1] im Grabe,
Bis einst ich höre Kanonengebrüll
Und wiehernder Rosse Getrabe.

„Dann reitet mein Kaiser wohl über mein Grab,
Viel' Schwerter klirren und blitzen;
Dann steig' ich gewaffnet hervor aus dem Grab, —
Den Kaiser, den Kaiser zu schützen!"

8.

Die Botschaft.*

Mein Knecht! steh auf und sattle schnell,
Und wirf dich auf dein Roß,
Und jage rasch durch Wald und Feld
Nach König Duncan's Schloß.

1) Schildwacht.

*) Zuerst abgedruckt in den „Gedichten," 1822.

Dort schleiche in den Stall, und wart,
Bis dich der Stallbub' schaut.
Den forsch mir aus: „Sprich, welche ist
Von Duncan's Töchtern Braut?"

Und spricht der Bub': „Die Braune ist's,"
So bring mir schnell die Mähr.
Doch spricht der Bub: „Die Blonde ist's,"
So eilt das nicht so sehr.[1]

Dann geh zum Meister Seiler hin,
Und kauf mir einen Strick,
Und reite langsam sprich kein Wort,
Und bring mir den zurück.

9.

Die Heimführung.*

Ich geh' nicht allein, mein feines Lieb,
Du musst mit mir wandern
Nach der lieben alten schaurigen Klause,
In dem trüben, kalten, traurigen Hause,
Wo meine Mutter am Eingang kau'rt,
Und auf des Sohnes Heimkehr lau'rt.

„Lass ab von mir, du finstrer Mann!
Wer hat dich gerufen?

1) So eile nicht so sehr.

*) Zuerst abgedruckt in den „Gedichten." 1822.

Dein Odem glüht, deine Hand ist Eis,
Dein Auge sprüht, deine Wang' ist weiß;
Ich aber will mich lustig freun,
An Rosenduft und Sonnenschein."

Lass duften die Rosen, lass scheinen die Sonn',
Mein süßes Liebchen!
Wirf um den weiten[1] weißwallenden Schleier,
Und greif in die[2] Saiten der schallenden Leier,
Und singe ein Hochzeitlied dabei;
Der Nachtwind pfeift die Melodei.

10.

Don Ramiro.*

„Donna Clara! Donna Clara!
Heißgeliebte langer Jahre!
Hast beschlossen mein Verderben,
Und beschlossen[1] ohn' Erbarmen.

„Donna Clara! Donna Clara!
Ist doch süß die Lebensgabe!
Aber unten ist es grausig,
In dem dunkeln, kalten Grabe.

1) Hüll ein dich im weiten,
2) Spiel fein auf den

*) Mit der Überschrift: „Die Romanze vom Rodrigo," unterzeichnet: „Sy. Freudhold Riesenharf," zuerst abgedruckt in „Hamburg's Wächter," 25. Stück, vom 27. Februar 1817. Wir lassen diese älteste Fassung nachstehend in unveränderter Gestalt folgen. Die Varianten zu der späteren Version sind, wenn nicht besonders bezeichnet, dem Abdruck in den „Gedichten," 1822, entnommen.

1) Hast beschlossen

„Donna Clara! Freu dich, morgen
Wird Fernando am Altare
Dich als Ehgemahl begrüßen, —
Wirst du mich zur Hochzeit laden?"

„„Don Ramiro! Don Ramiro!
Deine Worte treffen bitter,
Bittrer als der Spruch der Sterne,
Die da spotten meines Willens.

„„Don Ramiro! Don Ramiro!
Rüttle ab den dumpfen Trübsinn;
Mädchen giebt es viel auf Erden,
Aber uns hat Gott geschieden.

„„Don Ramiro, der du muthig
So viel' Mohren überwunden.[2]
Überwinde nun dich selber, —
Komm auf meine Hochzeit morgen.""[3]

„Donna Clara! Donna Clara!
Ja, ich schwör' es, ja, ich komme!
Will mit dir den Reihen tanzen;
Gute Nacht, ich komme morgen."

„„Gute Nacht!"" — Das Fenster klirrte.
Seufzend stand Ramiro unten,
Stand noch lange wie versteinert;
Endlich schwand er fort im Dunkeln. —

Endlich auch nach langem Ringen,
Muß die Nacht dem Tage weichen;

[2]) „„Don Ramiro! Überwinder
Vieler tausend Mohrenritter!

[3]) Komm auf meine Hochzeit, Lieber!""

Wie ein bunter Blumengarten
Liegt Toledo ausgebreitet.

Prachtgebäude und Paläste
Schimmern hell im Glanz der Sonne;
Und der Kirchen hohe Kuppeln
Leuchten stattlich, wie vergoldet.

Summend, wie ein Schwarm von Bienen,
Klingt der Glocken Festgeläute,[4]
Lieblich steigen Betgesänge
Aus den frommen Gotteshäusern.

Aber dorten, siehe! siehe!
Dorten aus der Marktkapelle,
Im Gewimmel und Gewoge,
Strömt des Volkes bunte Menge.[5]

Blanke Ritter, schmucke Frauen,
Hofgesinde, festlich blinkend,[6]
Und die hellen Glocken läuten,
Und die Orgel rauscht dazwischen.

Doch, mit Ehrfurcht ausgewichen,
In des Volkes Mitte wandelt
Das geschmückte junge Ehpaar,
Donna Clara, Don Fernando.[7]

4) Dumpfig und wie Bienensummen
Alle Feierglocken läuten;

5) Bunte Volkesmenge strömet
Im Gewimmel und Gedränge. G.
Strömt die bunte Volkesmenge
Im Gewimmel und Gedränge. B. d. L.
1. Aufl.

6) Festlich blinkend Hofgesinde,

7) Schreitet stolz das junge Ehpaar;
Donna Clara, schwarz verschleiert,
Don Fernando, waffenglänzend
Tausend Blicke sind gerichtet,
Tausend Stimmen jauchzend rufen:
„Heil Castiliens Mädchensonne!
Heil Castiliens Ritterblume!
Die letzte Strophe findet sich auch noch in den ältesten Auflagen des „Buches der Lieder;“ doch lauten die ersten Zeilen:
Tausend Augen schaun nach ihnen,
Tausend frohe Stimmen rufen:

Bis an Bräutigams Palastthor
Wälzet sich das Volksgewühle;
Dort beginnt die Hochzeitfeier,
Prunkhaft und nach alter Sitte.

Ritterspiel und frohe Tafel
Wechseln unter lautem Jubel;
Rauschend schnell entfliehn die Stunden,
Bis die Nacht herabgesunken.

Und zum Tanze sich versammeln
In dem Saal[8] die Hochzeitgäste;
In dem Glanz der Lichter funkeln
Ihre bunten Prachtgewänder.[9]

Auf erhobne Stühle ließen
Braut und Bräutigam sich nieder,
Donna Clara, Don Fernando,
Und sie tauschen süße Reden.[10]

Und im Saale wogen heiter
Die geschmückten Menschenwellen,
Und die lauten Pauken wirbeln,
Und es schmettern die Drommeten.[11]

8) Dort im Saal
9) Alle funkeln, buntbeleuchtet
Von der Kerzen Lichterheere.
Flammenblitzend strahlt der Bräut'-gam
In dem güldnen Purpurmantel;
Clara, wie die junge Rose,
Blüht im weißen Brautgewande.
In den ältesten Auflagen des „Buches der Lieder“ heißt es:
Alle funkeln, buntbeleuchtet
Von dem Lichterheer der Kerzen.
Don Fernando strahlt wie'n König
In dem güldnen 2c

10) Auf erhobne Ehrensitze,
Rings von Dienerschaft umwoget,
Ließen nun sich Beide nieder,
Und sie tauschten süße Worte.
Ebenso in den ältesten Auflagen des „Buchs der Lieder,“ doch mit der Änderung im dritten Verse:
Ließen sich die Beiden nieder,
11) Und im Saale braust es dumpfig,
Wie ein Meer, von Sturm beweget;
Und es wirbelen die Pauken.
Und erschmettern die Trommeten.

„Doch warum, o schöne Herrin,
Sind gerichtet[12] deine Blicke
Dorthin nach der Saalesecke?“
So verwundert sprach der Ritter.

„„Siehst du denn nicht, Don Fernando,[13]
Dort den Mann im schwarzen Mantel?““
Und der Ritter lächelt freundlich:
„Ach, das ist ja nur ein Schatten.“[14]

Doch es nähert sich der Schatten,
Und es war ein Mann im Mantel;
Und Ramiro schnell erkennend,
Grüßt ihn Clara, gluthbefangen.

Und der Tanz hat schon begonnen,
Munter drehen sich die Tänzer
In des Walzers wilden Kreisen,
Und der Boden dröhnt und bebet.[15]

„„Wahrlich gerne, Don Ramiro,
Will ich dir zum Tanze folgen,
Doch im nächtlich schwarzen Mantel
Hättest du nicht kommen sollen.““

Mit durchbohrend stieren Augen
Schaut Ramiro auf[16] die Holde,
Sie umschlingend spricht er düster:[17]
„Sprachest ja, ich sollte kommen!“

12) Sind geheftet
13) Hochgebieter.
14) Und der Ritter holdig lächelt:
„'S ist ja nur ein blasser Schatten.

15) Und der Boden dröhnt und zittert
Von dem rauschenden Getöse.
16) Blickt Ramiro an
17) Und umschlingt sie mit den Worten:

Und ins wirre[18] Tanzgetümmel
Drängen sich die beiden Tänzer;
Und die lauten Pauken wirbeln,
Und es schmettern die Drommeten.[19]

„„Sind ja schneeweiß deine Wangen!““
Flüstert Clara, heimlich zitternd.[20]
„Sprachest ja, ich sollte kommen!“
Schallet dumpf Ramiro's Stimme.

Und im Saal die Kerzen blinzeln
Durch das fluthende Gedränge;
Und die lauten Pauken wirbeln,
Und es schmettern die Drommeten.[21]

„„Sind ja eiskalt deine Hände!““
Flüstert Clara, schauerzuckend.[22]
„Sprachest ja, ich sollte kommen!“
Und sie treiben fort im Strudel.

„„Laß mich, laß mich! Don Ramiro!
Leichenduft ist ja dein Odem!““
Wiederum die dunkeln Worte:
„Sprachest ja, ich sollte kommen!“[23]

Und der Boden raucht und glühet,
Lustig tönet Geig' und Bratsche;[24]
Wie ein tolles Zauberweben
Schwindelt Alles in dem Saale.[25]

18) wilde
19) Und es wirbelen die Pauken,
Und erschmettern die Trommeten.
20) Heimlich schaudernd, Clara flüstert.
21) Und es wirbelen die Pauken,
Und erschmettern die Trommeten.
22) krampfig zuckend.
23) Wie als Echo schallen heiser
Don Ramiro's grause Worte.
24) Lustig fiedelen die Geiger;
25) im Gekreisel.

„„Lass mich, lass mich! Don Ramiro!““
Wimmert's immer im Gewoge.
Don Ramiro stets erwidert:[26]
„Sprachest ja, ich sollte kommen!“

„„Nun, so geh, in Gottes Namen!““
Clara rief's mit fester Stimme,
Und dies Wort war kaum gesprochen,[27]
Und verschwunden war Ramiro.

Clara starret, Tod im Antlitz,
Kaltumflirret, nachtumwoben;
Ohnmacht hat das lichte Bildnis
In ihr dunkles Reich gezogen.

Endlich weicht der Nebelschlummer,
Endlich schlägt sie auf die Wimper;
Aber Staunen will aufs Neue
Ihre holden Augen schließen.

Denn derweil der Tanz begonnen,
War sie nicht vom Sitz gewichen,
Und sie sitzt noch bei dem Bräut'gam:[28]
Und der Ritter sorgsam bittet:

„Sprich, was bleichet deine Wangen?
Warum wird dein Aug so dunkel? —“
„„Und Ramiro? — —““ stottert Clara,[29]
Und Entsetzen lähmt die Zunge.

26) Immer schnarret hohl die Antwort:
27) entfahren.

28) Immer sitzend neben Bräut'gam:
29) schaudert Clara,

Doch mit tiefen, ernsten Falten
Furcht sich jetzt des Bräut'gams Stirne:[30]
„Herrin, forsch nicht blut'ge Kunde, —
Heute Mittag starb Ramiro."

Die Romanze vom Rodrigo.

„Donna Clara, Donna Clara!
Heißgeliebte langer Jahre,
Hast beschlossen mein Verderben,
Hast's beschlossen ohn' Erbarmen.

„Donna Clara, Donna Clara!
Ist doch süß die Lebensgabe!
Aber unten ist es grausig,
In dem finstern, kalten Grabe.

„Donna Clara! freu dich immer,
Morgen schon am Hochaltare
Wird Fernand dich Weib begrüßen, —
Willst mich auch zur Hochzeit laden?"

„„Don Rodrigo, Don Rodrigo!
Deine Worte treffen bitter;
Aber Vater drohet strenge,
Nichtig ist der Tochter Wille.

„„Don Rodrigo, Don Rodrigo!
Laß doch fahren die Betrübnis.
Mädchen giebt es viel auf Erden,
Aber uns hat Gott geschieden.

„„Don Rodrigo, kühner Ritter,
Sollst nun auch dich selbst besiegen,
Sollst auf meine Hochzeit kommen, —
Deine theure Clara bittet!""

„Donna Clara, Donna Clara!
Ja, ich schwör' es, ja, ich komme!
Will mit dir den Reihen tanzen.
Gute Nacht, ich komme morgen!"

„„Gute Nacht!"" — Das Fenster klirrte,
Seufzend stand Rodrigo unten,
Stand noch lange wie versteinert;
Endlich schwand er fort im Dunkel. —

Endlich auch, nach langem Ringen,
Muß die Nacht dem Tage weichen.
Wie ein bunter Blumengarten,
Lag Toledo ausgebreitet.

Prachtgebäude und Paläste
Schimmern hell im Glanz der Sonne:
Und der Kirchen hohe Kuppeln
Leuchten stattlich, wie vergoldet.

Dumpfig und wie Bienensummen
Alle Feierglocken läuten,
Und entsteigen Betgesänge
Aus den frommen Gotteshäusern.

Aber dorten, siehe! siehe!
Dorten aus der Marktkapelle
Bunte Volkesmenge strömet,
Im Gewimmel und Gedränge.

Blanke Ritter, schmucke Frauen,
Festlich blinkend Hofgesinde,
Und die Orgel ferne rauschet,
Und die Glocken läuten immer.

Doch mit Ehrfurcht ausgewichen,
Schreitet stolz das junge Ehpaar,
Donna Clara schwarz verschleiert,
Don Fernando, waffenglänzend.

Tausend Augen sind gerichtet,
Tausend Stimmen Freude rufen:
„Heil, Castiliens Mädchensonne,
Und Castiliens Ritterblume!"

Bis an Bräutigams Palastthor
Wälzet sich das Volksgewühle;
Doch gefeiert wird die Hochzeit,
Prunkhaft und nach alter Sitte.

Ritterspiel und frohe Tafel
Wechseln unter lautem Jubel;
Wie im Rausche, flohn die Stunden,
Bis die Nacht herabgesunken.

Und zum Tanze sich versammeln
Dort im Saal die Hochzeitgäste.
Alle funkeln buntbeleuchtet
Von der Kerzen Lichterheere.

30) Aber tiefe, ernste Falten
Lagern sich auf Bräut'gams Stirne:

Bräut'gam, wie ein Feuerkönig,
Strahlt im goldnen Purpurmantel;
Clara, wie die Rose blühend,
Folgt im weißen Brautgewande.

Auf erhabne Ehrensitze,
Rings von Dienerschaft umwoget,
Ließen Beide drob sich nieder,
Tauschten süße Liebesworte.

Und im Saale dumpfes Brausen
Von der krausbewegten Menge;
Und es wirbelten die Pauken,
Und erschmettern die Trompeten.

„Doch warum, o schöne Herrin,
Sind geheftet deine Blicke
Dorthin nach der Saalesecke?
So verwundert sprach der Ritter.

„„Siehst du denn nicht, Hochgebieter,
Dort den Mann im schwarzen Mantel?““
Und der Ritter huldig lächelt:
„Ist ja nur ein blasser Schatten.“

Doch es nähert sich der Schatten,
Und es war ein Mann im Mantel,
Und Rodrigo nun erkennend,
Grüßt ihn Clara, gluthbefangen.

Und der Tanz hat schon begonnen,
Munter sich die Tänzer drehen,
Und es zitterte der Boden
Von dem rauschenden Getöse.

„„Wahrlich gerne, Don Rodrigo,
Will ich dir zum Tanze folgen,
Aber so im schwarzen Mantel
Hättest du nicht kommen sollen.““

Don Rodrigo starret finster,
Wild umschlang er schon die Holde:
„Sprachest ja, ich sollte kommen!“
Hallen dumpfig seine Worte.

Und im dichtsten Tanzgetümmel
Drängten sich die beiden Tänzer;
Und es donnerten die Pauken,
Und erschmettern die Trompeten.

„„Sind ja schneeweiß deine Wangen!““
Heimlich schaudernd, Clara flüstert.
„Sprachest ja, ich sollte kommen!“
Schnarret hohl die heisre Stimme.

Und im Saal die Kerzen blinzeln
Durch das fluthende Gedränge,
Und es wirbelten die Pauken,
Und erschmettern die Trompeten.

„„Sind ja eiskalt deine Hände!
Flüstert Clara, krampfig zuckend.
„Sprachest ja, ich sollte kommen!“
Und sie treiben rasch hinunter.

„„Laß mich, laß mich, Don Rodrigo!
Leichenhauch ist ja dein Odem.““
Don Rodrigo's grause Worte
Schallen schaurig im Gewoge.

Und der Boden glühend rauchte,
Lustig fiedelten die Geigen;
Wie ein tolles Zauberweben,
Schwindelt Alles im Gekreisel.

„„Laß mich, laß mich, Don Rodrigo!““
Clara ächzt und fleht und wimmert.
„Sprachest ja, ich sollte kommen!
Grinset immer Don Rodrigo.

„„Nun, so geh, in Gottes Namen!““
Clara sprach's mit fester Stimme,
Und dies Wort war kaum entfahren,
Und verschwunden war Rodrigo.

Clara starret. Ihre Sinne
Kaltumflirret, nachtumwoben;
Ohnmacht hat das lichte Bildniß
In ihr dunkles Reich gezogen.

Endlich weicht der Nebelschlummer,
Endlich schlug sie auf die Wimper,
Aber Staunen wollt' aufs Neue
Ihre schönen Augen schließen.

Denn sie saß noch wie zu Anfang,
War auch nicht vom Sitz gewichen,
Saß noch an des Bräut'gams Seite,
Und der Ritter sorgsam bittet:

„Sprich, was bleichen deine Wangen?
Sprich, was wird dein Aug' so dunkel?“—
„„Und Rodrigo?““ — — schaudert Clara,
Und Entsetzen lähmt die Zunge.

Aber tiefe, ernste Falten
Lagern sich auf Bräut'gams Stirne:
„Herrin, forsch nicht blut'ge Kunde, —
Heute Mittag starb Rodrigo!“

11.

Belsazer.*

Die Mitternacht zog näher schon;
In stummer Ruh' lag Babylon.

Nur oben in des Königs Schloß,
Da flackert's, da lärmt des Königs Troß.

Dort oben in dem Königssaal,
Belsazer hielt sein Königsmahl.

Die Knechte saßen in schimmernden Reihn,
Und leerten die Becher mit funkelndem Wein.

Es klirrten die Becher, es jauchzten die Knecht';
So klang es dem störrigen Könige recht.

Des Königs Wangen leuchten Gluth;
Im Wein erwuchs ihm kecker Muth.

Und blindlings reißt der Muth ihn fort;
Und er lästert die Gottheit mit sündigem Wort.

Und er brüstet sich frech, und lästert wild;
Die Knechtenschaar ihm Beifall brüllt.

*) Zuerst abgedruckt in den „Gedichten," 1822.

Der König rief mit stolzem Blick;
Der Diener eilt und kehrt zurück.

Er trug viel gülden Geräth auf dem Haupt;
Das war aus dem Tempel Jehovah's geraubt.

Und der König ergriff mit frevler Hand
Einen heiligen Becher, gefüllt bis am Rand.

Und er leert ihn hastig bis auf den Grund.
Und rufet laut mit schäumendem Mund:

„Jehovah! dir künd' ich auf ewig Hohn, —
Ich bin der König von Babylon!"

Doch kaum das[1] grause Wort verklang,
Dem König ward's heimlich im Busen bang.

Das gellende Lachen verstummte zumal;
Es wurde leichenstill im Saal.

Und sieh! und sieh! an weißer Wand,
Da kam's hervor, wie Menschenhand;

Und schrieb, und schrieb an weißer Wand
Buchstaben von Feuer, und schrieb und schwand.[2]

Der König stieren Blicks da saß.
Mit schlotternden Knien und todtenblaß.

Die Knechtenschar saß kalt durchgraut,
Und saß gar still, gab keinen Laut.

[1]) dies

[2]) Eine leuchtende Flammenschrift, und schwand.

Die Magier kamen, doch Keiner verstand
Zu deuten die Flammenschrift an der Wand.[3]

Belsazer ward aber in selbiger Nacht
Von seinen Knechten umgebracht.

12.

Die Minnesänger.*

Zu dem Wettgesange schreiten
Minnesänger jetzt herbei;
Ei, Das giebt ein seltsam Streiten,
Ein gar seltsames[1] Turnei!

Phantasie, die schäumend wilde,
Ist des Minnesängers Pferd,
Und die Kunst dient ihm zum Schilde,
Und das Wort, das ist sein Schwert.

Hübsche Damen schauen munter
Vom beteppichten Balkon,
Doch die Rechte ist nicht drunter
Mit der rechten Lorberkron'.[2]

Andre Leute, wenn sie springen[3]
In die Schranken, sind gesund;

[3]) Zu deuten die Schrift an Saaleswand."

*) Zuerst abgedruckt im „Gesellschafter," 75 Blatt, vom 11. Mai 1821.

[1]) herrliches

[2]) Mit des Sieges Myrtenkron'.

[3]) die da springen

Doch wir Minnesänger bringen[4]
Dort schon mit die Todeswund'.

Und wem dort am besten dringet
Liederblut aus Herzensgrund,
Der ist Sieger, der erringet
Bestes Lob aus schönstem Mund.[5]

13.

Ständchen eines Mauren.*

Meiner schlafenden Zuleima
Rinnt aufs Herz, ihr Thränentropfen;
Dann wird ja das süße Herzchen
Sehnsuchtsvoll nach Abdul klopfen.

Meiner schlafenden Zuleima
Spielt ums Ohr, ihr Seufzer trübe;
Dann träumt ja das blonde Köpfchen
Heimlich süß von Abdul's Liebe.

4) Aber Minnesänger bringen

5) Und wem dort am besten dringen
Liedes Blutström' aus der Brust,
Der wird's beste Lob erringen,
Und sein Weh giebt Andern Lust.

*) Zuerst im „Gesellschafter." 108. Bl. vom 7. Juli 1821, und im „Rheinisch-westfälischen Musenalmanach auf das Jahr 1822", — später nur noch 1822 in den „Gedichten," abgedruckt. Im Musenalmanach lautet der Name „Zulima." Die nachfolgende spätere Umarbeitung des Gedichtes findet sich nur in Nr. 36 der Wiener „Sonntagsblätter", vom 5. September 1847:

Der sterbende Almansor.

Auf die schlafende Zuleima
Fallen Thränen, glühend heiße;
Meiner Thränen Fluth benetzet
Ihre Hand, die schwanenweiße.

Auf die schlafende Zuleima
Fällt mein Blut in rothen Tropfen;
Und sie seufzet schwer im Traume,
Und das Herzchen hör' ich klopfen.

Ach! der Schmerz ist stumm geboren,
Ohne Zunge in dem Munde,
Hat nur Thränen, hat nur Blut,
Blut aus tiefer Todeswunde.

Meiner schlafenden Zuleima
Ström aufs Händchen, Herzblutquelle;
Dann trägt ja ihr süßes Händchen
Abdul's Herzblut,[1] roth und helle.

Ach! der Schmerz ist stumm geboren,
Ohne Zunge in dem Munde,
Hat nur Thränen, hat nur Seufzer,
Und nur Blut aus Herzenswunde.[2]

14.

Die Fensterschau.*

Der bleiche Heinrich ging vorbei,
Schön Hedwig lag am Fenster.
Sie sprach halblaut: „Gott steh' mir bei,
Der unten schaut bleich wie Gespenster!"

Der unten erhob[1] sein Aug' in die Höh',
Hinschmachtend nach Hedewig's Fenster.
Schön Hedwig ergriff es wie Liebesweh,
Auch sie ward bleich wie Gespenster.

Schön Hedwig stand nun mit Liebesharm
Tagtäglich[2] lauernd am Fenster.
Bald aber lag sie in Heinrich's Arm,
Allnächtlich zur Zeit der Gespenster.

1) Abdul's Sehnen
2) Blut nur aus der Herzenswunde.
*) Zuerst abgedruckt in den „Gedichten." 1822.

1) erhub
2) Alltäglich

15.

Der wunde Ritter.*

Ich weiß eine alte Kunde,
Die hallet dumpf und trüb:
Ein Ritter liegt[1] liebeswunde,
Doch treulos ist sein Lieb.

Als treulos muss er verachten
Die eigne Herzliebste[2] sein,
Als schimpflich muss er betrachten
Die eigne Liebespein.

Er möcht' in die Schranken reiten
Und rufen die Ritter zum Streit:
„Der mag sich zum Kampf bereiten,
Wer mein Lieb eines Makels zeiht!"

Da würden wohl Alle schweigen,
Nur nicht sein eigener Schmerz;
Da müsst' er die Lanze neigen
Widers-eigne klagende Herz.[3]

*) Zuerst abgedruckt in den „Gedichten," 1822.

1) lag

2) Geliebte

3) In der ältesten Fassung folgten hier noch die Strophen:

Er möchte mit eignem Blute
Abwaschen den Fleck seines Liebs;
Mit dem eignen Himmelsgute
Möcht' er sühnen die Schuld seines Liebs.

Am liebsten möcht' er liegen
Mit Liebchen im Todtenschrein.
Ans kalte Lieb sich schmiegen; —
Der Tod macht Alle rein.

16.

Wasserfahrt.*

Ich stand gelehnet an den Mast,[1]
Und zählte jede Welle.
Ade, mein schönes Vaterland!
Mein Schiff, das[2] segelt schnelle!

Ich kam schön Liebchens Haus vorbei,
Die Fensterscheiben blinken;
Ich guck' mir fast die Augen aus,
Doch will mir Niemand winken.

Ihr Thränen, bleibt mir aus dem Aug',
Daß ich nicht dunkel sehe.
Mein krankes Herze, brich mir nicht[3]
Vor allzugroßem Wehe![4]

*) Mit der Überschrift: „Des Knaben Wasserfahrt," zuerst abgedruckt in den „Gedichten," 1822.

1) Ich stand am Mastbaum angelehnt,

2) Mein Schiffchen

3) breche nicht

4) In der ältesten Fassung folgten hier noch die Strophen:

Stolziere nicht, du falsche Maid,
Ich will's meiner Mutter sagen;
Wenn meine Mutter mich weinen sieht,
Dann brauch' ich nicht lange zu klagen.

Meine Mutter singt mir ein Wiegenlied vor,
Bis ich schlafe und erbleiche;
Doch dich schleppt sie Nachts bei den Haaren herbei,
Und zeigt dir meine Leiche.

17.

Das Liedchen von der Reue.*

Herr Ulrich reitet im grünen Wald,
Die Blätter lustig rauschen.
Er sieht eine holde Mädchengestalt[1]
Durch Baumeszweige lauschen.

Der Junker spricht:[2] „Wohl kenne ich
Dies blühende, glühende Bildnis,
Verlockend stets umschwebt es mich
In Volksgewühl und Wildnis.

„Zwei Röslein sind die Lippen dort,
Die lieblichen, die frischen;
Doch manches häßlich bittre Wort
Schleicht tückisch oft dazwischen.

„Drum gleicht dies Mündlein gar genau
Den hübschen Rosenbüschen,
Wo gift'ge Schlangen wunderschlau
Im dunkeln Laube zischen.

*) Zuerst im „Kunst- und Wissenschaftsblatt," Nr. 44, Beiblatt des „Rheinisch-westfälischen Anzeigers" vom 14. November 1820, abgedruckt.

1) Da sieht er ein Mägdlein von holder Gestalt
Er sieht eines holden Mägdleins Gestalt G.

2) sprach:

„Dort jenes Grübchen wunderlieb
In wunderlieben Wangen,
Das ist die Grube, worein mich trieb
Wahnsinniges Verlangen.

„Dort seh' ich ein schönes Lockenhaar
Vom schönsten Köpfchen hangen.
Das sind die Netze wunderbar,
Womit mich der Böse gefangen.

„Und jenes blaue Auge dort,
So klar wie stille Welle,
Das hielt ich für des Himmels Pfort',
Doch war's die Pforte der Hölle." —

Herr Ulrich reitet weiter im Wald,
Die Blätter rauschen schaurig.
Da sieht er fern[3] eine zweite Gestalt,
Die ist so bleich, so traurig.

Der Junker spricht:[4] „O Mutter dort,
Die mich so mütterlich liebte,
Der ich mit bösem Thun und Wort
Das Leben bitterlich trübte!

„O, könnt' ich dir trocknen die Augen nass,
Mit der Gluth von meinen Schmerzen!
O, könnt' ich dir röthen die Wangen blass,
Mit dem Blut aus meinem Herzen!" —

[3]) von fern
[4]) sprach:

Und weiter reitet Herr Ulerich,
Im Wald beginnt es zu düstern,
Viel' seltsame[5] Stimmen regen sich,
Die Abendwinde flüstern.

Der Junker hört die Worte sein
Gar vielfach wiederklingen.
Das thaten die lustigen[6] Waldvöglein,
Die zwitschern laut und singen:

„Herr Ulrich singt ein hübsches Lied,
Das Liedchen von der Reue,
Und hat er zu Ende gesungen das Lied,
So singt er es wieder aufs Neue."

18.

An eine Sängerin.*

Als sie eine alte Romanze sang.

Ich denke noch der Zaubervollen,
Wie sie zuerst mein Auge sah!
Wie ihre Töne lieblich klangen
Und heimlich süß ins Herze drangen,
Entrollten Thränen meinen Wangen, —
Ich wusste nicht, wie mir geschah.

5) Viel' eigne
6) spöttischen

*) Zuerst abgedruckt in den „Gedichten," 1822.

Ein Traum war über mich gekommen;
Mir war, als sei ich noch ein Kind,[1]
Und säße still beim Lämpchenscheine
In Mutters frommem[2] Kämmerleine,
Und läse Märchen, wunderfeine,
Derweilen draußen Nacht und Wind.

Die Märchen fangen an zu leben,
Die Ritter steigen aus der Gruft;
Bei Ronzisval da giebt's ein Streiten,
Da kommt Herr Roland herzureiten,
Viel' kühne Degen ihn begleiten,
Auch leider Ganelon, der Schuft.

Durch Den wird Roland schlimm gebettet,
Er schwimmt in Blut, und athmet kaum;
Kaum mochte fern sein Jagdhornzeichen
Das Ohr des großen Karl's erreichen,
Da muß der Ritter schon erbleichen, —
Und mit ihm stirbt zugleich mein Traum.

Das war ein lautverworrnes Schallen,
Das mich aus meinen Träumen rief.
Verklungen war jetzt die Legende,
Die Leute schlugen in die Hände
Und riefen „Bravo!" ohne Ende;
Die Sängerin verneigt sich tief.

1) Als sei ich noch ein frommes Kind,
2) warmen

19.

Die Lehre.*

Mutter zum Bienelein:
„Hüt dich vor Kerzenschein!"
Doch, was die Mutter spricht,
Bienelein achtet nicht;

Schwirret ums Licht herum,
Schwirret mit Sum-sum-sum,
Hört nicht die Mutter schrein:
„Bienelein! Bienelein!"

Junges Blut, tolles Blut,
Treibt in die Flammengluth,
Treibt in die Flamm' hinein, —
„Bienelein! Bienelein!"

'S flackert nun lichterroth,
Flamme gab[1] Flammentod. —
„Hüt dich vor Mägdelein,[2]
Söhnelein! Söhnelein!"

*) Mit der Unterschrift: „Sy. Freudbold Riesenbarf," zuerst abgedruckt in „Hamburg's Wächter," 33. Stück, vom 17. März 1817; — später nur noch in die „Gedichte" 1822, aufgenommen.

1) giebt

2) Magedein!

20.

Das Lied von den Dukaten.*

Meine güldenen Dukaten,
Sagt, wo seid ihr hingerathen?

Seid ihr bei den güldnen Fischlein,
Die im Bache froh und munter
Tauchen auf und tauchen unter?

Seid ihr bei den güldnen Blümlein,
Die auf lieblich grüner Aue
Funkeln hell im Morgenthaue?

Seid ihr bei den güldnen Vöglein,
Die da schweifen glanzumwoben
In den blauen Lüften oben?

Seid ihr bei den güldnen Sternlein,
Die im leuchtenden Gewimmel
Lächeln jede Nacht am Himmel?

Ach! ihr güldenen Dukaten
Schwimmt nicht in des Baches Well',
Funkelt nicht auf grüner Au,
Schwebet nicht in Lüften blau,
Lächelt nicht am Himmel hell, —

*) Zuerst abgedruckt in den „Gedichten," 1822.

Meine Manichäer, traun!
Halten euch in ihren Klaun.

21.

Gespräch auf der Paderborner Heide.*

Hörst du nicht die fernen[1] Töne,
Wie von Brummbaß und von Geigen?
Dorten tanzt wohl manche Schöne
Den geflügelt leichten Reigen.

„Ei, mein Freund, das nenn' ich irren,
Von den Geigen hör' ich keine,
Nur die Ferklein hör' ich quirren,
Grunzen nur hör' ich[2] die Schweine.“

Hörst du nicht das Waldhorn blasen?
Jäger sich des Waidwerks freuen;[3]
Fromme Lämmer seh' ich grasen,
Schäfer spielen auf Schalmeien.

„Ei, mein Freund, was du vernommen,
Ist kein Waldhorn, noch Schalmeie;[4]
Nur den Sauhirt seh' ich kommen,
Heimwärts treibt er seine Säue.“[5]

*) Zuerst abgedruckt im „Gesellschafter,“ 76. Blatt, vom 12. Mai 1821.
1) lust'gen
2) Grunzen hör' ich nur
3) freuen?
4) Ist nicht Waldhorn, nicht Schalmeie;
5) Heimwärts treibet er die Säue.“

Hörst du nicht das ferne Singen,
Wie von süßen Wettgesängen?
Englein schlagen mit den Schwingen
Lauten Beifall solchen Klängen.

„Ei, was dort so hübsch geklungen,
Ist kein Wettgesang, mein Lieber!
Singend treiben Gänsejungen
Ihre Gänselein vorüber.“

Hörst du nicht die Glocken läuten,
Wunderlieblich, wunderhelle?
Fromme Kirchengänger schreiten
Andachtsvoll zur Dorfkapelle.

„Ei, mein Freund, Das sind die Schellen
Von den Ochsen, von den Kühen,
Die nach ihren dunkeln[6] Ställen
Mit gesenktem Kopfe ziehen.“

Siehst du nicht den Schleier wehen?
Siehst du nicht das leise Nicken?
Dort seh' ich die Liebste stehen,
Feuchte Wehmuth in den Blicken.

„Ei, mein Freund, dort seh' ich nicken
Nur das Waldweib, nur die Lise;[7]
Blaß und hager an den Krücken
Hinkt sie weiter nach der Wiese.“

6) dunklen
7) Nur das Bettelweib, die Lise;

Nun, mein Freund, so magst du lachen
Über des Phantasten Frage!
Wirst du auch zur Täuschung machen,
Was ich fest im Busen trage? [8]

22.

Traum und Leben.*

Es glühte der Tag, es glühte mein Herz,
Still trug ich mit mir herum den Schmerz.
Und als die Nacht kam, schlich ich fort
Zur blühenden Rose am stillen Ort.

Ich nahte mich leise und stumm wie das Grab,
Nur Thränen rollten die Wangen hinab;
Ich schaut' in den Kelch der Rose hinein,
Da glomm's hervor, wie ein glühender Schein.

Und freudig entschlief ich beim Rosenbaum;
Da trieb sein Spiel ein neckender Traum:
Ich sah ein rosiges Mädchenbild,
Den Busen ein rosiges Mieder umhüllt.

Sie gab mir was Hübsches, recht goldig und weich;
Ich trug's in ein goldenes Häuschen sogleich.
Im Häuschen da geht es gar wunderlich bunt,
Da dreht sich ein Völkchen in zierlicher Rund'.

8) Kannst doch nicht zur Täuschung machen,
Was ich fest im Busen trage!

*) Nur abgedruckt in den „Gedichten," 1822.

Da tanzen zwölf Tänzer, ohn' Ruh' und Rast,
Sie haben sich fest bei den Händen gefasst;
Und wenn ein Tanz zu enden begann,
So fängt ein andrer von vorne an.

Und es summt mir ins Ohr die Tanzmusik:
„Die schönste der Stunden kehrt nimmer zurück;
Dein ganzes Leben war nur ein Traum,
Und diese Stunde ein Traum im Traum." —

Der Traum war aus, der Morgen graut,
Mein Auge schnell nach der Rose schaut, —
O weh! statt des glühenden Fünkleins steckt
Im Kelche der Rose ein kaltes Insekt.

23.

Lebensgruß.*

Stammbuchblatt.

Eine große Landstraß ist unsre Erd',
Wir Menschen sind Passagiere;
Man rennet und jaget, zu Fuß und zu Pferd,
Wie Läufer oder Kouriere.

Man fährt sich vorüber, man nicket, man grüßt
Mit dem Taschentuch aus der Karosse;
Man hätte sich gerne geherzt und geküsst,
Doch jagen von hinnen die Rosse.

*) Mit der Überschrift: „An Alexander, Pr(inzen) von W(ürtemberg)," zuerst abgedruckt in den „Gedichten," 1822.

Kaum trafen wir uns auf derselben Station,
Herzliebster Prinz Alexander,
Da bläst schon zur Abfahrt der Postillon,
Und bläst uns schon auseinander.

24.

Wahrhaftig.*

Wenn der Frühling kommt mit dem Sonnenschein,
Dann knospen und blühen die Blümlein auf;
Wenn der Mond beginnt seinen Strahlenlauf,
Dann schwimmen die Sternlein hinterdrein;[1]
Wenn der Sänger zwei süße Äuglein sieht,
Dann quellen ihm Lieder aus tiefem Gemüth; —
Doch Lieder und Sterne und Blümelein,
Und Äuglein und Mondglanz und Sonnenschein,
Wie sehr das Zeug auch gefällt,
So macht's doch noch lang' keine Welt.

*) Mit der Überschrift: „An Str." zuerst abgedruckt in den „Gedichten," 1822.

1) hintendrein;

Sonette.

Sonettenkranz an A. W. von Schle

1.

Der schlimmste Wurm: des Zweifels Dolchgedanken,
Das schlimmste Gift: an eigner Kraft verzagen,
Das wollt' mir fast des Lebens Mark zernagen;
Ich war ein Reis, dem seine Stützen sanken.

*) Zuerst abgedruckt im „Bemerker," Nr. 10, Beilage zum 77. Blatte des „Gesellschafters," vom 14. Mai 1821, mit folgendem

„Nachwort.

Die in der „Neuen Berliner Monatschrift für Philosophie und Literatur" enthaltenen und im „Konversations-Blatte" und im „Literaturblatt des Morgenblatts" zum Theil wieder abgedruckten, von manchen Leuten seelenvergnügt belächelten Ausfälle wider den großen Meister bewogen den Verfasser zum Abdruck obiger Sonette. Sie entstanden vorigen Sommer in Bonn, wo der Verfasser den Gefeierten in seiner vollen Kraft, Herrlichkeit und Rüstigkeit sah. Der Geist Desselben hat wahrlich nicht gealtert. Der hat keine Ruhe, behaglich auf dem Welt-Elephanten zu sitzen! — Ob der Verfasser jener bitteren Ausfälle mit Recht oder mit Unrecht wider die politische Tendenz der jetzigen Bestrebungen Schlegel's eifere, mag hier unentschieden bleiben. Doch hätte er nie die Achtung außer Augen setzen dürfen, die dem literarischen Reformator durchaus nicht versagt werden kann. Was das Sanskrit-Studium selbst betrifft, so wird über den Nutzen desselben die Zeit entscheiden. Portugiesen, Holländer und Engländer haben lange Zeit Jahr aus, Jahr ein auf ihren großen Schiffen die Schätze Indiens nach Hause geschleppt; wir Deutsche hatten immer das Zusehen. Aber die geistigen Schätze Indiens sollen uns nicht entgehen. Schlegel, Bopp, Humboldt, Frank u. s. w. sind unsere jetzigen Ostindienfahrer; Bonn und München werden gute Faktoreien sein.

H."

Das erste und dritte der obigen Sonette wurden später nur noch 1822 in die „Gedichte" aufgenommen.

Da mochtest du das arme Reis beklagen,
An deinem güt'gen Wort lässt du es ranken,
Und dir, mein hoher Meister, soll ich's danken,[1]
Wird einst das schwache Reislein Blüthen tragen.
O mögst du's ferner noch so sorgsam warten,
Daß es als Baum einst zieren kann den Garten
Der schönen Fee, die dich zum Liebling wählte.
Von jenem Garten meine Amm' erzählte:
Dort lebt ein heimlich wundersüßes Klingen,
Die Blumen sprechen und die Bäume singen.

2.

Im Reifrockputz, mit Blumen reich verzieret,
Schönpflästerchen auf den geschminkten Wangen,
Mit Schnabelschuhn, mit Stickerein behangen,
Mit Thurmfrisur, und wespengleich geschnüret:
So war die Aftermuse ausstaffieret,
Als sie einst kam, dich liebend zu umfangen.
Du bist ihr aber aus dem Weg gegangen,
Und irrtest fort, von dunklem[1] Trieb geführet.
Da fandest du ein Schloß in alter Wildnis,
Und drinnen lag, wie'n holdes Marmorbildnis,[2]
Die schönste Maid in Zauberschlaf versunken.
Doch wich der Zauber bald bei deinem Gruße,[3]
Aufwachte lächelnd Deutschlands echte Muse,
Und sank in deine Arme liebestrunken.

1) Und dir allein, mein Meister, soll ich's danken.

1) dunkelm

2) Und drinnen, wie ein holdes Marmorbildnis,

3) Doch wich der Zauber deinem zarten Gruße,

3.

Zufrieden nicht mit deinem Eigenthume,
Sollt' noch des Rheines Niblungshort dich laben,
Nahmst du vom Themsestrand die Wundergaben,
Und pflügtest kühn des Tago-Ufers [1] Blume.
Der Tiber hast du manch Kleinod entgraben, [2]
Die Seine musste zollen deinem Ruhme, —
Du drangest gar zu Brahma's Heiligthume,
Und wolltst auch Perlen aus dem Ganges haben.
Du geiz'ger Mann, ich rath' dir, sei zufrieden [3]
Mit Dem, was selten Menschen ward beschieden,
Denk ans Verschwenden jetzt, statt ans Erwerben.
Und mit den Schätzen, die du ohn' Ermüden
Zusammen hast geschleppt aus Nord und Süden,
Mach reich den Schüler jetzt, den lust'gen Erben.

An den Hofrath Georg S(artorius) in Göttingen.*

Stolz und gebietend ist des Leibes Haltung,
Doch Sanftmuth sieht man um die Lippen schweben,
Das Auge blitzt, und alle Muskeln beben,
Doch bleibt im Reden ruhige Entfaltung.

1) Tajo-Ufers
2) Der Tiber hast manch Kleinod du entgraben,
3) ich rathe, sei zufrieden

*) Nur abgedruckt in den „Gedichten," 1822.

So stehst du auf dem Lehrstuhl, von Verwaltung
Der Staaten sprechend, und vom klugen Streben
Der Kabinette, und vom Völkerleben,
Und von Germaniens Spaltung und Gestaltung.
Aus dem Gedächtnis lischt mir nie dein Bild!
In unsrer Zeit der Selbstsucht und der Roheit
Erquickt ein solches Bild von edler Hoheit.
Doch was du mir, recht väterlich und mild,
Zum Herzen sprachst in stiller, trauter Stunde,
Das trag' ich treu im tiefen Herzensgrunde.

An J. B. R(ousseau).*

Dein Freundesgruß konnt' mir die Brust erschließen,
Die dunkle Herzenskammer mir entriegeln;
Ich bin umfächelt wie von Zauberflügeln,
Und heimatliche Bilder mich begrüßen.
Den alten Rheinstrom seh' ich wieder fließen,
In seinem Blau sich Berg und Burgen spiegeln,
Goldtrauben winken von den Rebenhügeln,
Die Winzer klettern und die Blumen sprießen.
O, könnt' ich hin zu dir, zu dir, Getreuer,
Der du noch an mir hängst, so wie sich schlingt
Der grüne Ephen um ein morsch Gemäuer.
O, könnt' ich hin zu dir, und leise lauschen
Bei deinem Lied, derweil Rothkehlchen singt
Und still des Rheines Wogen mich umrauschen.

*) Nur abgedruckt in den „Gedichten," 1822.

An Franz von Z.*

Es zieht mich nach Nordland ein goldner Stern;
Ade, mein Bruder! denk mein in der Fern'!
Bleib treu, bleib treu der Poesie,
Verlaß das süße Bräutchen nie!
Bewahr in der Brust, wie einen Hort,
Das liebe, schöne deutsche Wort! —
Und kommst du mal nach dem Norderstrand,
So lausche nur am Norderstrand;
Und lausche, bis fern sich ein Klingen erhebt
Und über die feiernden Fluthen schwebt.
Dann mag's wohl sein, daß entgegen dir zieht
Des wohlbekannten Sängers Lied.
Dann greif auch du in dein Saitenspiel
Und gieb mir süßer Kunden viel:
Wie's dir, mein trauter Sänger, ergeht,
Und wie's meinen Lieben allen ergeht,
Und wie's ergeht der schönen Maid,
Die so manches Jünglingsherz erfreut,
Und in manches gesendet viel Gluth hinein,
Die blühende Rose am blühenden Rhein!
Und auch vom Vaterland Kunde gieb:
Ob's noch das Land der treuen Lieb',
Ob der alte Gott noch in Deutschland wohnt,
Und Niemand mehr dem Bösen frohnt.
Und wie dein süßes Lied erklingt
Und heitere Märchen hinüber bringt,
Wohl über die Wogen zum fernen Strand,
So freut sich der Sänger im Norderland.

*) Nur abgedruckt in den „Gedichten," 1822.

An meine Mutter B. Heine,

Geborne von Geldern.*

1.

Ich bin's gewohnt, den Kopf recht hoch zu tragen,
Mein Sinn ist auch ein bischen starr und zähe;
Wenn selbst der König mir ins Antlitz sähe,
Ich würde nicht die Augen niederschlagen.
Doch, liebe Mutter, offen will ich's sagen:
Wie mächtig auch mein stolzer Muth sich blähe,
In deiner selig süßen, trauten Nähe
Ergreift mich oft ein demuthvolles Zagen.
Ist es dein Geist, der heimlich mich bezwinget,
Dein hoher Geist, der Alles kühn durchdringet,
Und blitzend sich zum Himmelslichte schwinget?
Quält mich Erinnerung, daß ich verübet
So manche That, die dir das Herz betrübet,
Das schöne Herz, das mich so sehr geliebet!

2.

Im tollen Wahn hat' ich dich einst verlassen,
Ich wollte gehn die ganze Welt zu Ende,
Und wollte sehn, ob ich die Liebe fände,
Um liebevoll die Liebe zu umfassen.

*) Zuerst abgedruckt in den „Gedichten." 1822.

Die Liebe suchte ich auf allen Gassen,
Vor jeder Thüre streckt' ich aus die Hände,
Und bettelte um gringe Liebesspende, —
Doch lachend gab man mir nur kaltes Hassen.
Und immer irrte ich nach Liebe, immer
Nach Liebe, doch die Liebe fand ich nimmer,
Und kehrte um nach Hause, krank und trübe.
Doch da bist du[1] entgegen mir gekommen,
Und ach! was da in deinem Aug' geschwommen,
Das war die süße, langgesuchte Liebe.

An H. Str.

Nachdem ich seine Zeitschrift für Erweckung altdeutscher Kunst gelesen.*

Wie ich dein Büchlein hastig aufgeschlagen,
Da grüßen mir entgegen viel' vertraute,
Viel' goldne Bilder, die ich weiland schaute
Im Knabentraum und in den Kindertagen.
Ich sehe wieder stolz gen Himmel ragen
Den frommen Dom, den deutscher Glaube baute,
Ich hör' der Glocken und der Orgel Laute,
Dazwischen klingt's wie süße Liebesklagen.
Wohl seh' ich auch, wie sie den Dom umklettern,
Die flinken Zwerglein, die sich dort erfrechen,
Das hübsche Blum- und Schnitzwerk abzubrechen.
Doch mag man immerhin die Eich' entblättern
Und sie des grünen Schmuckes rings berauben —
Kommt neuer Lenz, wird sie sich neu belauben.

1) Doch du bist da

*) Zuerst abgedruckt in den „Gedichten," 1822.

Das projektierte Denkmal Goethe's

zu Frankfurt am Main.*

Hört zu, ihr deutschen Männer, Mädchen, Frauen,
Und sammelt Subskribenten unverdrossen!
Frankfurt's Bewohner[1] haben jetzt beschlossen,
Ein Ehrendenkmal Goethen zu erbauen.

„Zur Meßzeit wird der fremde Krämer schauen," —
So denken sie, — „dass wir des Manns Genossen,
Dass unserm Boden[2] solche Blum entsprossen,
Und blindlings wird man uns im Handel trauen."

O, lasst dem Dichter seine Lorberreiser,
Ihr Handelsherrn! Behaltet euer Geld.
Ein Denkmal hat sich Goethe selbst gesetzt.

In Windeln war er einst euch nah;[3] doch jetzt
Trennt euch von Goethe eine ganze Welt,
Euch, die ein Flüsslein trennt von Sachsenhäuser.

Bamberg und Würzburg.**

In beider Weichbild fließt der Gnaden Quelle,
Und tausend Wunder täglich dort geschehen.
Umlagert sieht man dort von Kranken stehen
Den Fürsten, der da heilet auf der Stelle.

*) Zuerst, mit der Unterschrift: „—rry," im Berliner „Zuschauer," Nr. 82, vom 10. Juli 1821, — später nur noch im zweiten Brief aus Berlin im „Kunst- und Wissenschaftsblatt," Nr. 17 (Beiblatt zum „Rheinisch-westfälischen Anzeiger" Nr. 32), vom 19. April 1822, mit folgenden Varianten abgedruckt:
1) Die Bürger Frankfurt's
2) dass unserm Miste
3) Im Windelnschmutz war er euch nah;

**) Dies Sonett, das sich auf den, zu jener Zeit als Mirakelheld bekannten Fürsten Hohenlohe und auf den schreibseligen Dramatiker Joseph von Auffenberg bezieht, ward nur im „Zuschauer," Nr. 93, vom 4. August 1821, mit der Unterschrift: „Sir Harry," abgedruckt.

Er spricht: „Steht auf und geht!“ Und flink und schnelle
Sieht man die Lahmen selbst von hinnen gehen.
Er spricht: „Schaut auf und sehet!“ Und es sehen
Sogar die Blindgebornen klar und helle.

Ein Jüngling naht, von Wassersucht getrieben,
Und fleht: „„Hilf Wunderthäter, meinem Leibe!““
Und segnend spricht der Fürst: „Geh hin und schreibe!“

In Bamberg und in Würzburg macht's Spektakel,
Die Handlung Gebhardt's rufet laut: „Mirakel!“ —
Neun Dramen hat der Jüngling schon geschrieben.

„Das Bild,“

Trauerspiel von Freiherrn E. v. Houwald.*

Lessing-Da Vinci's Nathan und Galotti,
Schiller-Raphael's Wallenstein und Posa,
Egmont und Faust von Goethe-Buonarotti,
Die nimm zum Muster, Houwald-Spinarosa!

„Aucassin und Nicolette“
oder
„Die Liebe aus der guten alten Zeit.“

An J. F. Koreff.**

Hast einen bunten Teppich ausgebreitet,
Worauf gestickt sind leuchtende Figuren.
Es ist der Kampf feindseliger Naturen,
Der halbe Mond, der mit dem Kreuze streitet.

*) Dies Epigramm ward mit der Unterschrift: „—rry.“ nur im „Zuschauer,“ Nr. 78, vom 30. Juni 1821, abgedruckt.

**) Mit der Unterschrift: „H.“ und dem Datum: „Berlin, den 27. Februar 1822,“ nur abgedruckt im „Zuschauer,“ Nr. 32, vom 14. März 1822.

Trompetentusch! Die Schlacht wird vorbereitet;
Im Kerker schmachten, die sich Treue schwuren;
Schalmeien klingen auf Provencer Fluren;
Auf dem Bazar Karthago's Sultan schreitet.
Freundlich ergötzt die bunte Herrlichkeit:
Wir irren wie in märchenhafter Wildnis,
Bis Lieb' und Licht besiegen Haß und Nacht.
Du, Meister, kanntest der Kontraste Macht,
Und gabst in schlechter neuer Zeit das Bildnis
Von Liebe aus der guten alten Zeit!

Die Nacht auf dem Drachenfels.

An Fritz v. B.*

Um Mitternacht war schon die Burg erstiegen,
Der Holzstoß flammte auf am Fuß der Mauern,
Und wie die Burschen lustig niederkauern,
Erscholl das Lied von Deutschlands heil'gen Siegen.
Wir tranken Deutschlands Wohl aus Rheinweinkrügen,
Wir sahn den Burggeist auf dem Thurme lauern,
Viel' dunkle Ritterschatten uns umschauern,
Viel' Nebelfraun bei uns vorüberfliegen.
Und aus den Thürmen steigt ein tiefes Ächzen,
Es klirrt und rasselt, und die Eulen krächzen;
Dazwischen heult des Nordsturms Wuthgebrause. —
Sieh nun, mein Freund! so eine Nacht durchwacht' ich
Auf hohem Drachenfels, doch leider bracht' ich
Den Schnupfen und den Husten mit nach Hause.

*) Nur abgedruckt in den „Gedichten," 1822.

An Fritz St(einmann).

Ins Stammbuch.*

Die Schlechten siegen, untergehn die Wackern,
Statt Myrten lobt man nur die dürren Pappeln,
Worin die Abendwinde tüchtig rappeln,
Statt stiller Gluth lobt man nur helles Flackern.
Vergebens wirst du den Parnass beackern,
Und Bild auf Bild und Blum' auf Blume stapeln,
Vergebens wirst du dich zu Tode zappeln,
Verstehst du's nicht, noch vor dem Ei zu gackern.
Auch musst du wie ein Kampfstier dich behörnen,
Und Schutz- und Trutz-Kritiken schreiben[1] lernen,
Und kräftig oft in die Posaune schmettern.
Auch schreibe nicht für Nachwelt, schreib für Pöbel,
Der Knalleffekt sei deiner Dichtung Hebel, —
Und bald wird dich die Galerie vergöttern.[2]

Fresko-Sonette an Christian S(ethe).**

1.

Ich tanz' nicht mit, ich räuchre nicht den Klötzen,
Die außen goldig sind, inwendig Sand;
Ich schlag' nicht ein, reicht mir ein Bub' die Hand,
Der heimlich mir den Namen will zerfetzen.

*) Nur abgedruckt in den „Gedichten," 1822. Die nachfolgenden Varianten sind dem von Steinmann (H. Heine. Denkwürdigkeiten ꝛc.) mitgetheilten Faksimile des Originals, datiert: „Bonn den 7. August 1820," entnommen.
1) machen
2) Nur dann wird dich das Publikum vergöttern.

**) Das vierte und zeonte Sonett wurden zuerst im „Gesellschafter," 77. Bl., v. 14. Mai 1821, mit der Überschrift: „Sonette an einen Freund," — die übrigen. (mit Ausnahme des achten, das, nur von Steinmann mitgetheilt, sich mit der Überschrift: „Burleskes Sonett" auch im handschriftlichen Nachlass Heine's befindet), zuerst in den „Gedichten," 1822, abgedruckt. Das neunte Sonett ward nicht in die spätere Gedichtesammlung des B. d. L. aufgenommen.

Ich beug' mich nicht vor jenen hübschen Metzen,[1]
Die schamlos prunken mit der eignen Schand';
Ich zieh nicht mit, wenn sich der Pöbel spannt
Vor[2] Siegeswagen seiner eiteln Götzen.
Ich weiß es wohl, die Eiche muss erliegen,
Derweil das Rohr am Bach durch schwankes Biegen
In Wind und Wetter stehn bleibt, nach wie vor.
Doch sprich, wie weit bringt's wohl am End solch' Rohr?
Welch Glück! als ein Spazierstock dient's dem Stutzer,
Als Kleiderklopfer dient's dem Stiefelputzer.

2.

Gieb her die Larv', ich will mich jetzt maskieren
In einen Lumpenkerl, damit Halunken,
Die prächtig in Charaktermasken prunken,[1]
Nicht wähnen, ich sei Einer von den Ihren.
Gieb her gemeine Worte und Manieren,
Ich zeige mich in Pöbelart versunken,
Verleugne all' die schönen Geistesfunken,
Womit jetzt fade Schlingel kokettieren.
So tanz' ich auf dem großen Maskenballe,
Umschwärmt von deutschen Rittern, Mönchen,[2] Kön'gen,
Von Harlekin gegrüßt, erkannt von Wen'gen.
Mit ihrem Holzschwert prügeln sie mich Alle.
Das ist der Spaß. Denn wollt' ich mich entmummen,
So müsste all das Galgenpack verstummen.

1) Ich zieh' nicht ab den Hut vor hübschen Metzen.
2) Vor'n

1) Die in Charaktermasken prächtig prunken.
2) Türken.

3.

Ich lache ob den abgeschmackten Laffen,
Die mich anglotzen mit den Bocksgesichtern;
Ich lache ob den Füchsen, die so nüchtern
Und hämisch mich beschnüffeln und begaffen.
Ich lache ob den hochgelahrten Affen,
Die sich aufblähn zu stolzen Geistesrichtern;[1]
Ich lache ob den feigen Bösewichtern,
Die mich bedrohn[2] mit giftgetränkten Waffen.
Denn wenn des Glückes hübsche Siebensachen
Uns von des Schicksals Händen sind zerbrochen,
Und so zu unsern Füßen hingeschmissen;
Und wenn das Herz im Leibe ist zerrissen,
Zerrissen, und zerschnitten, und zerstochen, —
Dann bleibt uns doch das schöne gelle Lachen.

4.

Im Hirn spukt mir ein Märchen wunderfein,
Und in dem Märchen klingt ein feines Lied,
Und in dem Liede lebt und webt und blüht
Ein wunderschönes[1] zartes Mägdelein.
Und in dem Mägdlein wohnt ein Herzchen klein,
Doch in dem Herzchen keine Liebe glüht;
In dieses lieblos frostige Gemüth
Kam Hochmuth nur und Übermuth hinein.

1) Splitterrichtern;
2) umdrohn

1) wundersüßes

Hörst du, wie mir im Kopf das Märchen klinget?
Und wie das Liedchen summet ernst und schaurig?
Und wie das Mägdlein kichert, leise, leise?
Ich fürchte nur, dass mir der Kopf zerspringet, —
Und ach! da wär's doch gar entsetzlich traurig,
Käm' der Verstand mir aus dem alten Gleise.

5.

In stiller, wehmuthweicher Abendstunde
Umklingen mich die längst verschollnen Lieder,
Und Thränen fließen von der Wange nieder,
Und Blut entquillt der alten Herzenswunde.
Und wie in eines Zauberspiegels Grunde
Seh' ich das Bildnis meiner Liebsten wieder;
Sie sitzt am Arbeitstisch, im rothen Mieder,
Und Stille herrscht in ihrer sel'gen[1] Runde.
Da[2] plötzlich springt sie auf vom Stuhl, und schneidet
Von ihrem Haupt die schönste aller Locken,
Und giebt sie mir, — vor Freud' bin ich erschrocken.
Mephisto[3] hat die Freude mir verleidet,
Er spann ein festes Seil von jenen Haaren,
Und schleift mich dran herum seit vielen Jahren.

6.

„Als ich vor einem Jahr dich wiederblickte,
Küsstest du mich nicht in der Willkommstund'."[1]
So sprach ich, und der Liebsten rother Mund
Den schönsten Kuss auf meine Lippen drückte.

1) heil'gen
2) Doch
3) Nur Satan
1) „Als ich vorm Jahr, mein Lieb, dich wiederblickte,
Gabst du kein'n Kuss mir in der Willkommstund'". G.
„Du gabst, als ich vorm Jahr dich wiederblickte,
Mir keinen Kuss in jener Willkommstund'." B. d. L. 1. Aufl.

Und lächelnd süß ein Myrtenreis sie pflückte
Vom Myrtenstrauche, der am Fenster stund:
„Nimm hin und pflanz dies Reis in frischen Grund,
Und stell' ein Glas darauf," sprach sie und nickte. —
Schon lang ist's her. Es starb das Reis im Topf.
Sie selbst hab' ich seit Jahren nicht gesehn;
Doch brennt der Kuß mir immer noch im Kopf,
Und aus der Ferne trieb's mich jüngst zum Ort,
Wo Liebchen wohnt. Vorm Hause blieb ich stehn
Die ganze Nacht, ging erst am Morgen fort.

7.

Hüt dich, mein Freund, vor grimmen Teufelsfratzen,
Doch schlimmer sind die sanften Engelsfrätzchen.
Ein solches bot mir einst ein süßes Schmätzchen,
Doch wie ich kam, da fühlt' ich scharfe Tatzen.
Hüt dich, mein Freund, vor schwarzen alten Katzen,
Doch schlimmer sind die weißen jungen Kätzchen;
Ein solches macht' ich einst zu meinem Schätzchen,
Doch thät mein Schätzchen mir das Herz zerkratzen.
O süßes Frätzchen, wundersüßes Mädchen!
Wie konnte mich dein klares Äuglein täuschen?
Wie konnt' dein Pfötchen mir das Herz zerfleischen?
O meines Kätzchens wunderzartes Pfötchen!
Könnt' ich dich an die glühnden Lippen pressen,
Und könnt' mein Herz verbluten unterdessen!

8.

Wie nähm' die Armuth bald bei mir ein Ende,
Wüsst' ich den Pinsel kunstgerecht zu führen
Und hübsch mit bunten Bildern zu verzieren
Der Kirchen und der Schlösser stolze Wände.
Wie flösse bald mir zu des Goldes Spende,
Wüsst' ich auf Flöten, Geigen und Klavieren
So rührend und so fein zu musicieren,
Dass Herrn und Damen klatschten in die Hände.
Doch, ach! mir Armen lächelt Mammon nie;
Denn leider, leider! trieb ich dich alleine,
Brotloseste der Künste, Poesie!
Und ach! wenn Andre sich mit vollen Humpen
Zum Gotte trinken im Champagnerweine,
Dann muss ich dürstęn, oder ich muss — pumpen.

9.

Die Welt war mir nur eine Marterkammer,
Wo man mich bei den Füßen aufgehangen
Und mir gezwickt den Leib mit glühnden Zangen
Und eingeklemmt in enger Eisenklammer.
Wild schrie ich auf vor namenlosem Jammer,
Blutströme mir aus Mund und Augen sprangen, —
Da gab ein Mägdlein, das vorbeigegangen,
Mir schnell den Gnadenstoß mit goldnem Hammer.
Neugierig sieht sie zu, wie mir im Krampfe
Die Glieder zucken, wie im Todeskampfe
Die Zung' aus blut'gem Munde hängt und lechzet.
Neugierig horcht sie, wie mein Herz noch ächzet,
Musik ist ihr mein letztes Todesröcheln,
Und spottend steht sie da mit kaltem Lächeln.

10.

Du sahst mich oft im Kampf mit jenen Schlingeln,
Geschminkten Katzen und bebrillten[1] Pudeln,
Die mir den blanken Namen gern besudeln,
Und mich so gerne ins Verderben züngeln.
Du sahest oft, wie mich Pedanten hudeln,
Wie Schellenkappenträger mich umklingeln,
Wie gift'ge Schlangen um mein Herz sich ringeln;
Du sahst mein Blut aus tausend Wunden sprudeln.
Du aber standest fest gleich einem Thurme;
Ein Leuchtthurm war dein Kopf mir in dem Sturme,
Dein treues Herz war mir ein guter Hafen.
Wohl wogt um jenen Hafen wilde Brandung,
Nur wen'ge Schiff' erringen dort die Landung,
Doch ist man dort, so kann man sicher schlafen.

11.

Ich möchte weinen, doch ich kann es nicht;
Ich möcht' mich rüstig in die Höhe heben,
Doch kann ich's nicht; am Boden muss ich kleben,
Umkrächzt, umzischt von eklem[1] Wurmgezücht.
Ich möchte gern mein heitres Lebenslicht,
Mein schönes Lieb, allüberall umschweben,
In ihrem selig süßen Hauche leben, —
Doch kann ich's nicht, mein krankes Herze bricht.
Aus dem gebrochnen Herzen fühl' ich fließen
Mein heißes Blut, ich fühle mich ermatten,
Und vor den Augen wird's mir trüb und trüber.

[1]) gebrillten
[1]) ekelm

Und heimlich schauernd sehn' ich mich hinüber
Nach jenem Nebelreich, wo stille Schatten
Mit weichen Armen liebend mich umschließen.

An Sie.*

Die rothen Blumen hier und auch die bleichen,
Die einst geblüht aus blut'gen Herzenswunden,
Die hab' ich nun zum schmucken Strauß verbunden,
Und will ihn dir, du schöne Herrin, reichen.
Nimm huldreich hin die treuen Sangeskunden;
Ich kann ja nicht aus diesem Leben weichen,
Ohn' rückzulassen dir ein Liebeszeichen —
Gedenke mein, wenn ich den Tod gefunden!
Doch nie, o Herrin, sollst du mich beklagen;
Beneidenswerth war selbst mein Schmerzenleben —
Denn liebend durft' ich dich im Herzen tragen.
Und größres Heil noch soll mir bald geschehen:
Mit Geisterschutz darf ich dein Haupt umschweben
Und Friedensgrüße in dein Herze wehen.

*) Nur abgedruckt in den „Gedichten." 1822.

Übersetzungen

aus

Lord Byron's Werken.*

(1820.)

---

*) Nur abgedruckt in den „Gedichten," 1822. — mit Ausnahme der Geisterlieder im „Manfred," die zuerst im „Gesellschafter," 106. Blatt, vom 4. Juli 1821 veröffentlicht wurden.

Vorbemerkung.

Die Übersetzung der ersten Scene aus „Manfred“ und des „Gut' Nacht“ aus Childe Harold entstand erst voriges Jahr und möge als Probe dienen, wie ich einige englische Dichter ins Deutsche zu übertragen gedenke. Die Lieder „Lebewohl“ und „An Inez“ sind weit früher — und zwar in unreifer, fehlerhafter Form — übersetzt, und wurden aus bloß zufälligen Gründen hier abgedruckt.

Berlin, den 20. November 1821.

H. Heine.

Manfred.

Erster Aufzug.

Erster Auftritt.

Eine gothische Halle. — Mitternacht. — Manfred allein.

Manfred.

Ich muss die Ampel wieder füllen, dennoch
Brennt sie so lange nicht, als ich muss wachen.
Mein Schlaf — wenn ich auch schlaf' — ist doch kein Schlaf;
Nur ein fortdauernd Brüten in Gedanken,
Die ich nicht bannen kann. Im Herzen pocht mir's
Gleich wie ein Wecker, und mein Aug' erschließt
Sich nur, einwärts zu schaun. Und dennoch leb' ich,
Und trage Menschenform und Menschenantlitz.
Doch Kummer sollt' des Weisen Lehrer sein;
Der Schmerz macht weise, und wer's Meiste weiß,
Den schmerzt am meisten auch die bittre Wahrheit:
Daſs der Erkenntnisbaum kein Baum des Lebens!
Nun hab' ich jede Wissenschaft durchgrübelt,
Auch Weltweisheit, die Kräfte der Natur
Erforscht, und fühl' im Herzen die Gewalt,
Die solche dienstbar machen könnt' mir selber.

Doch frommt es nicht. — Den Menschen that ich Gutes,
Und mir geschah auch Gutes, selbst von Menschen.
Doch frommt Das nicht. — Ich hatte meine Feinde,
Ich sank vor Keinem, Mancher sank vor mir.
Doch frommt es nicht. — Denn Gutes, Böses, Leben
Macht Leidenschaft, wie ich's bei Andern sehe,
Das war bei mir wie Regen auf den Sand,
Seit jener grausen Stund'. Ich fürchte Nichts,
Mich quält der Fluch, dass ich Nichts fürchten kann,
Kein stärkres Pochen fühl', von Hoffnung, Wünschen,
Sehnsucht nach einem Wesen dieser Erde.
Mein Werk beginn'!
Geheimnisvolle Mächte!
Ihr Geister dieses unbegrenzten Weltalls!
Ihr, die ich stets gesucht in Licht und Dunkel!
Ihr, die den Erdball rings umwebt, und luftig
Im Hauche wohnt; ihr, die als Lieblingsplätze
Euch ausgesucht die steilsten Bergesgipfel;
Ihr, die in Erd- und Meerabgründen hauset, —
Euch ruf' ich her kraft des geschriebnen Zaubers,
Der euch mir unterjocht. Steigt auf! Erscheint!

(Pause.)

Sie zögern. — Ich beschwör' euch bei dem Worte
Des Geisteroberhaupts, bei diesem Zeichen,
Das euch erzittern macht, beim Willen Dessen,
Der nimmer stirbt, — steigt auf! Steigt auf! Erscheint!

(Pause.)

Sie zögern. — Geister in der Erd' und Luft!
Ihr sollt nicht spotten meiner. Ich beschwör' euch
Bei noch viel mächt'grer Macht, beim Talisman,
Den ausgeheckt einst der verdammte Stern,
Der nun, ein Trümmerbrand zerstörter Welt,
Wie eine Höll' im ew'gen Raume wandelt;

Beim grausen Fluch, der meine Seel' belastet,
Bei dem Gedanken, der stets in mir lebt,
Und um mich lebt, beschwör' ich euch. Erscheint!

(Ein Stern wird sichtbar im dunkeln Hintergrunde der Halle. Er bleibt stehn. Man hört eine Stimme singen.)

Erster Geist.

Mensch! Auf deines Wortes Schall
Stürmt' ich aus der Wolkenhall',[1]
Die der Dämmrung Hauch gebildet,
Die das Abendlicht vergüldet
Mit Karmin und Himmelbläu',
Dass sie mir ein Lusthaus sei.
Zwar sollt' ich gehorchen nimmer,
Dennoch ritt ich auf dem Schimmer
Eines Sternleins zu dir her;
Mensch! erfüllt sei dein Begehr.

Zweiter Geist.

Montblanc ist der König der Berge,
Die krönten schon längst seine Höh';
Auf dem Felsenthron sitzend, im Wolkentalar,
Empfing er die Kron'[2] von Schnee.
Wie'n Gurt umschnallt seine Hüft' ein Wald,
Seine Hand die Lawine hält;
Doch vor dem Fall muss der donnernde[3] Ball
Still stehn, wenn's mir gefällt.
Des Gletschers ruhlos kalte Mass'[4]
Sinkt tiefer Tag für Tag;
Doch ich bin's, der sie sinken lass',[5]
Und auch sie hemmen mag.

1) Ließ ich meine Wolkenhall'.
2) Krone
3) donnrende
4) Des Gletschers ruhelos kalte Masse
5) lasse.

Ich bin der Geist des Berges hier,
Wollt' ich's, er beugte sich,
Erzitternd bis zum Marke schier, —
Und du, was riefst du mich?

Dritter Geist.

In dem bläulichen Meergrund,
Wo der Wellenkampf schweigt,
Wo ein Fremdling der Wind ist,
Und die Meerschlange kreucht,
Wo die Nixe ihr Grünhaar
Mit Muscheln durchschlingt, —
Wie wenn Sturm[6] auf der Meerfläch',
Scholl dein Spruch, der mich zwingt.
In mein stilles Korallhaus
Erdröhnte er schwer;
Denn der Wassergeist bin ich —
Sprich aus dein Begehr!

Vierter Geist.

Wo der Erdschüttrer schlummert
Auf Kissen[7] von Gluth,
So die Pechström' aufwälzen
Die kochende Fluth,
Wo die Wurzel der Andes
Die Erde durchwebt,
Also tief wie ihr Gipfel[8]
Zum Himmel aufstrebt,
Dort ließ ich die Heimat,
Dein Ruf riß mich fort, —
Bin Knecht deines Spruches,
Mein Herr ist dein Wort.

[6]) Wie ein Sturm
[7]) Auf Küsten
[8]) Gürtel

Fünfter Geist.

Mein Roß ist Wind, mit Geißelhieb
Treib' ich das Sturmgewühl;
Das Wetter, das dahinten blieb,
Ist noch von Blitzen schwül.
Mich hat gar schnell, über Land und Well',
Ein Windstoß hergebracht;
Die Flott', die ich traf, die segelt brav,
Doch sinkt sie noch heute Nacht.

Sechster Geist.

Mein Wohnhaus ist der Schatten süßer Nacht;
Was quälst du mich ans Licht mit Zaubermacht?

Siebenter Geist.

Vor Erdbeginn beherrschte ich
Den Stern, der nun beherrschet dich.
Das war ein Erdball, hübsch belebt,
Wie keiner je die Sonn' umschwebt.
Sein Lauf war schön geregelt, kaum
Trug schönern Stern der Himmelsraum.
Da kam die Stunde — und er ward
Ein Flammenball unförm'ger Art,
Ein Schweifstern, der sich pfadlos schlingt,
Und Menschen schreckt und Unheil bringt,
Der nie ermattend rollt und schweift,
Und irrend ohne Laufbahn läuft,
Ein Tollbild, das da oben brennt,
Ein Ungeheu'r am Firmament!
Und du, dem dies ein Schicksalstern,[*]
Wurm, dem ich hohnvoll dien' als Herrn,

[*]) Der Schicksalstern,

Da zwangst mich (mit der kurzen Macht,
Die dich am End' mir eigen macht,)
Auf kurz hieher, wo zitternd gar
Hier diese schwache Geisterschar[10]
Mit einem Ding, wie du bist, schwätzt —
Du, Sohn des Staubs, was willst du jetzt?

Die sieben Geister.

Erd', Weltmeer, Luft und Nacht, Gebirg und Wind[11]
Und auch dein Stern umstehn als Geister dich,
Und harren deines Winkes, Menschenkind, —
Was will von uns der Sohn des Staubes? — sprich![12]

Manfred.

Ich will vergessen —

Erster Geist.

Was — und wie — warum?

Manfred.

Was in mir ist, will ich vergessen, leset's
In mir — ihr kennt's, und ich kann's nimmer sagen.

Geist.

Nur was wir haben, können wir dir geben,
Verlange Gegenstände, Herrschaft, Weltmacht,
Ganz oder nur ein Theil, verlang ein Zeichen,
Das dir die Elemente dienstbar macht,
Die wir regieren, Jedes, all Dergleichen
Sei dein.

10) Auf kurze Frist hieher, wo gar
Bang zitternd diese Geisterschar

11) Gebirg und Sturm,

12) Und harren deines Willens, Menschenwurm.
Was willst du nun, du Sohn des Staubes? — sprich!

Manfred.

Vergessen, Selbstvergessenheit —
Könnt ihr nicht schaffen Dies aus dunklen Reichen,
Ihr, die mir prahlerisch so Vieles bietet?

Geist.

In unsrer Macht steht's nicht; es seie denn —
Du stürbest jetzt.

Manfred.

Wird mir's der Tod gewähren?

Geist.

Wir sind unsterblich und vergessen nicht;
Wir leben ewig, und Vergangnes ist uns
Mitsammt der Zukunft gegenwärtig. Siehst du?

Manfred.

Ihr höhnt mich; doch die Macht, die euch hieherzwang,
Gab euch in meine Hand. Höhnt nicht, ihr Knechte!
Die Seel', der Geist, der promethe'sche Funken,
Die Flamme meines Lebens ist so leuchtend,
Durchglühnd und weithinblitzend wie die eure,
Giebt der Nichts nach, obgleich in Staub gekleidet.
Gebt Antwort! sonst beweis' ich, wer ich bin.

Geist.

Die alte Antwort gnügt; die beste Antwort
Sind deine eignen Wort'.

Manfred.

Erklär die Rede.

Geist.

Wenn, wie du sagst, dein Wesen unserm gleicht,
So hattest du schon Antwort, als wir sagten:
Was Tod die Menschen nennen, bleibt uns fremd.

Manfred.

So rief ich euch umsonst aus euren Reichen,
Ihr könnt nicht oder wollt nicht helfen.

Geist.

Sprich!
Was wir vermögen, bieten wir, dein sei's;
Besinn dich, eh' du uns entläßt, frag nochmals, —
Macht, Herrschaft, Kraft, Verlängrung deiner Tage —

Manfred.

Verflucht! was habe ich zu thun mit Tagen?
Sie sind mir jetzt schon allzu lang, — fort! fort!

Geist.

Gemach! sind wir mal hier, kann's doch dir nützen,
Besinn dich, giebt's denn gar Nichts, das wir könnten
Nicht ganz unwerth in deinen Augen machen?

Manfred.

Nein, Nichts; doch bleibt, — ich möcht' wohl, eh' wir scheiden,
Euch schaun von Angesicht zu Angesicht.
Ich höre eure Stimmen, süß und schmachtend
Wie Harfentöne auf dem Wasser, immer
Steht leuchtend vor mir jener klare Stern;
Doch anders Nichts. Kommt näher, wie ihr seid,
Kommt all', kommt einzeln, in gewohnten Formen.

Geist.

Wir tragen keine Formen, außer die
Des Elements, wovon wir Seel' und Urgeist;
Wähl' die Gestalt, worin wir kommen sollen.

Manfred.

Ich wählen! Giebt's ja keine Form auf Erden,
Die häßlich oder reizend wär' für mich.
Eu'r Mächtigster mag wählen sich ein Antlitz,
Das ihm das beste dünkt. Erschein!

Siebenter Geist
(Erscheint in der Gestalt eines schönen Weibes.)

Sieh her!

Manfred.

O Gott! Wenn's so sein soll, und du kein Wahnbild
Und auch kein Blendwerk bist, so könnt' ich dennoch
Recht glücklich sein, — umarmen will ich dich,
Wir wollen wieder —
(die Gestalt verschwindet).
'S Herz ist mir zermalmet.
(Manfred stürzt besinnungslos nieder.)

Eine Stimme (spricht folgenden Zauberbann:)

Wenn der Mond im Wasser schwimmt,
Und im Gras der Glühwurm blinkt,
Wenn am Grab das Dunstbild glimmt,
Und im Sumpf das Irrlicht winkt,
Wenn Sternschnuppen[13] niederschießen,
Und sich Eulen krächzend grüßen,
Wenn, umschattet von den Höhn,
Baum und Blätter stille stehn:

[13]) Wenn die Sterne

Dann kommt meine Seel' auf dich,
Und mein Zauber reget sich.

Schläfst du auch mit Augen zu,[14]
Findet doch dein Geist nicht Ruh',
Schatten drohn,[15] die nie verbleichen,
Und Gedanken, die nicht weichen;
Von geheimer Macht umrauscht,
Bist du nimmer unbelauscht;
Bist wie leichentuchumhängt,
Wie von Wolken eingezwängt;
Sollst jetzt leben[16] immerfort
Hier in diesem Zauberwort.

Siehst mich zwar nicht sichtbarlich,
Dennoch fühlt dein Auge mich
Als ein Ding, das unsichtbar
Nah dir ist, und nahe war;
Und wenn's dir dann heimlich graust,
Und du hastig rückwärts schaust,
Siehst du staunend, dass ich nur
Bin der Schatten deiner Spur,
Und verschweigen muss dein Mund
Jene Macht, die dir ward kund.

Und ein Zaubersang und Spruch
Hat dein Haupt getauft mit Fluch;
Und ein Luftgeist voller List
Legt dir Schlingen, wo du bist;
In dem Wind hörst du ein Wort,
Das dir scheucht die Freude fort;

14) Drückt auch Schlaf die Augen zu.
15) Schatten giebt's.
16) Sollst jetzt wohnen

Und die Nacht, so still und hehr,
Gönnt dir Ruhe nimmermehr;
Und des Tages Sonnenschein,
Soll dir unerträglich sein.

Aus deinen Thränen, falsch und schlau,
Kocht' ich ein tödliches Gebrau;
Aus deines Herzen schwarzem Quell
Presst' ich des schwarzen Blutes Well';
Aus deines Lächelns Falt' ich zog
Die Schlang', die dort sich ringelnd bog';
Aus deinem Mund nahm ich den Reiz,
Den Hauch[17] des allerschlimmsten Leids;
Ich prüft' manch Gift, das mir bekannt,
Doch deins am giftigsten ich fand.

Bei deines Schlangenlächelns Mund,
Eiskaltem Herzen, Arglistschlund,
Bei deinem Aug',[18] scheinheilig gut,
Bei deiner Seel' verschlossner Wuth,
Bei deiner Kunst, womit du gar
Dein Herz für menschlich gabest dar,
Bei deiner Lust an fremdem Leid,
Bei deiner Kainsähnlichkeit,
Hierbei verfluch' ich dich, Gesell;
Sei selber deine eigne Höll'!

Und auf dein Haupt gieß' ich den Saft,
Der dir ein solch Verhängnis schafft;
Schlafen nicht und sterben nicht
Gönnt dein Schicksal dir, du Wicht;[19]

17) Den Quell
18) Bei diesem Aug',
19) „Schlafe nicht und sterbe nicht!“
Das ist's, was dein Schicksal spricht;

Sollst den Tod stets nahe schaun,
Freudig zwar und doch mit Graun.
Sieh! der Zauber schon umringt dich,
Klanglos seine Kett' umschlingt dich;
Auf dein Herz und Hirn zugleich
Kam der Spruch — verwelk, verbleich!

Lebewohl!

Befreundet waren weiland ihre Herzen,
Doch Lästerzungen können Wahrheit schwärzen;
Und die Beständigkeit wohnt nur dort oben;
Und dornig ist das Leben, und die Jugend
Ist eitel; und entzweit sein mit Geliebten,
Das kann wie Wahnsinnschmerz im Hirne toben!

* * *

Doch nie fand sich ein Mittler diesen Beiden,
Der heilen wollte ihrer Herzen Leiden.
Genüber standen sich die Schmerzgestalten,
Wie Klippen, die des Blitzes Strahl gespalten.
Ein wilder, wüster Strom fließt jetzt dazwischen;
Doch aller Elemente zorn'ge Schar
Vermag wohl nimmer gänzlich zu verwischen
Die holde Spur von Dem, was einstens war.
(Aus Coleridge's „Christabel.")

Lebe wohl, und sei's auf immer!
Sei's auf immer, lebe wohl!
Doch, Versöhnungslose, nimmer
Dir mein Herze zürnen soll.

Könnt' ich öffnen dir dies Herze,
Wo dein Haupt oft angeschmiegt
Jene süße Ruh gefunden,
Die dich nie in Schlaf mehr wiegt!

Könntest du durchschaun dies Herze
Und sein innerstes Gefühl!
Dann erst sähst du: es so grausam
Fortzustoßen, war zu Viel.

Mag sein, dass die Welt dich preise,
Und die That mit Freuden seh', —
Muss nicht selbst ein Lob dich kränken,
Das erkauft mit fremdem Weh?

Mag sein, dass viel Schuld ich trage;
War kein andrer Arm im Land,
Mir die Todeswund' zu schlagen,
Als der einst mich lieb umwand?

Dennoch täusche dich nicht selber,
Langsam welkt die Liebe bloß,
Und man reißt so raschen Bruches
Nicht ein Herz vom Herzen los.

Immer soll dein Herz noch schlagen,
Meins auch, blut' es noch so sehr;
Immer lebt der Schmerzgedanke:
Wieder sehn wir uns nicht mehr!?

Solche Worte schmerzen bittrer,
Als wenn man um Todte klagt;
Jeder Morgen soll uns finden
Im verwittwet' Bett erwacht.

Suchst du Trost, wenn's erste Lallen
Unsres Mägdleins dich begrüßt:
Willst du lehren „Vater" rufen
Sie, die Vaters Huld vermisst?

Wenn, umarmt von ihren Händchen,
Dich ihr süßer Kuss entzückt,
Denke sein, der fern dich liebet,
Den du liebend einst beglückt!

Wenn du schaust, dass ihr Gesichtlein
Meinen Zügen ähnlich sei,
Zuckt vielleicht in deinem Herzen
Ein Gefühl, das mir noch treu.

Alle meine Fehltritt' kennst du,
All mein Wahnsinn fremd dir blieb;
All mein Hoffen, wo du gehn magst,
Welkt, — doch geht's mit dir, mein Lieb.

Jed' Gefühl hast du erschüttert;
Selbst mein Stolz, sonst felsenfest,
Beugt sich dir, — von dir verlassen,
Meine Seel' mich jetzt verlässt.

Doch was helfen eitel Worte, —
Kommt ja gar von mir das Wort!
Nur entzügelte Gedanken
Brechen durch des Willens Pfort'.

Lebe wohl! ich bin geschleudert
Fort von allen Lieben mein,
Herzkrank, einsam und zermalmet, —
Tödlicher kann Tod nicht sein!

An Inez.

(Childe Harold. Erster Gesang.)

O, lächle nicht ob meinen finstern Brauen,
Das Wiederlächeln wird mir gar zu schwer
Doch Thränen mögen nie dein Aug' bethauen,
Umsonst geweinte Thränen nimmermehr.

O, forsche nicht von jenem Schmerz die Kunde,
Der nagend Freud' und Jugend mir zerfrisst.
Enthülle nicht die tiefgeheime Wunde,
Die du sogar zu heilen machtlos bist.

Es ist kein Liebesweh, es ist kein Hassen,
Es ist kein Schmerz getäuschter Ruhmbegier,
Was stets mich treibt, das Liebste zu verlassen,
Was mir die Gegenwart verekelt schier.

Es ist kein Überdruss, der mich erdrücket
Bei Allem, was ich hör' und seh' und fühl'.
Denn keine Schönheit giebt's, die mich entzücket,
Kaum noch ergötzt mich deiner Augen Spiel.

Es ist die düstre Gluth, die stets getragen
In tiefer Brust der ew'ge Wandersmann,
Der nirgendwo sich kann ein Grab erjagen,
Und doch im Grab nur Ruhe finden kann.

Welch Elend kann sich selbst entfliehn? Vergebens
Durchjag' ich rastlos jedes fernste Land,
Und stets verfolget mich der Tod des Lebens,
Der Teufel, der „Gedanke“ wird genannt.

Doch Andre seh' ich, die sich lustig tauchen
In jenes Freudenmeer, dem ich entwich;
O möge nie ihr schöner Traum verrauchen,
Und Keiner mög' erwachen so, wie ich!

Noch manchen Himmelsstrich muss ich durcheilen,
Verdammt, noch manches Mal zurück zu sehn;
Nur ein Bewusstsein kann mir Trost ertheilen:
Was auch gescheh', das Schlimmst' ist mir geschehn.

Was ist denn dieses Schlimmste? Lass die scharfen,
Die scharfen Stachelfragen lasse fort!
O lächle nur, — doch such nicht zu entlarven
Ein Männerherz, zu schaun die Hölle dort.

Gut' Nacht!

(Childe Harold. Erster Gesang.)

Leb wohl! leb wohl! im blauen Meer
Verbleicht die Heimat dort.
Der Nachtwind seufzt, wir rudern schwer,
Scheu fliegt die Möve fort.
Wir segeln jener Sonne zu,
Die untertaucht mit Pracht;
Leb wohl, du schöne Sonn' und du,
Mein Vaterland, — gut' Nacht!

Aufs Neu' steigt bald die Sonn' heran,
Gebärend Tageslicht;
Nur Luft und Meer begrüß' ich dann,
Doch meine Heimat nicht.
Mein gutes Schloss liegt wüst und leer,
Mein Herd steht öde dort,
Das Unkraut rankt dort wild umher,
Mein Hund heult an der Pfort'.

Komm her, komm her, mein Page klein,
Was weinst du, armes Kind?
Fürchtst du der Wogen wildes Dräun,
Macht zittern dich der Wind?
Wisch nur vom Aug' die Thräne hell,
Das Schiff ist fest gefügt,
Kaum fliegt der beste Falk so schnell,
Wie unser Schifflein fliegt.

„Lass brausen Fluth, lass heulen Wind,
Mich schreckt nicht Wind, nicht Fluth;
Sir Childe, viel andre Ding' es sind,
Weshalb ich schlimmgemuth.
Denn ich verließ den Vater mein,
Und auch die Mutter traut;
Mir blieb kein Freund, als du allein,
Und der dort oben schaut.

„Lang segnete mein Vater mich,
Doch klagte er nicht sehr.
Doch Mutter weint wohl bitterlich,
Bis dass ich wiederkehr'.“ —
Still, still, mein Bub, dich zieret hold
Im Auge solche Thrän',
Hätt' ich dein schuldlos Herz, man sollt'
Auch meins nicht trocken sehn.

Komm her, komm her, mein Schlossdienstmann,
Was hat dich bleich gemacht?
Fürchtst du, der Franzmann käm' heran,
Durchfröstelt dich die Nacht?
„Glaubst du, ich zittre für den Leib?
Sir Childe, bin nicht so bang!
Doch denkt er an sein fernes Weib,
Wird bleich des Treuen Wang'!

„Am Seerand, wo dein Stammschloss ragt,
Da wohnt mir Weib und Kind;
Wenn nun der Bub' nach Vater fragt,
Was sagt sie ihm geschwind?"
Still, still, mein wackrer Schlossdienstmann,
Man ehre deinen Schmerz;
Doch ich bin leichtrer Art, und kann
Entfliehn, als sei's ein Scherz.

Ich traue Weibesseufzern nicht!
Ein frischer Buhlertross
Wird trocknen jenes Auge licht,
Das jüngst noch überfloss.
Mich quälet kein' Erinnrung süß,
Kein Sturm, der näher rollt;
Mich quält nur, dass ich Nichts verließ,
Weshalb ich weinen sollt'.

Und nun schwimm' ich auf weitem Meer,
Bin einsam in der Welt; —
Sollt' ich um Andre weinen sehr,
Da mir kein Thränlein fällt?
Mein Hund heult nur, bis neue Speis'
Ein neuer Herr ihm reicht;
Kehr' ich zurück und nah' ihm leis —
Zerfleischt er mich vielleicht.

Mit dir, mein Schiff, durchsegl' ich frei
Das wilde Meergebraus;
Trag mich, nach welchem Land es sei,
Nur trag mich nicht nach Haus!
Sei mir willkommen, Meer und Luft!
Und ist die Fahrt vollbracht,
Sei mir willkommen Wald und Kluft!
Mein Vaterland, — gut' Nacht!

Lyrisches Intermezzo.

(1822—1823.)

Salomon Heine

empfange diese Blätter aufs Neue

als

ein Zeichen der Verehrung und Zuneigung

des Verfassers.*

*) B. d. L., 1. Aufl.

Meine Qual und meine Klagen
Hab' ich in dies Buch gegossen,
Und wenn du es aufgeschlagen,
Hat sich dir mein Herz erschlossen.*

*) Diese Zueignungsverse an Salomon Heine sind den „Tragödien" nebst einem Lyrischen Intermezzo" (Berlin 1823) entnommen.

Prolog.*

Es war mal ein Ritter, trübselig und stumm,
Mit hohlen, schneeweißen Wangen;
Er wankte und schlenderte schlotternd herum,
In dumpfen Träumen befangen.
Er war so hölzern, so täppisch, so links,[1]
Die Blümlein und Mägdlein, die kicherten rings,
Wenn er stolpernd vorbeigegangen.

Oft saß er im finstersten Winkel zu Haus;
Er hatt' sich vor Menschen verkrochen.
Da streckte er sehnend die Arme aus,
Doch hat er kein Wörtlein gesprochen.
Kam aber die Mitternachtstunde heran,
Ein seltsames Singen und Klingen begann —
An die Thüre da hört' er es pochen.

Da kommt seine Liebste geschlichen herein
Im rauschenden Wellenschaumkleide,
Sie blüht und glüht wie ein Röselein,
Ihr Schleier ist eitel Geschmeide.

*) Mit der Überschrift: „Das Lied vom blöden Ritter“ und unterzeichnet „Harri Heine“ zuerst abgedruckt im „Rheinisch-westfälischen Musenalmanach auf das Jahr 1822.“ Hamm und Münster, bei Schultz und Wundermann.

1) und täppisch und links.

Goldlocken umspielen die schlanke Gestalt,
Die Äuglein grüßen[2] mit süßer Gewalt —
In die Arme sinken sich Beide.

Der Ritter umschlingt sie mit Liebesmacht,
Der Hölzerne steht jetzt in Feuer,
Der Blasse erröthet, der Träumer erwacht,
Der Blöde wird freier und freier.[3]
Sie aber, sie hat ihn gar schalkhaft geneckt,
Sie hat ihm ganz leise den Kopf bedeckt
Mit dem weißen, demantenen Schleier.

In einen krystallenen Wasserpalast
Ist plötzlich gezaubert der Ritter.
Er staunt, und die Augen erblinden ihm fast
Vor alle dem Glanz und Geflitter.
Doch hält ihn die Nixe umarmet gar traut,
Der Ritter ist Bräut'gam, die Nixe ist Braut,
Ihre Jungfraun spielen die Zither.[4]

Sie spielen und singen, und singen so schön,
Und heben zum Tanze die Füße;
Dem Ritter, dem wollen die Sinne vergehn,
Und fester umschließt er die Süße —[5]
Da löschen auf einmal die Lichter aus,[6]
Der Ritter sitzt wieder ganz einsam zu Haus,
In dem düstern Poetenstübchen.

2) Die Äuglein winken
3) kühner und freier.
4) Die spielen die Zither.
5) Sie spielen und singen; es tanzen herein
Viel winzige Mädchen und Bübchen.
Der Ritter, Der will sich zu Tode freun,
Und fester umschlingt er sein Liebchen.
6) die Kerzen aus.

1.*

Im wunderschönen Monat Mai,
Als alle Knospen sprangen,
Da ist in meinem Herzen
Die Liebe aufgegangen.

Im wunderschönen Monat Mai,
Als alle Vögel sangen,
Da hab' ich ihr gestanden
Mein Sehnen und Verlangen.

2.**

Aus meinen Thränen sprießen
Viel' blühende Blumen hervor,
Und meine Seufzer werden
Ein Nachtigallenchor.

Und wenn du mich lieb hast, Kindchen,
Schenk' ich dir die Blumen all',
Und vor deinem Fenster soll klingen
Das Lied der Nachtigall.

*) Zuerst abgedruckt im B. d. L. 1. Auflage.

**) Zuerst abgedruckt im „Gesellschafter," 161. Blatt, vom 9. Oktober 1822.

3.*

Die Rose, die Lilje, die Taube, die Sonne,
Die liebt' ich einst alle in Liebeswonne.
Ich lieb' sie nicht mehr, ich liebe alleine
Die Kleine, die Feine, die Reine, die Eine;
Sie selber, aller Liebe Bronne,
Ist Rose und Lilje und Taube und Sonne.

4.**

Wenn ich in deine Augen seh',
So schwindet all mein Leid und Weh;
Doch wenn ich küsse deinen Mund,
So werd' ich ganz und gar gesund.

Wenn ich mich lehn' an deine Brust,
Kommt's über mich wie Himmelslust;
Doch wenn du sprichst: „Ich liebe dich!"
So muss ich weinen bitterlich.

*) Zuerst abgedruckt im Lyrischen Intermezzo der „Tragödien 1823."

**) Zuerst abgedruckt im Lyrischen Intermezzo der „Tragödien."

5*.

Dein Angesicht, so lieb und schön,
Das hab' ich jüngst im Traum gesehn,
Es ist so mild und engelgleich,
Und doch so bleich, so schmerzenbleich.

Und nur die Lippen, die sind roth;
Bald aber küßt sie bleich der Tod.
Erlöschen wird das Himmelslicht,
Das aus den frommen Augen bricht.

6.**

Lehn deine Wang' an meine Wang',
Dann fließen die Thränen zusammen!
Und an mein Herz drück fest dein Herz,
Dann schlagen zusammen die Flammen!

Und wenn in die große Flamme fließt
Der Strom von unsern Thränen,
Und wenn dich mein Arm gewaltig umschließt —
Sterb' ich vor Liebessehnen!

*) Zuerst abgedruckt im Lyrischen Intermezzo der „Tragödien."

**) Zuerst abgedruckt im „Westteutschen Musenalmanach auf das Jahr 1823."

7.*

Ich will meine Seele tauchen
In den Kelch der Lilje hinein;
Die Lilje soll klingend hauchen
Ein Lied von der Liebsten mein.

Das Lied soll schauern und beben
Wie der Kuß von ihrem Mund,
Den sie mir einst gegeben
In wunderbar süßer Stund'.

8.**

Es stehen unbeweglich
Die Sterne in der Höh'
Viel' tausend Jahr', und schauen
Sich an mit Liebesweh.

Sie sprechen eine Sprache,
Die ist so reich, so schön;
Doch keiner der Philologen
Kann diese Sprache verstehn.

Ich aber hab' sie gelernet,
Und ich vergesse sie nicht;
Mir diente als Grammatik
Der Herzallerliebsten Gesicht.

*) Zuerst abgedruckt im „Gesellschafter,“ 101. Blatt, vom 26. Juni 1822.

**) Zuerst abgedruckt im „Gesellschafter,“ 161. Blatt, vom 9. Oktober 1822.

9.*

Auf Flügeln des Gesanges,
Herzliebchen, trag' ich dich fort,
Fort nach den Fluren des Ganges,
Dort weiß ich den schönsten Ort.

Dort liegt ein rothblühender Garten
Im stillen Mondenschein;
Die Lotosblumen erwarten
Ihr trautes Schwesterlein.

Die Veilchen kichern und kosen,
Und schaun nach den Sternen empor;
Heimlich erzählen die Rosen
Sich duftende Märchen ins Ohr.

Es hüpfen herbei und lauschen
Die frommen, klugen Gazelln;
Und in der Ferne rauschen
Des heiligen Stromes Welln.

Dort wollen wir niedersinken
Unter dem Palmenbaum,
Und Lieb' [1] und Ruhe trinken
Und träumen seligen Traum.

*) Zuerst abgedruckt im Lyrischen Intermezzo der „Tragödien."

1) Und Liebe

10.*

Die Lotosblume ängstigt
Sich vor der Sonne Pracht,
Und mit gesenktem Haupte
Erwartet sie träumend die Nacht.

Der Mond, Der ist ihr Buhle,[1]
Er weckt sie mit seinem Licht,
Und ihm entschleiert sie freundlich
Ihr frommes Blumengesicht.

Sie blüht und glüht und leuchtet,
Und starret stumm in die Höh';
Sie duftet und weinet und zittert
Vor Liebe und Liebesweh.

11.**

Im Rhein, im schönen Strome,[1]
Da spiegelt sich in den Welln,
Mit seinem großen Dome,
Das große, heilige Köln.

*) Zuerst abgedruckt im Lyrischen Intermezzo der „Tragödien."
1) Das ist ihr Buhle,

**) Mit der Überschrift: „Der Gruß des Engels" zuerst abgedruckt in den „Liedern vom Kölner Dome, gesammelt und mit einem Vorworte begleitet von F. W. Rousseau." (Köln, L. Chr. W. Schmidt'sche Buchhandlung, 1828.)
1) Im Rheine, dem heiligen Strome,
Im Rhein, im heiligen Strome,
Lyr. Intermezzo der „Tragödien."

Im Dom, da steht ein Bildnis,
Auf goldenem Leder gemalt;
In meines Lebens Wildnis
Hat's freundlich hineingestrahlt.

Es schweben Blumen und Englein
Um unsre liebe Frau;
Die Augen, die Lippen, die Wänglein,
Die gleichen der Liebsten genau.[2]

12.*

Du liebst mich nicht, du liebst mich nicht,
Das kümmert mich gar wenig;
Schau' ich dir nur ins Angesicht,
So bin ich froh wie'n König.

Du hassest, hassest mich sogar,
So spricht dein rothes Mündchen;
Reich' mir es nur zum Küssen dar,
So tröst' ich mich, mein Kindchen.

13.**

Du sollst mich liebend umschließen,
Geliebtes, schönes Weib!
Umschling mich mit Armen und Füßen
Und mit dem geschmeidigen Leib.

* * *

2) Die Lippen, die Äuglein, die Wänglein,
Die sah ich schöner nie;
Es kommt und spricht ein Englein:
„Gegrüßt seist du, Marie!“

*) Zuerst abgedruckt im Lyrischen Intermezzo der „Tragödien.“

**) Nur abgedruckt im „Westteutschen Musenalmanach auf das Jahr 1828“ und im Lyrischen Intermezzo der „Tragödien.“

Gewaltig hat umfangen,
Umwunden, umschlungen schon,
Die allerschönste der Schlangen
Den glücklichsten Laokoon.

14.*

O schwöre nicht und küsse nur,
Ich glaube keinem Weiberschwur!
Dein Wort ist süß, doch süßer ist
Der Kuss, den ich dir abgeküsst!
Den hab' ich, und dran glaub' ich auch,
Das Wort ist eitel Dunst und Hauch.

* * *

O schwöre, Liebchen, immerfort,
Ich glaube, dir aufs bloße Wort!
An deinen Busen sink' ich hin,
Und glaube, dass ich selig bin;
Ich glaube, Liebchen, ewiglich
Und noch viel länger liebst du mich.

15.**

Auf meiner Herzliebsten Äugelein
Mach' ich die schönsten Kanzonen.
Auf meiner Herzliebsten Mündlein klein
Mach' ich die besten Terzinen.
Auf meiner Herzliebsten Wängelein
Mach' ich die herrlichsten Stanzen.
Und wenn meine Liebste ein Herzchen hätt',
Ich machte darauf [1] ein hübsches Sonett.

*) Zuerst abgedruckt im „Gesellschafter," 121. Blatt, vom 31. Juli 1822.

**) Zuerst abgedruckt im Lyrischen Intermezzo der „Tragödien."

1) So wollt' ich drauf machen

16.*

Die Welt ist dumm, die Welt ist blind,
Wird täglich abgeschmackter!
Sie spricht von dir, mein schönes Kind:
Du hast keinen guten Charakter.

Die Welt ist dumm, die Welt ist blind,
Und dich wird sie immer verkennen;
Sie weiß nicht, wie süß deine Küsse sind,
Und wie sie beseligend brennen.[1]

17.**

Liebste, sollst mir heute sagen:
Bist du nicht ein Traumgebild,
Wie's in schwülen Sommertagen
Aus dem Hirn des Dichters quillt?

Aber nein, ein solches Mündchen,
Solcher Augen Zauberlicht,
Solch ein liebes, süßes Kindchen,
Das erschafft der Dichter nicht.

Basilisken und Vampyre,
Lindenwürm' und Ungeheu'r,
Solche schlimme Fabelthiere,
Die erschafft des Dichters Feu'r.

*) Zuerst abgedruckt im Lyrischen Intermezzo der „Tragödien."
1) Sie weiß nicht, wie weich deine Arme sind,
Und wie deine Küsse brennen.

**) Zuerst abgedruckt im Lyrischen Intermezzo der „Tragödien."

Aber dich und deine Tücke,
Und dein holdes[1] Angesicht,
Und die falschen frommen Blicke —
Das erschafft der Dichter nicht.

18.*

Wie die Wellenschaumgeborene
Strahlt mein Lieb in Schönheitsglanz,
Denn sie ist das auserkorene
Bräutchen eines fremden Manns.

Herz, mein Herz, du vielgeduldiges,
Grolle nicht ob dem Verrath;
Trag es, trag es, und entschuldig es,
Was die holde Thörin that.

19.

Ich grolle nicht, und wenn das Herz auch bricht,
Ewig verlornes Lieb! ich grolle nicht.
Wie du auch strahlst in Diamantenpracht,
Es fällt kein Strahl in deines Herzens Nacht.

Das weiß ich längst. Ich sah dich ja im Traum,
Und sah die Nacht in deines Herzens Raum,

1) Und dein süßes

*) Dies und die beiden folgenden Lieder wurden, unter der gemeinsamen Überschrift: „Die Vermählte,“ zuerst in den „Gedichten,“ 1822, abgedruckt.

Und sah die Schlang', die dir am Herzen frisst,
Ich sah', mein Lieb, wie sehr du elend bist.

20.

Ja, du bist elend, und ich grolle nicht; —
Mein Lieb, wir sollen Beide elend sein!
Bis uns der Tod das kranke Herze bricht,
Mein Lieb, wir sollen Beide elend sein.

Wohl seh' ich Spott, der deinen Mund umschwebt,
Und seh' dein Auge blitzen trotziglich,
Und seh' den Stolz, der deinen Busen hebt, —
Und elend bist du doch, elend wie ich.

Unsichtbar zuckt auch Schmerz um deinen Mund,
Verborgne Thräne trübt des Auges Schein,
Der stolze Busen hegt geheime Wund', —
Mein Lieb, wir sollen Beide elend sein.

21.*

Das ist ein Flöten und Geigen,
Trompeten schmettern drein;
Da tanzt den Hochzeitreigen
Die Herzallerliebste mein.

*) Zuerst abgedruckt im „Westteutschen Musenalmanach auf das Jahr 1823."

Das ist ein Klingen und Dröhnen
Von Pauken und Schallmein;
Dazwischen schluchzen und stöhnen
Die guten Engelein.

22.*

So hast du ganz und gar vergessen,
Dass ich so lang dein Herz besessen,
Dein Herzchen, so süß und so falsch und so klein,
Es kann nirgend [1] was Süßres und Falscheres sein.

So hast du die Lieb' und das Leid vergessen,
Die das [2] Herz mir thäten zusammenpressen.
Ich weiß nicht, war Liebe größer, als Leid?
Ich weiß nur, sie waren groß alle beid'!

23.**

Und wüssten's die Blumen, die kleinen,
Wie tief verwundet mein Herz,
Sie würden mit mir weinen,
Zu heilen meinen Schmerz.

*) Zuerst abgedruckt im Lyrischen Intermezzo der „Tragödien."
1) 's kann nirgends
2) Die's

**) Mit der Überschrift: „Liebesweh" zuerst abgedruckt im „Gesellschafter," 16. Blatt vom 28. Januar 1822.

Und wüssten's die Nachtigallen,
Wie ich so traurig und krank,
Sie ließen fröhlich erschallen
Erquickenden Gesang.

Und wüssten sie mein Wehe,
Die goldnen Sternelein,
Sie kämen aus ihrer Höhe,
Und sprächen Trost mir ein.

Die alle können's nicht wissen,
Nur Eine kennt meinen Schmerz:
Sie hat ja selbst zerrissen,
Zerrissen mir das Herz.

24.*

Warum sind denn die Rosen so blass,
O, sprich, mein Lieb, warum?
Warum sind denn im grünen Gras
Die blauen Veilchen so stumm?

Warum singt denn mit so kläglichem Laut
Die Lerche in der Luft?
Warum steigt denn aus dem Balsamkraut
Hervor ein Leichenduft?

Warum scheint denn die Sonn' auf die Au
So kalt und verdrießlich[1] herab?
Warum ist denn die Erde so grau
Und öde wie ein Grab?

*) Zuerst abgedruckt im „Gesellschafter," 101. Blatt, vom 26. Juni 1822.

1) verdrossen

Warum bin ich selbst so krank und so trüb,
Mein liebes Liebchen? sprich!
O sprich, mein herzallerliebstes Lieb,
Warum verließest du mich?

25.*

Sie haben dir Viel erzählet
Und haben Viel geklagt;
Doch was meine Seele gequälet,
Das haben sie nicht gesagt.

Sie machten ein großes Wesen
Und schüttelten kläglich das Haupt;
Sie nannten mich den Bösen,
Und du hast Alles geglaubt.

Jedoch das Allerschlimmste,
Das haben sie nicht gewusst;
Das Schlimmste und das Dümmste,
Das trug ich geheim in der Brust.[1]

*) Zuerst abgedruckt im „Gesellschafter," 101. Blatt, vom 26. Juni 1822.

[1]) Hier fand sich beim ältesten Abdruck noch die Strophe:

Das Schlimmste, du Glaubensvolle,
Das Dümmste, du gläubiges Kind,
Das war die Liebe, die tolle,
Die toll mich machte und blind.

26.*

Die Linde blühte, die Nachtigall sang,
Die Sonne lachte mit freundlicher Lust;
Da küsstest du mich, und dein Arm mich umschlang,
Da presstest du mich an die schwellende Brust.

Die Blätter fielen, der Rabe schrie hohl,
Die Sonne grüßte verdrossenen Blicks;[1]
Da sagten wir frostig einander: „Lebwohl!"
Da knixtest du höflich den höflichsten Knix.

27.**

Wir haben Viel für einander gefühlt,
Und dennoch uns gar vortrefflich vertragen.
Wir haben oft „Mann und Frau" gespielt,
Und dennoch uns nicht gerauft und geschlagen.
Wir haben zusammen gejauchzt und gescherzt,
Und zärtlich uns geküsst[1] und geherzt.
Wir haben am Ende aus kindischer Lust
„Verstecken" gespielt in Wäldern und Gründen,
Und haben uns so zu verstecken gewusst,
Daß wir uns nimmermehr wiederfinden.

*) Zuerst abgedruckt im „Gesellschafter," 121. Blatt, vom 31. Juli 1822.
1) verdrießlichen Blicks;

**) Zuerst abgedruckt im „Gesellschafter," 121. Blatt, vom 31. Juli 1822.
1) abgeküsst

28.*

Ich glaub' nicht an den Himmel,
Wovon das Pfäfflein spricht;
Ich glaub' nur an dein Auge,
Das ist mein Himmelslicht.

Ich glaub' nicht an den Herrgott,
Wovon das Pfäfflein spricht;
Ich glaub' nur an dein Herze,
'Nen andern Gott hab' ich nicht.

Ich glaub' nicht an den Bösen,
An Höll' und Höllenschmerz;
Ich glaub' nur an dein Auge,[1]
Und an dein böses Herz.

29.**

Du bliebest mir treu am längsten,
Und hast dich für mich verwendet,
Und hast mir Trost gespendet
In meinen Nöthen und Ängsten.

*) Zuerst im „Gesellschafter," 121. Bl., vom 31. Juli 1822, — später nur in den „Tragödien 2c." abgedruckt.

1) Ich glaub' an dein böses Auge.

**) Zuerst abgedruckt im „Gesellschafter," 121. Blatt, vom 31. Juli 1822.

Du gabest mir Trank und Speise,
Und hast mir Geld geborget,
Und hast mich mit Wäsche versorget,
Und mit dem Pass für die Reise.

Mein Liebchen, dass Gott dich behüte
Noch lange vor Hitz' und vor Kälte,
Und dass er dir nimmer vergelte
Die mir erwiesene Güte!

30.*

Die Erde war so lange geizig,
Da kam[1] der Mai, und sie ward spendabel,
Und Alles lacht und jauchzt und freut sich,
Ich aber bin nicht zu lachen kapabel.

Die Blumen sprießen, die Glöcklein schallen,
Die Vögel sprechen wie in der Fabel;
Mir aber will das[2] Gespräch nicht gefallen,
Ich finde Alles miserabel.[3]

Das Menschenvolk mich ennuyieret,
Sogar der Freund, der sonst passabel; —
Das kömmt, weil man „Madam"[4] titulieret
Mein süßes Liebchen, so süß und aimabel.

*) Zuerst abgedruckt im „Gesellschafter," 101. Blatt, vom 26. Juni 1822.
1) Jetzt kam
2) Mir aber will's
3) Ich finde Alles flach und miserabel.
4) „Madame"

31.*

Und als ich so lange, so lange gesäumt,
In fremden Landen geschwärmt und geträumt:
Da ward meiner Liebsten zu lang die Zeit,
Und sie nähete sich ein Hochzeitkleid,
Und hat mit zärtlichen Armen umschlungen
Als Bräut'gam den dümmsten der dummen Jungen.

Mein Liebchen ist so schön und mild,
Noch schwebt vor mir ihr süßes Bild,
Die Veilchenaugen, die Rosenwänglein,
Die glühen und blühen, jahraus, jahrein.
Daß ich von solchem Lieb' konnt' weichen,
War der dümmste von meinen dummen Streichen.

32.**

Die blauen Veilchen der Äugelein,
Die rothen Rosen der Wängelein,
Die weißen Lilien der Händchen klein,
Die blühen und blühen noch immerfort,
Und nur das Herzchen ist verdorrt.

*) Zuerst abgedruckt im Lyrischen Intermezzo der „Tragödien."

**) Zuerst abgedruckt im Lyrischen Intermezzo der „Tragödien."

33.*

Die Welt ist so schön und der Himmel so blau,
Und die Lüfte wehen so lind und so lau,
Und die Blumen winken auf blühender Au,
Und funkeln und glitzern im Morgenthau,
Und die Menschen jubeln, wohin ich schau' —
Und doch möcht' ich im Grabe liegen,
Und mich an ein todtes Liebchen schmiegen.

34.**

Mein süßes Lieb, wenn du im Grab,
Im dunkeln Grab wirst liegen,
Dann will ich steigen zu dir hinab,[1]
Und will mich an dich schmiegen.

Ich küsse, umschlinge und presse dich wild,[2]
Du Stille, du Kalte, du Bleiche!
Ich jauchze, ich zittre, ich weine mild,
Ich werde selber zur Leiche.

Die Todten stehn auf, die Mitternacht ruft,
Sie tanzen im luftigen Schwarme:
Wir Beide bleiben in der Gruft,
Ich liege in deinem Arme.

*) Zuerst abgedruckt im Lyrischen Intermezzo der „Tragödien."
**) Zuerst abgedruckt im „Gesellschafter," 121. Blatt, vom 31. Juli 1822.

1) Dann steig' ich langsam zu dir hinab.
2) Ich küss', ich umschlinge, ich presse dich wild,

Die Todten stehn auf, der Tag des Gerichts
Ruft sie zu Qual und Vergnügen;
Wir Beide bekümmern uns um Nichts,
Und bleiben ruhig liegen.[3]

35.*

Ein Fichtenbaum steht einsam
Im Norden auf kahler Höh'.
Ihn schläfert; mit weißer Decke
Umhüllen ihn Eis und Schnee.

Er träumt von einer Palme,
Die fern im Morgenland
Einsam und schweigend trauert
Auf brennender Felsenwand.

36.**

Schöne, helle, goldne Sterne,
Grüßt die Liebste in der Ferne,
Sagt, daß ich noch immer sei
Herzekrank und bleich und treu.

[3]) Und bleiben umschlungen liegen.

*) Zuerst abgedruckt im Lyrischen Intermezzo der „Tragödien."

**) Nur abgedruckt im Lyrischen Intermezzo der „Tragödien."

37.*

(Der Kopf spricht:)

Ach, wenn ich nur der Schemel wär'
Worauf der Liebsten Füße ruhn
Und stampfte sie mich noch so sehr,
Ich wollte doch nicht klagen thun.

(Das Herz spricht:)

Ach, wenn ich nur das Kißchen wär',
Wo sie die Nadeln steckt hinein!
Und stäche sie mich noch so sehr,
Ich wollte mich der Stiche freun.

(Das Lied spricht:)

Ach, wär' ich nur das Stück Papier,
Das sie als Papillotte braucht;
Ich wollte heimlich flüstern ihr
Ins Ohr, was in mir lebt und haucht.

38.**

Seit die Liebste war entfernt,
Hatt' ich's Lachen ganz verlernt.
Schlechten Witz riß mancher Wicht,
Aber lachen konnt' ich nicht.

*) Zuerst abgedruckt im „Zuschauer," Nr. 2, vom 3. Januar 1822.

**) Zuerst abgedruckt im Lyrischen Intermezzo der „Tragödien."

Seit ich sie verloren hab',
Schafft' ich auch das Weinen ab;
Fast vor Weh das Herz mir bricht,
Aber weinen kann ich nicht.

39.*

Aus meinen großen Schmerzen
Mach' ich die kleinen Lieder;
Die heben ihr klingend Gefieder
Und flattern nach ihrem Herzen.

Sie fanden den Weg zur Trauten,
Doch kommen sie wieder und klagen,
Und klagen, und wollen nicht sagen,
Was sie im Herzen schauten.

40.**

Ich kann es nicht vergessen,
Geliebtes, holdes Weib,
Dass ich dich einst besessen,
Die Seele und den Leib.

Den Leib möcht' ich noch haben,
Den Leib, so zart und jung;
Die Seele könnt ihr begraben,
Hab' selber Seele genung.

*) Zuerst abgedruckt im Lyrischen Intermezzo der „Tragödien."

**) Nur abgedruckt im Lyrischen Intermezzo der „Tragödien."

Ich will meine Seele zerschneiden,
Und hauchen die Hälfte dir ein,
Und will dich umschlingen, wir müssen
Ganz Leib und Seele sein.

41.*

Philister in Sonntagsröcklein
Spazieren durch Wald und Flur;
Sie jauchzen, sie hüpfen wie Böcklein,
Begrüßen die schöne Natur.

Betrachten mit blinzelnden Augen,
Wie Alles romantisch blüht;
Mit langen Ohren saugen
Sie ein der Spatzen Lied.

Ich aber verhänge die Fenster
Des Zimmers mit schwarzem Tuch
Es machen mir meine Gespenster
Sogar einen Tagesbesuch.

Die alte Liebe erscheinet,
Sie stieg aus dem Todtenreich;
Sie setzt sich zu mir und weinet,
Und macht das Herz mir weich.

*) Zuerst abgedruckt im Lyrischen Intermezzo der „Tragödien."

42.*

Manch Bild vergessener Zeiten
Steigt auf aus seinem Grab,
Und zeigt, wie in deiner Nähe
Ich einst gelebet hab'.

Am Tage schwankte ich träumend
Durch alle Straßen herum,
Die Leute verwundert mich ansahn,
Ich war so traurig und stumm.

Des Nachts, da war es besser,
Da waren die Straßen leer;
Ich und mein Schatten selbander,
Wir wandelten[1] schweigend einher.

Mit wiederhallendem[2] Fußtritt
Wandelt' ich über die Brück';
Der Mond brach aus den Wolken
Und grüßte mit ernstem Blick.

Stehn blieb ich vor deinem Hause
Und starrte in die Höh',
Und starrte nach deinem Fenster, —
Das Herz that mir so weh.

Ich weiß, du hast aus dem Fenster
Gar oft herabgesehn,
Und sahst mich im Mondenlichte
Wie eine Säule stehn.

*) Zuerst abgedruckt im „Gesellschafter," 161. Blatt, vom 9. Oktober 1822.

1) Wir wanderten
2) wiederschallendem

43.*

Ein Jüngling liebt ein Mädchen,[1]
Die hat einen Andern erwählt;
Der Andre liebt eine Andre,
Und hat sich mit Dieser vermählt.

Das Mädchen heirathet aus Ärger
Den ersten, besten Mann,
Der ihr in den Weg gelaufen;
Der Jüngling ist übel dran.

Es ist eine alte Geschichte,
Doch bleibt sie immer neu;
Und wem sie just passieret,
Dem bricht das Herz entzwei.

44.**

Freundschaft Liebe, Stein der Weisen,
Diese Dreie hört' ich preisen,
Und ich pries und suchte sie,
Aber, ach! ich fand sie nie.

*) Zuerst abgedruckt im „Gesellschafter," 161. Blatt, vom 9. Oktober 1822.
1) Mägdlein,

**) Nur abgedruckt im Lyrischen Intermezzo der „Tragödien."

45.*

Hör' ich das Liedchen klingen,
Das einst die Liebste sang,
So will mir die Brust zerspringen
Vor wildem Schmerzendrang.

Es treibt mich ein dunkles Sehnen
Hinauf zur Waldeshöh',
Dort löst sich auf in Thränen
Mein übergroßes Weh.

46.**

Es schauen die Blumen alle
Zur leuchtenden Sonne hinauf;
Es nehmen die Ströme alle
Zum leuchtenden Meere den Lauf.

Es flattern die Lieder alle
Zu meinem leuchtenden Lieb —
Nehmt mit meine Thränen und Seufzer,
Ihr Lieder, wehmüthig und trüb!

*) Zuerst abgedruckt im Lyrischen Intermezzo der „Tragödien."

**) Nur abgedruckt im „Gesellschafter," 161. Blatt, vom 9 Oktober 1822.

47.*

Mir träumte von einem Königskind,
Mit nassen, blassen Wangen;
Wir saßen unter der grünen Lind',
Und hielten uns liebumfangen.

„Ich will nicht deines Vaters Thron,
Und will nicht sein Scepter von Golde,
Ich will nicht seine demantene Kron',
Ich will dich selber, du Holde."

„„Das kann nicht sein,"" sprach sie zu mir,
„„Ich liege ja im Grabe,
Und nur des Nachts komm' ich zu dir,
Weil ich so lieb dich habe.""

48.**

Mein Liebchen, wir saßen beisammen
Traulich im leichten Kahn.
Die Nacht war still, und wir schwammen
Auf weiter Wasserbahn.

Die Geister-Insel, die schöne,
Lag dämmrig im Mondenglanz;
Dort klangen liebe Töne,
Und wogte der Nebeltanz.

*) Zuerst abgedruckt im Lyrischen Intermezzo der „Tragödien."

**) Zuerst abgedruckt im Lyrischen Intermezzo der „Tragödien."

Dort klang es lieb und lieber,
Und wogt' es hin und her;
Wir aber schwammen vorüber
Trostlos auf weitem Meer.

49.*

Aus alten Märchen winkt es
Hervor mit weißer Hand,
Da singt es und da klingt es
Von einem Zauberland,

Wo große Blumen schmachten[1]
Im goldnen Abendlicht,
Und zärtlich sich betrachten[2]
Mit bräutlichem Gesicht; —

Wo alle Bäume sprechen,
Und singen, wie ein Chor,
Und laute Quellen brechen
Wie Tanzmusik hervor; —

Und Liebesweisen tönen,
Wie du sie nie gehört,
Bis wundersüßes Sehnen
Dich wundersüß bethört![3]

*) Zuerst abgedruckt im Lyrischen Intermezzo der „Tragödien."
1) Wo bunte Blumen blühen
2) Und lieblich duftend glühen
3) Statt der beiden obigen, finden sich in der älteren Fassung nachstehende vier Strophen:

Und grüne Bäume singen
Uralte Melodein,
Die Lüfte heimlich klingen,
Und Vögel schmettern drein;

Und Nebelbilder steigen
Wohl aus der Erd' hervor,
Und tanzen luft'gen Reigen
Im wunderlichen Chor;

Und blaue Funken brennen
An jedem Blatt und Reis,
Und rothe Lichter rennen
Im irren, wirren Kreis;

Und laute Quellen brechen
Aus wildem Marmorstein,
Und seltsam in den Bächen
Strahlt fort der Wiederschein.

Ach, könnt' ich dorthin kommen,
Und dort mein Herz erfreun,
Und aller Qual entnommen,
Und frei und selig sein!

Ach! jenes Land der Wonne,
Das seh' ich oft im Traum
Doch kommt die Morgensonne,
Zerfließt's wie eitel Schaum.

50.*

Ich hab' dich geliebet und liebe dich noch!
Und fiele die Welt zusammen,
Aus ihren Trümmern stiegen doch
Hervor meiner Liebe Flammen.

51.**

Am leuchtenden Sommermorgen
Geh' ich im Garten herum.
Es flüstern und sprechen die Blumen,
Ich aber, ich wandle stumm.[1]

*) Zuerst abgedruckt im Lyrischen Intermezzo der „Tragödien." Dort und in der ältesten Auflage des B. d. L. fand sich als zweite Hälfte des Gedichts noch die Strophe:
Und wenn ich dich geliebet hab',
Bis in meiner Todesstunde,
So nehm' ich mit ins ew'ge Grab
Die große Liebeswunde.

**) Zuerst abgedruckt im Lyrischen Intermezzo der „Tragödien."

1) Ich aber wandle stumm.

Es flüstern und sprechen die Blumen,
Und schaun mitleidig mich an:
„Sei unserer Schwester nicht böse,
Du trauriger, blasser Mann!“

52.*

Es leuchtet meine Liebe
In ihrer dunkeln Pracht,
Wie'n Märchen, traurig und trübe,
Erzählt in der Sommernacht.[1]

„Im Zaubergarten wallen
Zwei Buhlen, stumm und allein;
Es singen die Nachtigallen,
Es flimmert der Mondenschein.

„Die Jungfrau steht still wie ein Bildnis,
Der Ritter vor ihr kniet.
Da kommt[2] der Riese der Wildnis,
Die bange Jungfrau flieht.

„Der Ritter sinkt blutend zur Erde,
Es stolpert der Riese nach Haus“ —
Wenn ich begraben werde,
Dann ist[3] das Märchen aus.

*) Zuerst abgedruckt im „Westteutschen Musenalmanach auf das Jahr 1823.“
1) Winternacht.
2) Da kömmt
3) So ist

53.*

Sie haben mich gequälet,
Geärgert blau und blass,
Die Einen mit ihrer Liebe,
Die Andern mit ihrem Hass.

Sie haben das Brot mir vergiftet,
Sie gossen mir Gift ins Glas,
Die Einen mit ihrer Liebe,
Die Andern mit ihrem Hass.

Doch sie, die mich am meisten
Gequält, geärgert, betrübt,[1]
Die hat mich nie gehasset,
Un hat mich nie geliebt.

54.**

Es liegt der heiße Sommer
Auf deinen Wängelein;
Es liegt der Winter, der kalte,
In deinem Herzchen klein.

*) Zuerst abgedruckt im „Gesellschafter," 161. Blatt, vom 9. Oktober 1822 und im „Westteutschen Musenalmanach auf das Jahr 1823."

1) Doch die mich am meisten gequälet,
Geärgert und betrübt,

**) Zuerst abgedruckt im Lyrischen Intermezzo der „Tragödien."

Das wird sich bei dir ändern,
Du Vielgeliebte mein!
Der Winter wird auf den Wangen,
Der Sommer im Herzen sein.

55.*

Wenn zwei von einander scheiden,
So geben sie sich die Händ',
Und fangen an zu weinen,
Und seufzen ohne End'.

Wir haben nicht geweinet,
Wir seufzten nicht „Weh!" und „Ach!"
Die Thränen und die Seufzer,
Die kamen hintennach.

56.**

Sie saßen und tranken am Theetisch,
Und sprachen von Liebe Viel.
Die Herren, die waren ästhetisch,
Die Damen von zartem Gefühl.

„Die Liebe muß sein platonisch,"
Der dürre Hofrath[1] sprach.
Die Hofräthin[2] lächelt ironisch,
Und dennoch seufzet sie: „Ach!"

*) Zuerst abgedruckt im „Gesellschafter," 161. Blatt, vom 9. Oktober 1822.

**) Zuerst abgedruckt im Lyrischen Intermezzo der „Tragödien."
1) Geheimrath
2) Räthin

Der Domherr öffnet den Mund weit:
„Die Liebe sei nicht zu roh,
Sie schadet sonst der Gesundheit.“
Das Fräulein lispelt: „Wie so?“

Die Gräfin spricht wehmüthig:
„Die Liebe ist eine Passion!“
Und präsentieret gütig
Die Tasse dem Herrn Baron.

Am Tische war noch ein Plätzchen;
Mein Liebchen, da hast du gefehlt.
Du hättest so hübsch, mein Schätzchen,
Von deiner Liebe erzählt.

57.*

Vergiftet sind meine Lieder —
Wie könnt' es anders sein?
Du hast mir ja Gift gegossen
Ins blühende Leben hinein.

Vergiftet sind meine Lieder —
Wie könnt' es anders sein?
Ich trage im Herzen viel' Schlangen,
Und dich, Geliebte mein.

*) Zuerst abgedruckt im Lyrischen Intermezzo der „Tragödien.“

58.*

Mir träumte wieder der alte Traum:
Es war eine Nacht im Maie,
Wir saßen unter dem Lindenbaum,
Und schwuren uns ewige Treue.

Das war ein Schwören und Schwören aufs Neu',
Ein Kichern, ein Kosen, ein Küssen;
Daſs ich gedenk des Schwures sei,
Hast du in die Hand mich gebissen.

O Liebchen mit den Äuglein klar!
O Liebchen, schön und bissig!
Das Schwören in der Ordnung war,
Das Beißen war überflüssig.

59.**

Ich steh' auf des Berges Spitze,
Und werde sentimental.
„Wenn ich ein Vöglein wäre!"
Seufz' ich viel' tausendmal.

Wenn ich eine Schwalbe wäre,
So flög' ich zu dir, mein Kind,
Und baute mir mein Nestchen,
Wo deine Fenster sind.

*) Zuerst abgedruckt im „Gesellschafter," 161. Blatt, vom 9. Oktober 1822.

**) Zuerst abgedruckt im „Gesellschafter," 161. Blatt, vom 9. Oktober 1822.

Wenn ich eine Nachtigall wäre,
So flög' ich zu dir, mein Kind,
Und sänge dir Nachts meine Lieder
Herab von der grünen Lind'.

Wenn ich ein Gimpel wäre,
So flög' ich gleich an dein Herz;
Du bist ja hold den Gimpeln,
Und heilest Gimpelschmerz.

60.*

Mein Wagen rollet langsam
Durch lustiges Waldesgrün,
Durch blumige Thäler, die zaubrisch
Im Sonnenglanze blühn.

Ich sitze und sinne und träume,
Und denk' an die Liebste mein;
Da grüßen drei Schattengestalten
Kopfnickend zum Wagen herein.

Sie hüpfen und schneiden Gesichter,
So spöttisch und doch so scheu,
Und quirlen wie Nebel zusammen,
Und kichern und huschen vorbei.

*) Zuerst abgedruckt im „Gesellschafter," 161. Blatt, vom 9. Oktober 1822.

61.*

Ich hab' im Traum geweinet,
Mir träumte, du lägest im Grab.
Ich wachte auf, und die Thräne
Floss noch von der Wange herab.

Ich hab' im Traum geweinet,
Mir träumt', du verließest mich.
Ich wachte auf, und ich weinte
Noch lange bitterlich.

Ich hab' im Traum geweinet,
Mir träumte, du bliebest mir gut. [1]
Ich wachte auf, und noch immer
Strömt meine Thränenfluth.

62.**

Allnächtlich im Traume seh' ich dich,
Und sehe dich freundlich grüßen,
Und laut aufweinend stürz' ich mich
Zu deinen süßen Füßen.

*) Zuerst abgedruckt im Lyrischen Intermezzo der „Tragödien."
1) du wärst mir noch gut.

**) Zuerst abgedruckt im „Gesellschafter," 161. Blatt, vom 9. Oktober 1822.

Du siehst mich an wehmüthiglich,
Und schüttelst das blonde Köpfchen;
Aus deinen Augen schleichen sich
Die Perlenthränentröpfchen.

Du sagst mir heimlich ein leises Wort,
Und giebst mir den Strauß von Cypressen.
Ich wache auf, und der Strauß ist fort,
Und das[1] Wort hab' ich vergessen.

63.*

Das ist ein Brausen und Heulen,
Herbstnacht und Regen und Wind;
Wo mag wohl jetzo weilen[1]
Mein armes, banges Kind?

Ich seh' sie am Fenster lehnen
Im einsamen Kämmerlein;
Das Auge gefüllt mit Thränen,
Starrt sie in die Nacht hinein.

64.**

Der Herbstwind rüttelt die Bäume,
Die Nacht ist feucht und kalt;
Gehüllt im grauen Mantel,
Reite ich einsam im Wald.

1) Und's

*) Zuerst abgedruckt im „Gesellschafter," 161. Blatt, vom 9. Oktober 1822.

1) Wo mag jetzunder weilen

**) Zuerst abgedruckt im „Gesellschafter," 161. Blatt, vom 9. Oktober 1822.

Und wie ich reite, so reiten
Mir die Gedanken voraus;
Sie tragen mich leicht und luftig
Nach meiner Liebsten Haus.

Die Hunde bellen, die Diener
Erscheinen mit Kerzengeflirr;
Die Wendeltreppe stürm' ich
Hinauf mit Sporengeklirr.

Im leuchtenden Teppichgemache,
Da ist es so duftig und warm,
Da harret meiner die Holde —
Ich fliege in ihren Arm.

Es säuselt der Wind in den Blättern,
Es spricht der Eichenbaum:
„Was willst du, thörichter Reiter,
Mit deinem thörichten Traum?“

65.*

Es fällt ein Stern herunter
Aus seiner funkelnden Höh'!
Das ist der Stern der Liebe,
Den ich dort fallen seh'!

Es fallen vom Apfelbaume
Der Blüthen und Blätter viel'.[1]
Es kommen die neckenden Lüfte
Und treiben damit ihr Spiel.

*) Zuerst abgedruckt im „Westteutschen Musenalmanach auf das Jahr 1823.“

1) Der weißen Blätter viel'.

Es singt der Schwan im Weiher,
Und rudert auf und ab,
Und immer leiser singend
Taucht er ins Fluthengrab.

Es ist so still und dunkel![2]
Verweht ist Blatt und Blüth',[3]
Der Stern ist knisternd zerstoben,
Verklungen das Schwanenlied.

66.*

Der Traumgott bracht' mich in ein Riesenschloss,
Wo schwüler Zauberduft und Lichterschimmer,
Und bunte Menschenwoge sich ergoss
Durch labyrinthisch vielverschlunge Zimmer.
Die Ausgangspforte sucht der bleiche Tross
Mit Händeringen und mit Angstgewimmer.
Jungfraun und Ritter ragen aus der Menge,
Ich selbst bin fortgezogen im Gedränge.

2) und so dunkel!
3) Verweht ist die Apfelblüth',

*) Dies Gedicht und das unter Nr. 70 des vorstehenden Cyklus mitgetheilte wurden, unter der Überschrift: „Zwei Traumbilder," zuerst im „Gesellschafter," 20. Bl., vom 4. Februar 1822, abgedruckt, und waren von folgender Anmerkung des Verfassers begleitet:

„Von vielen Seiten ist mir angedeutet worden, dass bei dem Cyklus „Traumbilder," der in meinen, in der Maurer'schen Buchhandlung erschienenen Gedichten enthalten ist, eine Lücke fühlbar sei, und ein Recensent bemerkt sehr wohlwollend, dass diese vielleicht durch eine zu strenge Sichtung entstanden sein möge. Was diese strenge Sichtung betrifft, so weiß ich leider nur zu gut, dass es damit nicht so ganz richtig ist, und dass sich im Gegentheil viel Unreifes und Unerquickliches in meine Sammlung eingeschlichen hat. Die nachsichtige Milde, womit man Dieses umschleiert, macht es mir zur Pflicht, wenigstens die angedeutete Lücke durch obige zwei Traumbilder zu füllen. Letztere wären zwischen dem achten und neunten Traumbilde einzuschalten.

H. H."

Da Heine die beiden Gedichte, trotz seiner hier angedeuteten Absicht, später nicht den „Traumbildern," sondern dem „Lyrischen Intermezzo" einverleibte, hielt ich mich nicht für berechtigt, die vom Verfasser getroffene Anordnung zu ändern.

Doch plötzlich steh' ich ganz allein, und seh',
Und staun', wie schnell die Menge konnt' verschwinden,
Und wandre fort allein, und eil', und geh'
Durch die Gemächer, die sich seltsam winden.
Mein Fuß wird Blei, im Herzen Angst und Weh,
Verzweifl' ich fast, den Ausgang je zu finden.
Da komm' ich endlich an das letzte Thor;
Ich will hinaus — o Gott, wer steht davor!

Es war die Liebste, die am Thore stand,
Schmerz um die Lippen, Sorge auf der Stirne,
Ich soll zurückgehn, winkt sie mit der Hand;
Ich weiß nicht, ob sie warne oder zürne.
Doch aus den Augen bricht ein süßer Brand,
Der mir durchzuckt das Herz und das Gehirne.
Wie sie mich ansah, streng und wunderlich,
Und doch so liebevoll, erwachte ich.

67.*

Die Mitternacht war kalt und stumm;
Ich irrte klagend im Wald herum.
Ich habe die Bäum' aus dem Schlaf gerüttelt;
Sie haben mitleidig die Köpfe geschüttelt.

*) Zuerst abgedruckt im „Westteutschen Musenalmanach auf das Jahr 1823."

68.*

Am Kreuzweg wird begraben,
Wer selber sich brachte um;
Dort wächst eine blaue Blume,
Die Armesünderblum'.

Am Kreuzweg stand ich und seufzte;
Die Nacht war kalt und stumm.
Im Mondschein bewegte sich langsam
Die Armesünderblum'.

69.**

Wo ich bin, mich rings umdunkelt
Finsternis, so dumpf und dicht,
Seit mir nicht mehr leuchtend funkelt,
Liebste, deiner Augen Licht.

Mir erloschen ist der süßen
Liebessterne goldne Pracht,
Abgrund gähnt zu meinen Füßen —
Nimm mich auf, uralte Nacht!

*) Zuerst abgedruckt im „Gesellschafter," 161. Blatt, vom 9. Oktober 1822.

**) Zuerst abgedruckt im Lyrischen Intermezzo der „Tragödien."

70.*

Nacht lag auf meinen Augen,
Blei lag auf meinem Mund,
Mit starrem Hirn und Herzen
Lag ich im [1] Grabesgrund.

Wie lang' kann ich nicht sagen,
Daſs ich geschlafen hab',
Ich wachte auf und hörte,
Wie's pochte an mein Grab.

„Willst du nicht aufstehn, Heinrich?
Der ew'ge Tag bricht an;
Die Todten sind erstanden,
Die ew'ge Lust begann."

Mein Lieb, ich kann nicht aufstehn,
Bin ja noch immer blind;
Durch Weinen meine Augen
Gänzlich erloschen sind.

„Ich will dir küssen, Heinrich,
Vom Auge fort die Nacht;
Die Engel sollst du schauen,
Und auch des Himmels Pracht."

*) Zuerst abgedruckt im „Gesellschafter," 20. Blatt, vom 4. Februar 1822. Vgl. die Anmerkung auf S. 187 zu Nr. 66 des vorstehenden Cyklus.

[1]) in

Mein Lieb, ich kann nicht aufstehn,
Noch blutet's immerfort,
Wo du ins Herz mich stachest [2]
Mit einem spitz'gen Wort.

„Ganz leise leg' ich, Heinrich,
Dir meine Hand aufs Herz;
Dann wird es nicht mehr bluten,
Geheilt ist all sein Schmerz.“ [3]

Mein Lieb, ich kann nicht aufstehn,
Es blutet auch mein Haupt;
Hab' ja hineingeschossen,
Als du mir wurdest [4] geraubt.

„Mit meinen Locken, Heinrich,
Stopf' ich des Hauptes Wund', [5]
Und dräng' zurück den Blutstrom
Und mache dein Haupt gesund.“ [6]

Es bat so sanft, so lieblich,
Ich konnt' nicht widerstehn;
Ich wollte mich erheben
Und zu der Liebsten gehn.

Da brachen auf die Wunden,
Da stürzt' [7] mit wilder Macht
Aus Kopf und Brust der Blutstrom,
Und sieh! — ich bin erwacht.

2) mir stachest
3) „Zwölf Myrtenblätter, Heinrich,
Leg' ich auf deine Wund';
Das Herz wird nicht mehr bluten,
Das Herz wird dir gesund.“
4) warst
5) „Auf deine Kopfwund, Heinrich,
Leg' ich dir meine Hand,
6) Und kühl' der Wunde Brand.“
7) stürzt

71.*

Die alten, bösen Lieder,
Die Träume schlimm und arg,
Die lasst [1] uns jetzt begraben;
Holt einen großen Sarg.

Hinein leg' ich gar Manches,
Doch sag' ich noch nicht, was;
Der Sarg muss sein noch größer,
Wie's Heidelberger Fass.

Und holt eine Todtenbahre
Von Brettern fest und dick; [2]
Auch muss sie sein noch länger, [3]
Als wie zu Mainz die Brück'.

Und holt mir auch zwölf Riesen,
Die müssen noch stärker sein
Als wie der heil'ge Christoph
Im Dom zu Köln am Rhein. [4]

Sie sollen [5] den Sarg forttragen
Und senken ins Meer hinab;
Denn solchem großen Sarge
Gebührt ein [6] großes Grab.

*) Zuerst mit der Überschrift: „Sylvesterabend“ abgedruckt im „Gesellschafter,“ 16. Blatt, vom 28. Januar 1822.
1) Das alte Jahr so traurig.
So falsch, so schlimm und arg,
Das lasst
2) stark und dick;
3) weit länger,
4) Wie der Christoph im Dom zu Münster
Der heil'ge Mann von Stein. G.
Als wie der starke Christoph
Im Dom zu Köln am Rhein. Tr.
5) Die sollen
6) Gebührt solch

Wisst ihr, warum der Sarg wohl
So groß und schwer mag sein?
Ich legt' auch meine Liebe
Und meinen Schmerz hinein.

Die Heimkehr.

(1823—1824.)

(Wir) hassen jede halbe Lust,
Hassen alles sanfte Klimpern,
Sind uns keiner Schuld bewusst,
Warum sollten wir denn zimpern?
Seufzend niederblickt der Wicht,
Doch der Brave hebt zum Licht
Seine reinen Wimpern.

Immermann.*

*) Statt dieser, den späteren Auflagen des ersten Bandes der „Reisebilder" entnommenen Verse, fand sich in der ersten Auflage das Motto:

Des Altars heil'ge Deck', um eines Diebes
Scheusel'ge Blöße liederlich gewunden!
Der goldne Kelchwein des Gefühls, gesoffen
Von einem Trunkenbolde! Eine Rose,
Zu stolz, den Thau des Himmels zu empfangen,
Herberge nun der giftgeschwollnen Spinne!

(Aus Immermann's „Kardenio und Celinde,"
erster Akt, dritter Auftritt.)

Friedrike Varnhagen von Ense

werden die Lieder der „Heimkehr"

als

eine heitere Huldigung gewidmet

vom Verfasser.*

*) Diese, der ersten Auflage des B. d. L. entnommene Widmung lautete im ersten Bande der „Reisebilder," wie folgt: „Der Frau Geh. Legationsräthin Friedrike Varnhagen von Ense widmet die achtundachtzig Gedichte seiner „Heimkehr" der Verfasser."

1.*

In mein gar zu dunkles Leben
Strahlte einst ein süßes Bild;
Nun das süße Bild erblichen,
Bin ich gänzlich nachtumhüllt.

Wenn die Kinder sind im Dunkeln,
Wird beklommen ihr Gemüth,
Und um ihre [1] Angst zu bannen,
Singen sie ein lautes Lied.

Ich, ein tolles Kind, ich singe
Jetzo in der Dunkelheit;
Klingt [2] das Lied auch nicht ergötzlich,
Hat's [3] mich doch von Angst befreit.

*) Zuerst abgedruckt in der Hamburger Zeitschrift: „Die Biene“ (redigirt von Prof. L. Kruse und J. F. Haeselinger), Nr. 13, vom 31. Januar 1826, — mit der Überschrift: „Kleine Gedichte von H. H. Geschrieben im Herbste 1823.“

1) Und die eigne

2) Ist

3) Macht's

2.*

Ich weiß nicht, was soll es bedeuten,
Daſs ich so traurig bin;
Ein Märchen aus alten Zeiten,
Das kommt mir nicht aus dem Sinn.

Die Luft ist kühl und es dunkelt,
Und ruhig fließt der Rhein;
Der Gipfel des Berges funkelt
Im Abendsonnenschein.

Die schönste Jungfrau sitzet
Dort oben wunderbar,
Ihr goldnes Geschmeide blitzet,
Sie kämmt ihr goldenes [1] Haar.

Sie kämmt es mit goldenem [2] Kamme,
Und singt ein Lied dabei;
Das hat eine wundersame,
Gewaltige Melodei.

Den Schiffer im kleinen Schiffe
Ergreift es mit wildem Weh;
Er schaut nicht die Felsenriffe,
Er schaut nur hinauf in die Höh'.

*) Zuerst abgedruckt im „Gesellschafter," 49. Blatt vom 26. März 1824.

1) goldnes
2) goldnem

Ich glaube, die Wellen verschlingen,
Am Ende Schiffer und Kahn;
Und Das hat mit ihrem Singen
Die Lorelei gethan.

3.*

Mein Herz, mein Herz ist traurig,
Doch lustig leuchtet der Mai;
Ich stehe, gelehnt an der Linde,
Hoch auf der alten Bastei.

Da drunten fließt der blaue
Stadtgraben in stiller Ruh';
Ein Knabe fährt im Kahne,
Und angelt und pfeift dazu.

Jenseits erheben sich freundlich,
In winziger, bunter Gestalt,
Lusthäuser und Gärten und Menschen,
Und Ochsen und Wiesen und Wald.

Die Mägde bleichen Wäsche,
Und springen im Gras herum;
Das Mühlrad stäubt Diamanten,
Ich höre sein fernes Gesumm.

Am alten grauen Thurme
Ein Schilderhäuschen steht;
Ein rothgeröckter Bursche
Dort auf und nieder geht.

*) Zuerst abgedruckt im „Gesellschafter," 50. Blatt, vom 27. März 1824.

Er spielt mit seiner Flinte,
Die funkelt im Sonnenroth,
Er präsentiert und schultert —
Ich wollt' er schösse mich todt.

4.*

Im Walde wandl' ich und weine,
Die Drossel sitzt in der Höh';
Sie springt und singt gar feine:
„Warum ist dir so weh?"

Die Schwalben, deine Schwestern,
Die können's dir sagen, mein Kind;
Sie wohnten in klugen Nestern,
Wo Liebchens Fenster sind.

5.**

Die Nacht ist feucht und stürmisch,
Der Himmel sternenleer;
Im Wald unter rauschenden Bäumen
Wandle ich schweigend einher.

Es flimmert fern ein Lichtchen
Aus dem einsamen Jägerhaus;
Es soll mich nicht hin verlocken,
Dort sieht es verdrießlich aus.

*) Zuerst abgedruckt im „Gesellschafter," 49. Blatt, vom 26. März 1824.

**) Zuerst abgedruckt in den „Reisebildern." Bd. I. 1826.

Die blinde Großmutter sitzt ja
Im ledernen Lehnstuhl dort,
Unheimlich und starr, wie ein Steinbild,
Und spricht kein einziges Wort.

Fluchend geht auf und nieder
Des Försters rothköpfiger Sohn,
Und wirft an die Wand die Büchse,
Und lacht vor Wuth und Hohn.

Die schöne Spinnerin weinet
Und feuchtet mit Thränen den Flachs;
Wimmernd zu ihren Füßen
Schmiegt sich des Vaters Dachs.

6.*

Als ich auf der Reise zufällig
Der Liebsten Familie fand,[1]
Schwesterchen, Vater und Mutter,
Sie haben mich freudig erkannt.

Sie fragten nach meinem Befinden,
Und sagten selber sogleich:
Ich hätte mich gar nicht verändert,
Nur mein Gesicht sei bleich.

Ich fragte nach Muhmen und Basen,
Nach manchem langweil'gen Geselln,
Und nach dem kleinen Hündchen
Mit seinem sanften Belln.

*) Zuerst abgedruckt im „Gesellschafter," 50. Blatt, vom 27. März 1824.

1) Als ich meines Liebchens Familie
Zufällig im Bade fand.

Auch nach der vermählten Geliebten
Fragte ich nebenbei;
Und freundlich gab man zur Antwort,
Daß sie in den Wochen sei.

Und freundlich gratuliert' ich,
Und lispelte liebevoll,
Daß man sie von mir recht herzlich
Viel tausendmal grüßen soll.

Schwesterchen rief dazwischen:
„Das Hündchen, sanft und klein,
Ist groß und toll geworden,
Und ward ertränkt im Rhein."

Die Kleine gleicht der Geliebten,
Besonders wenn sie lacht;
Sie hat dieselben Augen,
Die mich so elend gemacht.

7.*

Wir saßen am Fischerhause,
Und schauten nach der See;
Die Abendnebel kamen,
Und stiegen in die Höh'.

Im Leuchtthurm wurden die Lichter
Allmählich angesteckt,
Und in der weiten Ferne
Ward noch ein Schiff entdeckt.

*) Zuerst abgedruckt im „Gesellschafter," 50. Blatt, vom 27. März 1824.

Wir sprachen von Sturm und Schiffbruch,
Vom Seemann, und wie er lebt,
Und zwischen Himmel und Wasser
Und Angst und Freude schwebt.

Wir sprachen von fernen Küsten,
Vom Süden und vom Nord,
Und von den seltsamen Völkern[1]
Und seltsamen Sitten dort.

Am Ganges duftet's und leuchtet's,
Und Riesenbäume blühn,
Und schöne, stille Menschen
Vor Lotosblumen knien.

In Lappland sind schmutzige Leute,
Plattköpfig, breitmäulig und klein;
Sie kauern ums Feuer, und backen
Sich Fische, und quäken und schrein.

Die Mädchen horchten ernsthaft,
Und endlich sprach Niemand mehr;
Das Schiff[2] war nicht mehr sichtbar,
Es dunkelte gar zu sehr.

8.*

Du schönes Fischermädchen,
Treibe den Kahn ans Land;
Komm zu mir und setze dich nieder,
Wir kosen, Hand in Hand.

1) Menschen
2) Der Mast

*) Zuerst abgedruckt im „Gesellschafter,“ 50. Blatt, vom 27. März 1824.

Leg an mein Herz dein Köpfchen,
Und fürchte dich nicht so sehr;[1]
Vertraust du dich doch sorglos
Täglich dem wilden Meer!

Mein Herz gleicht ganz dem Meere,
Hat Sturm und Ebb' und Fluth,
Und manche schöne Perle
In seiner Tiefe ruht.

9.*

Der Mond ist aufgegangen
Und überstrahlt die Welln;
Ich halte mein Liebchen umfangen,
Und unsre Herzen schwelln.

Im Arm des holden Kindes
Ruh' ich allein am Strand;
„Was horchst du beim Rauschen des Windes?
Was zuckt deine weiße Hand?“

„„Das ist kein Rauschen des Windes,
Das ist der Seejungfern Gesang,
Und meine Schwestern sind es,
Die einst das Meer verschlang.““

1) zu sehr;

*) Zuerst abgedruckt im „Gesellschafter,“ 50. Blatt, vom 27. März 1824.

10.*

Auf den Wolken ruht der Mond,
Eine Riesenpomeranze,
Überstrahlt das graue Meer,
Breiten Streifs, mit goldnem Glanze.

Einsam wandl' ich an dem Strand,
Wo die weißen Wellen brechen,
Und ich hör' viel süßes Wort,
Süßes Wort im Wasser sprechen.

Ach, die Nacht ist gar zu lang,
Und mein Herz kann nicht mehr schweigen —
Schöne Nixen, kommt hervor,
Tanzt und singt den Zauberreigen!

Nehmt mein Haupt in euren Schoß,
Leib und Seel' sei hingegeben!
Singt mich todt und herzt mich todt,
Küßt mir aus der Brust das Leben!

*) Nur abgedruckt in der zweiten (1830) und den späteren Auflagen des ersten Bandes der „Reisebilder."

11.*

Eingehüllt in graue Wolken,
Schlafen jetzt die großen Götter,
Und ich höre, wie sie schnarchen,
Und wir haben wildes Wetter.

Wildes Wetter! Sturmeswüthen
Will das arme Schiff zerschellen —
Ach, wer zügelt diese Winde
Und die herrenlosen Wellen!

Kann's nicht hindern, daß es stürmet,
Daß da dröhnen Mast und Bretter,
Und ich hüll' mich in den Mantel,
Um zu schlafen wie die Götter.

12.**

Der Wind zieht seine Hosen an,
Die weißen Wasserhosen!
Er peitscht die Wellen, so stark er kann,
Die heulen und brausen und tosen.

*) Nur abgedruckt in der zweiten (1830) und den späteren Auflagen des ersten Bandes der „Reisebilder."

**) Zuerst abgedruckt in den „Reisebildern," Bd. I, 1826.

Aus dunkler Höh', mit wilder Macht,
Die Regengüsse träufen;
Es ist, als wollt' die alte Nacht
Das alte Meer ersäufen.

An den Mastbaum klammert die Möwe sich
Mit heiserem Schrillen und Schreien;
Sie flattert und will gar ängstiglich
Ein Unglück prophezeien.

13.*

Der Sturm spielt auf zum Tanze,
Er pfeift und saust und brüllt;
Heisa, wie springt das Schifflein!
Die Nacht ist lustig und wild.

Ein lebendes Wassergebirge
Bildet die tosende See;
Hier gähnt ein schwarzer Abgrund,
Dort thürmt es sich weiß in die Höh'.

Ein Fluchen, Erbrechen und Beten
Schallt aus der Kajüte heraus;
Ich halte mich fest am Mastbaum,
Und wünsche: Wär' ich zu Haus.

*) Zuerst abgedruckt im „Gesellschafter," 50. Blatt, vom 27. März 1824.

14.*

Der Abend kommt gezogen,
Der Nebel bedeckt die See,
Geheimnisvoll rauschen die Wogen,
Da steigt es weiß in die Höh'.

Die Meerfrau steigt aus den Wellen,
Und setzt sich zu mir an den Strand;[1]
Die weißen Brüste quellen
Hervor aus dem Schleiergewand.

Sie drückt mich und sie presst mich,
Und thut mir fast ein Weh; —
Du drückst ja viel zu fest mich,
Du schöne Wasserfee!

„Ich press'[2] dich in meinen Armen,
Und drücke dich mit Gewalt;
Ich will bei dir erwarmen,
Der Abend ist gar zu kalt."

Der Mond schaut immer blasser,
Aus dämmriger Wolkenhöh';
Dein Auge wird trüber und nasser,
Du schöne Wasserfee!

*) Zuerst abgedruckt im „Gesellschafter," 50. Blatt, vom 27. März 1824.

1) am Strand.

2) Ich presse

„Es wird nicht trüber und nasser,
Mein Aug' ist naß und trüb,
Weil, als ich stieg aus dem Wasser,
Ein Tropfen im Auge blieb."

Die Möwen schrillen kläglich,
Es grollt und brandet die See; —
Dein Herz pocht wild beweglich,
Du schöne Wasserfee!

„Mein Herz pocht wild beweglich,
Es pocht beweglich wild,
Weil ich dich liebe unsäglich,
Du liebes Menschenbild!"

15.*

Wenn ich an deinem Hause
Des Morgens vorüber geh',
So freut's mich, du liebe Kleine,
Wenn ich dich am Fenster seh'.

Mit deinen schwarzbraunen Augen
Siehst du mich forschend an:
„Wer bist du, und was fehlt dir,
Du fremder, kranker Mann?" [1]

Ich bin ein deutscher Dichter,
Bekannt im deutschen Land;
Nennt man die besten Namen,
So wird auch der meine [2] genannt.

*) Zuerst abgedruckt im „Gesellschafter," 51. Blatt, vom 29. März 1824.

1) Du fremder, blasser Mann?
2) der mein'ge

Und was mir fehlt, du Kleine,
Fehlt Manchem im deutschen Land;
Nennt man die schlimmsten Schmerzen,
So wird auch der meine [3] genannt.

16.*

Das Meer erglänzte weit hinaus
Im letzten Abendscheine;
Wir saßen am einsamen Fischerhaus,
Wir saßen stumm und alleine.

Der Nebel stieg, das Wasser schwoll,
Die Möwe flog hin und wieder;
Aus deinen Augen liebevoll
Fielen die Thränen nieder.

Ich sah sie fallen auf deine Hand,
Und bin aufs Knie gesunken;
Ich hab' von deiner weißen Hand
Die Thränen fortgetrunken.

Seit jener Stunde verzehrt sich mein Leib,
Die Seele stirbt vor Sehnen; —
Mich hat das unglücksel'ge Weib
Vergiftet mit ihren Thränen.

[3]) der mein'ge

*) Zuerst abgedruckt in den „Reisebildern,“ Bd. I, 1826.

17.*

Da droben auf jenem Berge,
Da steht ein feines Schloss,
Da wohnen drei schöne Fräulein,
Von denen ich Liebe genoss.

Sonnabend küsste mich Jette,
Und Sonntag die Julia,
Und Montag die Kunigunde,
Die hat mich erdrückt beinah.[1]

Doch Dienstag war eine Fête
Bei meinen drei Fräulein im Schloss;
Die Nachbarschafts-Herren und Damen
Die kamen zu Wagen und Ross.

Ich aber war nicht geladen,
Und Das habt ihr dumm gemacht!
Die zischelnden Muhmen und Basen
Die merkten's und haben gelacht.

*) Zuerst abgedruckt im „Gesellschafter." 51. Blatt, vom 29. März 1824.

1) zerküsst beinah.

18.*

Du Lilje meiner Liebe,
Du stehst so träumend am Bach,
Und schaust hinein so trübe,
Und flüsterst „Weh“ und „Ach!“

„Geh fort mit deinem Gekose!
Ich weiß es, du falscher Mann,
Daſs meine Kousine, die Rose,
Dein falsches Herz gewann.“

19.**

Am fernen Horizonte
Erscheint, wie ein Nebelbild,
Die Stadt mit ihren Thürmen,
In Abenddämmrung gehüllt.

Ein feuchter Windzug kräuselt
Die graue Wasserbahn;
Mit traurigem Takte rudert
Der Schiffer in meinem Kahn.

*) Nur abgedruckt in den „Rheinblüthen. Taschenbuch auf das Jahr 1825.“ Karlsruhe, G. Braun.

**) Zuerst abgedruckt im „Gesellschafter,“ 49. Blatt, vom 26. März 1824.

Die Sonne hebt sich noch einmal
Leuchtend vom Boden empor,
Und zeigt mir jene Stelle,
Wo ich das Liebste verlor.

20.*

Sei mir gegrüßt, du große,
Geheimnisvolle Stadt,
Die einst in ihrem Schoße
Mein Liebchen umschlossen hat.

Sagt an ihr, Thürme und Thore,
Wo ist die Liebste mein?
Euch hab' ich sie anvertrauet,
Ihr solltet mir Bürge sein.

Unschuldig sind die Thürme,
Sie konnten nicht von der Stell',
Als Liebchen[1] mit Koffern und Schachteln
Die Stadt verlassen so schnell.

Die Thore jedoch, die ließen
Mein Liebchen entwischen gar still;
Ein Thor ist immer willig,
Wenn eine Thörin will.

*) Zuerst abgedruckt im „Gesellschafter," 49. Blatt, vom 26. März 1824.

1) Als sie

21.*

So wandl' ich[1] wieder den alten Weg,
Die wohlbekannten Gassen;
Ich komme vor[2] meiner Liebsten Haus,
Das steht so leer und verlassen.

Die Straßen sind doch gar zu eng!
Das Pflaster ist unerträglich!
Die Häuser fallen mir auf den Kopf!
Ich eile so viel als möglich!

22.**

Ich trat in jene Hallen,
Wo sie mir Treue versprochen;
Wo einst ihre Thränen gefallen,
Sind Schlangen hervorgekrochen.

23.***

Still ist die Nacht, es ruhen die Gassen,
In diesem Hause wohnte mein Schatz;
Sie hat schon längst die Stadt verlassen,
Doch steht noch das Haus auf demselben Platz.

*) Zuerst abgedruckt im „Gesellschafter,“ 49. Blatt, vom 26. März 1824.
1) So wandr' ich
2) Ich komme von

**) Zuerst abgedruckt in den „Reisebildern.“ Bd. I. 1826.
***) Zuerst abgedruckt im „Gesellschafter,“ 49. Blatt, vom 26. März 1824.

Da steht auch ein Mensch und starrt in die Höhe,
Und ringt die Hände vor Schmerzensgewalt;
Mir graust es, wenn ich sein Antlitz sehe —
Der Mond zeigt mir meine eigne Gestalt.

Du Doppelgänger, [1] du bleicher Geselle!
Was äffst [2] du nach mein Liebesleid,
Das mich gequält auf dieser Stelle
So manche Nacht in alter Zeit?

24.*

Wie kannst du ruhig schlafen,
Und weißt, ich lebe noch?
Der alte Zorn kommt wieder,
Und dann zerbrech' ich mein Joch.

Kennst du das alte Liedchen:
Wie einst ein todter Knab'
Um Mitternacht die Geliebte
Zu sich geholt ins Grab?

Glaub' mir, du wunderschönes,
Du wunderholdes Kind,
Ich lebe und bin noch stärker,
Als alle Todten sind!

1) Du Doppeltgänger,
2) Was äffest

*) Zuerst abgedruckt im „Gesellschafter," 49. Blatt, vom 26. März 1824.

25.*

Die Jungfrau schläft in der Kammer,
Der Mond schaut zitternd hinein;
Da draußen singt es und klingt es,
Wie Walzermelodein.

„Ich will mal schaun aus dem Fenster,
Wer drunten stört meine Ruh'."
Da steht ein Todtengerippe,
Und fiedelt und singt dazu:

„„Hast einst mir den Tanz versprochen,
Und hast gebrochen dein Wort,
Und heut ist Ball auf dem Kirchhof,
Komm mit, wir tanzen dort.""

Die Jungfrau ergreift es gewaltig,
Es lockt sie hervor aus dem Haus;
Sie folgt dem Gerippe, das singend
Und fiedelnd schreitet voraus.

Es fiedelt und tänzelt und hüpfet,
Und klappert mit seinem Gebein,
Und nickt und nickt mit dem Schädel
Unheimlich im Mondenschein.

*) Zuerst abgedruckt in den „Reisebildern," Bd. I. 1826.

26.*

Ich stand in dunkeln Träumen,
Und starrte ihr Bildnis an,
Und das geliebte Antlitz
Heimlich zu leben begann.

Um ihre Lippen zog sich
Ein Lächeln wunderbar,
Und wie von Wehmuthsthränen
Erglänzte ihr Augenpaar.

Auch meine Thränen flossen
Mir von den Wangen herab —
Und ach, ich kann es nicht glauben,
Daß ich dich verloren hab'!

27.**

Ich unglücksel'ger Atlas! eine Welt,
Die ganze Welt der Schmerzen, muß ich tragen,
Ich trage Unerträgliches, und brechen
Will mir das Herz im Leibe.

*) Zuerst abgedruckt in den „Reisebildern," Bd. I, 1826.

**) Zuerst abgedruckt in den „Reisebildern," Bd. I, 1826.

Du stolzes Herz, du hast es ja gewollt!
Du wolltest glücklich sein, unendlich glücklich,
Oder unendlich elend, stolzes Herz,
Und jetzo bist du elend.

28.*

Die Jahre kommen und gehen,
Geschlechter steigen ins Grab,
Doch nimmer vergeht die Liebe,
Die ich im Herzen hab'.

Nur einmal noch möcht' ich dich sehen,
Und sinken vor dir aufs Knie,
Und sterbend zu dir sprechen:
„Madam,[1] ich liebe Sie!"

29.**

Mir träumte: traurig schaute der Mond,
Und traurig schienen die Sterne;
Es trug mich zur Stadt, wo Liebchen wohnt,
Viel' hundert Meilen ferne.

Es hat mich zu ihrem Hause geführt,
Ich küßte die Steine der Treppe,
Die oft ihr kleiner Fuß berührt
Und ihres Kleides Schleppe.

*) Zuerst abgedruckt in den „Reisebildern," Bd. I, 1826.
[1]) „Madame.

**) Zuerst abgedruckt in den „Reisebildern," Bd. I, 1826.

Die Nacht war lang, die Nacht war kalt,
Es waren so kalt die Steine;
Es lugt' aus dem Fenster die blasse Gestalt,
Beleuchtet vom Mondenscheine.

30.*

Was will die einsame Thräne?
Sie trübt mir ja den Blick.
Sie blieb aus alten Zeiten
In meinem Auge zurück.

Sie hatte viel' leuchtende Schwestern,
Die alle zerflossen sind,
Mit meinen Qualen und Freuden,
Zerflossen in Nacht und Wind.

Wie Nebel sind auch zerflossen
Die blauen Sternelein,
Die mir jene Freuden und Qualen
Gelächelt ins Herz hinein.

Ach, meine Liebe selber
Zerfloß wie eitel Hauch!
Du alte, einsame Thräne,
Zerfließe jetzunder auch!

*) Zuerst abgedruckt im „Gesellschafter,“ 51. Blatt, vom 29. März 1824.

31.*

Der bleiche, herbstliche Halbmond
Lugt aus den Wolken heraus;
Ganz einsam liegt auf dem Kirchhof
Das stille Pfarrerhaus.

Die Mutter liest in der Bibel,
Der Sohn, der starret ins Licht,
Schlaftrunken dehnt sich die ältre,
Die jüngere Tochter spricht:

„Ach Gott, wie Einem die Tage
Langweilig hier vergehn!
Nur wenn sie Einen begraben,
Bekommen wir Etwas zu sehn.“

Die Mutter spricht zwischen dem Lesen:
„Du irrst, es starben nur Vier,
Seit man deinen Vater begraben
Dort an der Kirchhofsthür.“

Die ältre[1] Tochter gähnet:
„Ich will nicht verhungern bei euch,
Ich gehe morgen zum Grafen,
Und Der ist verliebt und reich.“

*) Zuerst abgedruckt im „Gesellschafter,“ 51. Blatt, vom 29. März 1824.

1) Die ältere

Der Sohn bricht aus in Lachen:
„Drei Jäger zechen im Stern,
Die machen Gold und lehren
Mir das Geheimnis gern.“

Die Mutter wirft ihm die Bibel
Ins magre Gesicht hinein:
„So willst du, Gottverfluchter,
Ein Straßenräuber sein!“

Sie hören pochen ans Fenster,
Und sehn eine winkende Hand;
Der todte Vater steht draußen
Im schwarzen Pred'gergewand.

32.*

Das ist ein schlechtes Wetter,
Es regnet und stürmt und schneit;
Ich sitze am Fenster und schaue
Hinaus in die Dunkelheit.

Da schimmert ein einsames Lichtchen,
Das wandelt langsam fort;
Ein Mütterchen mit dem Laterncheu
Wankt über die Straße dort.

Ich glaube, Mehl und Eier
Und Butter kaufte sie ein;
Sie will einen Kuchen backen
Fürs große Töchterlein.

*) Zuerst abgedruckt im „Gesellschafter,“ 52. Blatt, vom 31. März 1824.

Die liegt zu Haus im Lehnstuhl,
Und blinzelt schläfrig ins Licht;
Die goldnen Locken wallen
Über das süße Gesicht.

33.*

Man glaubt, daſs ich mich gräme
In bitterm Liebesleid,
Und endlich glaub' ich es selber,
So gut wie andre Leut'.

Du Kleine mit großen Augen,
Ich hab' es dir immer gesagt,
Daſs ich dich unsäglich liebe,
Daſs Liebe mein Herz zernagt.

Doch nur in einsamer Kammer
Sprach ich auf solche Art,
Und ach! ich hab' immer geschwiegen
In deiner Gegenwart.

Da gab es böse Engel,
Die hielten mir zu den Mund;
Und ach! durch böse Engel
Bin ich so elend jetzund.

*) Zuerst abgedruckt in den „Reisebildern," Bd. I. 1826.

34.*

Deine weißen[1] Liljenfinger,
Könnt' ich sie noch einmal küssen,
Und sie drücken an mein Herz,
Und vergehn in stillem Weinen!

Deine klaren Veilchenaugen
Schweben vor mir Tag und Nacht,
Und mich quält es: Was bedeuten
Diese süßen, blauen Räthsel?

35.**

„Hat sie sich denn nie geäußert[1]
Über dein verliebtes Wesen?
Konntest du in ihren Augen
Niemals Gegenliebe lesen?

„Konntest du in ihren Augen
Niemals bis zur Seele dringen?
Und du bist ja sonst kein Esel,
Theurer Freund, in solchen Dingen.“

*) Zuerst abgedruckt im „Gesellschafter,“ 52. Blatt, vom 31. März 1824.
1) weichen

**) Mit der Bemerkung: „Geschrieben im Herbste 1823.“ zuerst abgedruckt in der Hamburger Zeitschrift: „Die Biene,“ Nr. 18, vom 31. Januar 1826.
1) nicht geäußert

36.*

Sie liebten sich Beide, doch Keiner
Wollt' es dem Andern gestehn;
Sie sahen sich an so feindlich,
Und wollten vor Liebe vergehn.

Sie trennten sich endlich und sahn sich
Nur noch zuweilen im Traum;
Sie waren längst gestorben,
Und wussten es selber kaum.

37.**

Und als ich euch meine Schmerzen geklagt
Da habt ihr gegähnt und Nichts gesagt;
Doch als ich sie zierlich in Verse gebracht,
Da habt ihr mir große Elogen gemacht.

38.***

Ich rief den Teufel und er kam,
Und ich sah ihn mit Verwundrung an;

*) Zuerst abgedruckt in den „Reisebildern," Bd. I, 1826.

**) Zuerst abgedruckt in den „Rheinblüthen, Taschenbuch auf das Jahr 1825," Karlsruhe, G. Braun.

***) Zuerst abgedruckt in den „Rheinblüthen, Taschenbuch auf das Jahr 1825."

Er ist nicht häßlich und ist nicht lahm,
Er ist ein lieber, charmanter Mann,
Ein Mann in seinen besten Jahren,
Verbindlich und höflich und welterfahren.
Er ist ein gescheiter[1] Diplomat,
Und spricht recht schön über Kirch' und Staat.
Blaß ist er etwas, doch ist es kein Wunder,
Sanskrit und Hegel studiert er jetzunder.
Sein Lieblingspoet ist noch immer Fouqué.
Doch will er nicht mehr mit Kritik sich befassen,
Die hat er jetzt gänzlich überlassen
Der theuren Großmutter Hekate.
Er lobte mein juristisches Streben,
Hat früher sich auch damit abgegeben.
Er sagte, meine Freundschaft sei
Ihm nicht zu theuer, und nickte dabei,
Und frug: ob wir uns früher nicht
Schon einmal gesehn beim span'schen Gesandten?
Und als ich recht besah sein Gesicht,
Fand ich in ihm einen alten Bekannten.

39.*

Mensch, verspotte nicht den Teufel,
Kurz ist ja die Lebensbahn,
Und die ewige Verdammnis
Ist kein bloßer Pöbelwahn.

1) Er ist ein trefflicher

*) Zuerst abgedruckt in den „Rheinblüthen, Taschenbuch auf das Jahr 1825."

Mensch, bezahle deine Schulden,
Lang ist ja die Lebensbahn,
Und du musst noch manchmal borgen,
Wie du es so oft gethan.

40.*

Die heil'gen drei Kön'ge aus Morgenland,
Sie frugen in jedem Städtchen:
„Wo geht der Weg nach Bethlehem,
Ihr lieben Buben und Mädchen?"

Die Jungen und Alten, sie wussten es nicht,
Die Könige zogen weiter;
Sie folgten einem goldenen Stern,
Der leuchtete lieblich und heiter.

Der Stern blieb stehn über Joseph's Haus,
Da sind sie hineingegangen;
Das Öchslein brüllte, das Kindlein schrie,
Die heil'gen drei Könige sangen.

41.**

Mein Kind, wir waren Kinder,
Zwei Kinder, klein und froh;
Wir krochen ins Hühnerhäuschen,
Versteckten [1] uns unter das Stroh.

*) Zuerst abgedruckt in den „Reisebildern," Bd. I, 1826.

**) Zuerst abgedruckt in den „Reisebildern," Bd. I, 1826.

1) Und steckten

Wir krähten wie die Hähne,
Und kamen Leute vorbei —
„Kikeriküh!“ sie glaubten,
Es wäre Hahnengeschrei.

Die Kisten auf unserem Hofe
Die tapezierten wir aus,
Und wohnten drin beisammen,
Und machten ein vornehmes Haus.

Des Nachbars alte Katze
Kam öfters zum Besuch;
Wir machten ihr Bückling' und Knixe
Und Komplimente genug.

Wir haben nach ihrem Befinden
Besorglich und freundlich gefragt;
Wir haben seitdem Dasselbe
Mancher alten Katze gesagt.

Wir saßen auch oft und sprachen
Vernünftig, wie alte Leut',
Und klagten, wie Alles besser
Gewesen zu unserer Zeit;

Wie Lieb' und Treu' und Glauben
Verschwunden aus der Welt,
Und wie so theuer der Kaffe,
Und wie so rar das Geld! — — —

Vorbei sind die Kinderspiele,
Und Alles rollt vorbei, —
Das Geld und die Welt und die Zeiten,
Und Glauben und Lieb' und Treu'.

42.*

Das Herz ist mir bedrückt, und sehnlich
Gedenke ich der alten Zeit;
Die Welt war damals noch so wöhnlich,
Und ruhig lebten hin die Leut'.

Doch jetzt ist Alles wie verschoben,
Das ist ein Drängen, eine Noth!
Gestorben ist der Herrgott oben,
Und unten ist der Teufel todt.

Und Alles schaut so grämlich trübe,
So krausverwirrt und morsch und kalt,
Und wäre nicht das bißchen Liebe,
So gäb' es nirgends einen Halt.

43.**

Wie der Mond sich leuchtend dränget
Durch den dunkeln Wolkenflor,
Also taucht aus dunkeln Zeiten
Mir ein lichtes Bild hervor.

Saßen All' auf dem Verdecke,
Fuhren stolz hinab den Rhein,
Und die sommergrünen Ufer
Glühn im Abendsonnenschein.

*) Zuerst abgedruckt in den „Reisebildern," Bd. I, 1826.

**) Zuerst abgedruckt im „Gesellschafter," 52. Blatt, 31. März 1824.

Sinnend saß ich zu den Füßen
Einer Dame, schön und hold;
In ihr liebes, bleiches Antlitz
Spielt' das rothe Sonnengold.

Lauten klangen, Buben sangen,
Wunderbare Fröhlichkeit!
Und der Himmel wurde blauer,
Und die Seele wurde weit.

Märchenhaft vorüberzogen
Berg' und Burgen, Wald und Au; —
Und das Alles sah ich glänzen
In dem Aug' der schönen Frau.

44.*

Im Traum sah ich die Geliebte,
Ein banges, bekümmertes Weib,
Verwelkt und abgefallen
Der sonst so blühende Leib.

Ein Kind trug sie auf dem Arme,
Ein andres führt sie an der Hand,
Und sichtbar ist Armuth und Trübsal
Am Gang und Blick und Gewand.

Sie schwankte über den Marktplatz,
Und da begegnet sie mir,
Und sieht mich an, und ruhig
Und schmerzlich sag' ich zu ihr:

*) Zuerst abgedruckt im „Gesellschafter," 52. Blatt, vom 31. März 1824.

„Komm mit nach meinem Hause,
Denn du bist blass und krank;
Ich will durch Fleiß und Arbeit
Dir schaffen Speis' und Trank.

„Ich will auch pflegen und warten
Die Kinder, die bei dir sind,
Vor Allem aber dich selber,
Du armes, unglückliches Kind.

„Ich will dir nie erzählen,
Dass ich dich geliebet hab',
Und wenn du stirbst, so will ich
Weinen auf deinem Grab.“

45.*

„Theurer Freund! Was soll es nützen,
Stets das alte Lied zu leiern?
Willst du ewig brütend sitzen
Auf den alten Liebes-Eiern?

„Ach! das ist ein ewig Gattern,
Aus den Schalen kriechen Küchlein,
Und sie piepsen und sie flattern,
Und du sperrst sie in ein Büchlein.“

*) Mit der Notiz: „Geschrieben im Herbste 1823,“ zuerst abgedruckt in der Hamburger Zeitschrift: „Die Biene,“ Nr. 13, v. 31. Januar 1826.

46.*

Werdet nur nicht ungeduldig,
Wenn von alten Leidensklängen [1]
Manche noch vernehmlich tönen [2]
In den neuesten Gesängen.

Wartet nur, es wird verhallen
Dieses Echo meiner Schmerzen,
Und ein neuer Liederfrühling
Sprießt aus dem geheilten Herzen.

47.**

Nun ist es Zeit, daß ich mit Verstand
Mich aller Thorheit entled'ge,
Ich hab' so lang als ein Komödiant
Mit dir gespielt die Komödie.

Die prächt'gen Koulissen, sie waren bemalt
Im hochromantischen Stile,
Mein Rittermantel hat goldig gestrahlt,
Ich fühlte die feinsten Gefühle.

*) Mit der Notiz: „Geschrieben im Herbste 1823," zuerst abgedruckt in der „Biene," Nr. 18, vom 31. Januar 1826

1) Schmerzensklängen

2) klingen

**) Zuerst abgedruckt in den „Rheinblüthen, Taschenbuch auf das Jahr 1825."

Und nun ich mich gar säuberlich
Des tollen Tands entled'ge:
Noch immer elend fühl' ich mich,
Als spielt' ich noch immer Komödie.

Ach Gott! im Scherz und unbewufst
Sprach ich, was ich gefühlet;[1]
Ich hab' mit dem Tod in der eignen Brust
Den sterbenden Fechter gespielet.

48.*

Den König Wiswamitra,
Den treibt's ohne Rast und Ruh,
Er will durch Kampf und Büßung
Erwerben Wasischta's Kuh.

O, König Wiswamitra,
O, welch ein Ochs bist du,
Dass du so viel kämpfest und büßest,
Und Alles für eine Kuh![1]

49.**

Herz, mein Herz, sei nicht beklommen,
Und ertrage dein Geschick.
Neuer Frühling giebt zurück,
Was der Winter dir genommen.

1) Ach Gott, ich hab' ja unbewufst
Gesprochen, was ich gefühlet;

*) Zuerst abgedruckt in den „Rheinblüthen, Taschenbuch für das Jahr 1825.“

1) um eine Kuh!

**) Zuerst abgedruckt in den „Reisebildern,“ Bd. I, 1826.

Und wie Viel ist dir geblieben!
Und wie schön ist noch die Welt!
Und mein Herz, was dir gefällt,
Alles, Alles darfst du lieben!

50.*

Du bist wie eine Blume
So hold und schön und rein;
Ich schau' dich an, und Wehmuth
Schleicht mir ins Herz hinein.

Mir ist, als ob ich die Hände
Aufs Haupt dir legen sollt',
Betend, daß Gott dich erhalte
So rein und schön und hold.

51.**

Kind! es wäre dein Verderben,
Und ich geb' mir selber Mühe,
Daß dein liebes Herz in Liebe
Nimmermehr für mich erglühe.

Nur daß mir's so leicht gelinget,
Will mich dennoch fast betrüben,
Und ich denke manchmal dennoch:
Möchtest du mich dennoch lieben!

*) Zuerst abgedruckt in den „Reisebildern," Bd. I. 1826.

**) Zuerst abgedruckt in den „Reisebildern," Bd. I. 1826.

52.*

Wenn ich auf dem Lager liege,
In Nacht und Kissen gehüllt,
So schwebt mir vor ein süßes,
Anmuthig liebes Bild.

Wenn mir der stille Schlummer
Geschlossen die Augen kaum,
So schleicht das Bild sich leise
Hinein in meinen Traum.

Doch mit dem Traum des Morgens
Zerrinnt es nimmermehr;
Dann trag ich es im Herzen
Den ganzen Tag umher.

53.**

Mädchen mit dem rothen Mündchen,
Mit den Äuglein süß und klar,
Du mein liebes, kleines Mädchen,
Deiner denk' ich immerdar.

*) Zuerst abgedruckt im „Gesellschafter," 51. Blatt, vom 29. März 1824.

**) Zuerst abgedruckt im „Gesellschafter," 52. Blatt, vom 31. März 1824.

Lang ist heut der Winterabend,
Und ich möchte bei dir sein,
Bei dir sitzen, mit dir schwatzen
Im vertrauten Kämmerlein.

An die Lippen wollt' ich pressen
Deine kleine weiße Hand,
Und mit Thränen sie benetzen,
Deine kleine weiße Hand.

54.*

Mag da draußen Schnee sich thürmen,
Mag es hageln, mag es stürmen,
Klirrend mir ans Fenster schlagen:
Nimmer will ich mich beklagen,
Denn ich trage in der Brust
Liebchens Bild und Frühlingslust.

55.**

Andre beten zur Madonne,
Andre auch zu Paul und Peter;
Ich jedoch, ich will nur beten,
Nur zu dir, du schöne Sonne.

*) Zuerst abgedruckt in den „Reisebildern," Bd. I, 1826.

**) Zuerst abgedruckt in den „Reisebildern," Bd. I, 1826.

Gieb mir Küsse, gieb mir Wonne,
Sei mir gütig, sei mir gnädig,
Schönste Sonne unter den Mädchen,
Schönstes Mädchen unter der Sonne!

56.*

Verrieth mein blasses Angesicht
Dir nicht mein Liebeswehe?
Und willst du, daſs der stolze Mund
Das Bettelwort gestehe?

O, dieser Mund ist viel zu stolz [1]
Und kann nur küssen und scherzen;
Er spräche vielleicht ein höhnisches Wort,
Während ich sterbe vor Schmerzen.

57.**

„Theurer Freund, du bist verliebt,
Und dich quälen neue Schmerzen;
Dunkler wird es dir im Kopf,
Heller wird es dir im Herzen.

*) Zuerst abgedruckt in den „Reisebildern," Bd. I, 1826.
1) ist gar zu stolz.

**) Zuerst abgedruckt in den „Reisebildern," Bd. I, 1826.

„Theurer Freund, du bist verliebt,
Und du willst es nicht bekennen,
Und ich seh' des Herzens Gluth
Schon durch deine Weste brennen."

58.*

Ich wollte bei dir weilen
Und an deiner Seite ruhn;
Du musstest von mir eilen,
Du hattest Viel zu thun.

Ich sagte, dass meine Seele
Dir gänzlich ergeben sei;
Du lachtest aus voller Kehle,
Und machtest 'nen Knix dabei.

Du hast noch mehr gesteigert
Mir meinen Liebesverdruss,
Und hast mir sogar verweigert
Am Ende den Abschiedskuss.

Glaub' nicht, dass ich mich erschieße,
Wie schlimm auch die Sachen stehn!
Das Alles, meine Süße,
Ist mir schon einmal geschehn.

*) Zuerst abgedruckt im „Gesellschafter," 51. Blatt, vom 29. März 1824.

59.*

Saphire sind die Augen dein,
Die lieblichen, die süßen.
O, dreimal glücklich ist der Mann,
Den sie mit Liebe grüßen.

Dein Herz, es ist ein Diamant,
Der edle Lichter sprühet.
O, dreimal glücklich ist der Mann,
Für den es liebend glühet.

Rubinen sind die Lippen dein,
Man kann nicht schön're sehen.
O, dreimal glücklich ist der Mann,
Dem Liebe sie gestehen.

O, kennt' ich nur den glücklichen Mann,
O, dass ich ihn nur fände,
So recht allein im grünen Wald —
Sein Glück hätt' bald ein Ende.

*) Zuerst abgedruckt im B. d. L., 1. Aufl. 1827.

60.*

Habe mich mit Liebesreden
Festgelogen an dein Herz,
Und, verstrickt in eignen Fäden,
Wird zum Ernste mir mein Scherz.

Wenn du dich mit vollem Rechte
Scherzend nun von mir entfernst,
Nahn sich mir die Höllenmächte,
Und ich schieß' mich todt im Ernst.

61.**

Zu fragmentarisch ist Welt und Leben —
Ich will mich zum deutschen Professor begeben,
Der weiß das Leben zusammen zu setzen,
Und er macht ein verständlich System daraus;
Mit seinen Nachtmützen und Schlafrockfetzen
Stopft er die Lücken des Weltenbaus.

*) Zuerst abgedruckt im B. d. L. 1. Auflage, 1827.

**) Zuerst abgedruckt in den „Reisebildern," Bd. I, 1826.

62.*

Ich hab' mir lang den Kopf zerbrochen
Mit Denken und Sinnen, Tag und Nacht,
Doch deine liebenswürdigen Augen
Sie haben mich zum Entschluss gebracht.

Jetzt bleib' ich, wo deine Augen leuchten,
In ihrer süßen, klugen Pracht —
Dass ich noch einmal würde lieben,
Ich hätt' es nimmermehr gedacht.

63.**

Sie haben heut Abend Gesellschaft,
Und das Haus ist lichterfüllt.
Dort oben am hellen Fenster
Bewegt sich ein Schattenbild.

Du schaust mich nicht, im Dunkeln
Steh' ich hier unten allein;
Noch wen'ger[1] kannst du schauen
In mein dunkles Herz hinein.

*) Zuerst abgedruckt in den „Reisebildern," Bd. I. 1826.

**) Mit der Notiz: „Geschrieben im Herbste 1823," zuerst abgedruckt in der Hamburger Zeitschrift „Die Biene," Nr. 18, vom 31. Januar 1826.

1) Noch weniger

Mein dunkles Herze liebt dich,
Es liebt dich und es bricht,
Und bricht und zuckt und verblutet,
Aber du siehst es nicht.

64.*

Ich wollt', meine Schmerzen ergössen
Sich all' in ein einziges Wort,
Das gäb ich den lustigen Winden,
Die trügen es lustig fort.

Sie tragen zu dir, Geliebte,
Das schmerzerfüllte Wort;
Du hörst es zu jeder Stunde,
Du hörst es an jedem Ort.

Und hast du zum nächtlichen Schlummer
Geschlossen die Augen kaum,
So wird dich mein Wort verfolgen
Bis in den tiefsten Traum.

*) Zuerst abgedruckt in den „Reisebildern," Bd. I, 1826.

65.*

Du hast Diamanten und Perlen,
Hast Alles, was Menschenbegehr,
Und hast die schönsten Augen —
Mein Liebchen, was willst du mehr?

Auf deine schönen Augen
Hab' ich ein ganzes Heer
Von ewigen Liedern gedichtet —
Mein Liebchen, was willst du mehr?

Mit deinen schönen Augen
Hast du mich gequält so sehr,
Und hast mich zu Grunde gerichtet —
Mein Liebchen, was willst du mehr?

66.**

Wer zum ersten Male liebt,
Sei's auch glücklos, ist ein Gott;
Aber wer zum zweiten Male
Glücklos liebt, Der ist ein Narr.

*) Mit der Notiz: „Geschrieben im Herbste 1823," zuerst abgedruckt in der Hamburger Zeitschrift „Die Biene," Nr. 13, vom 31. Januar 1826.

**) Zuerst abgedruckt in den „Reisebildern," Bd. 1, 1826.

Ich, ein solcher Narr, ich liebe
Wieder ohne Gegenliebe
Sonne, Mond und Sterne lachen,
Und ich lache mit — und sterbe.

67.*

Zu der Lauheit und der Flauheit
Deiner Seele passte nicht
Meiner Liebe wilde Rauheit,
Die sich Bahn durch Felsen bricht.

Du, du liebtest die Chausséen
In der Liebe, und ich schau'
Dich am Arm des Gatten gehen,
Eine brave, schwangre Frau.

68.**

O, mein gnädiges Fräulein, erlaubt
Mir kranken Sohn der Musen,
Dass schlummernd ruhe mein Sängerhaupt
Auf Eurem Schwanenbusen!

*) Nur abgedruckt in der zweiten und den späteren Auflagen des ersten Bandes der „Reisebilder," 1826 ff.

**) Nur abgedruckt in der ersten Auflage des ersten Bandes der „Reisebilder," 1826.

„Mein Herr! wie können Sie es wagen,
Mir so was in Gesellschaft zu sagen?“

69.*

Gaben mir Rath und gute Lehren,
Überschütteten mich mit Ehren,
Sagten, dass ich nur warten sollt',
Haben mich protegieren gewollt.

Aber bei all ihrem Protegieren,
Hätte ich können vor Hunger krepieren,
Wär' nicht gekommen ein braver Mann,
Wacker nahm er sich meiner an.

Braver Mann! er schafft mir zu essen!
Will es ihm nie und nimmer vergessen!
Schade! dass ich ihn nicht küssen kann!
Denn ich bin selbst dieser brave Mann.

70.**

Diesen liebenswürd'gen Jüngling
Kann man nicht genug verehren;
Oft traktiert er mich mit Austern
Und mit Rheinwein und Likören.

*) Zuerst abgedruckt im „Gesellschafter,“ 52. Blatt, vom 31. März 1824.

**) Zuerst abgedruckt in den „Reisebildern,“ Bd. I, 1826.

Zierlich sitzt ihm Rock und Höschen,
Doch noch zierlicher die Binde,
Und so kommt er jeden Morgen,
Fragt, ob ich mich wohl befinde;

Spricht von meinem weiten Ruhme,
Meiner Anmuth, meinen Witzen;
Eifrig und geschäftig ist er,
Mir zu dienen, mir zu nützen.

Und des Abends in Gesellschaft,
Mit begeistertem Gesichte,
Deklamiert er vor den Damen
Meine göttlichen Gedichte.

O, wie ist es hoch erfreulich,
Solchen Jüngling noch zu finden,
Jetzt in unsrer Zeit, wo täglich
Mehr und mehr die Bessern schwinden.

71.*

Mir träumt': ich bin der liebe Gott,
Und sitz im Himmel droben,
Und Englein sitzen um mich her,
Die meine Verse loben.

Und Kuchen ess' ich und Konfekt
Für manchen lieben Gulden,

*) Mit der Überschrift: „Traum“ zuerst im „Westteutschen Musenalmanach auf das Jahr 1823,“ abgedruckt.

Und Kardinal trink' ich dabei,
Und habe keine Schulden.

Doch Langeweile plagt mich sehr,
Ich wollt', ich wär' auf Erden,
Und wär' ich nicht der liebe Gott,
Ich könnt' des Teufels werden.

„Du langer Engel Gabriel,
Geh, mach dich auf die Sohlen,
Und meinen theuern Freund Eugen [1]
Sollst du herauf mir holen.

„Such ihn nicht im Kollegium,
Such ihn beim Glas Tokaier;
Such ihn nicht in der Hedwigskirch',
Such ihn bei Mamsell Meyer."

Da breitet aus sein Flügelpaar
Und fliegt herab der Engel,
Und packt ihn auf, und bringt herauf
Den Freund, den lieben Bengel.

„Ja, Jung', ich bin der liebe Gott,
Und ich regier' die Erde!
Ich hab's ja immer dir gesagt,
Dass ich was Rechts noch werde.

„Und Wunder thu' ich alle Tag', [2]
Die sollen dich entzücken!
Und dir zum Spaße will ich heut
Die Stadt Berlin [3] beglücken.

[1]) Genuscha, meinen besten Freund.
[2]) „Und Wunder thu' ich, lieber Jung'.
[3]) Die Stadt Jx-Jx Reiseb. Bd. I, 1826.

„Die Pflastersteine auf der Straß',
Die sollen jetzt sich spalten,
Und eine Auster frisch, und klar,[4]
Soll jeder Stein enthalten.

„Ein Regen von Citronensaft
Soll thauig sie begießen,
Und in den Straßengössen soll
Der beste Rheinwein fließen."

Wie freuen die Berliner sich,[5]
Sie gehen schon ans Fressen;
Die Herren von dem Landgericht,[6]
Die saufen aus den Gössen.

Wie freuen die Poeten sich
Bei solchem Götterfraße![7]
Die Lieutnants und die Fähnderichs,
Die lecken ab die Straße.

Die Lieutnants und die Fähnderichs,
Das sind die klügsten Leute,
Sie denken: alle Tag' geschieht
Kein Wunder so wie heute.

72.*

Ich hab' euch im besten Juli verlassen,
Und find' euch wieder im Jannar;
Ihr saßet damals so recht in der Hitze,
Jetzt seid ihr gekühlt und kalt sogar.

4) groß und frisch,
5) Wie freuen die Ir-Irer sich, Reiseb. Bd. I, 1826.
6) Stadtgericht,
7) guten Fraße!
*) Zuerst abgedruckt im B. d. L. 1. Auflage, 1827.

Bald scheid' ich nochmals, und komm' ich einst wieder,
Dann seid ihr weder warm noch kalt,
Und über eure Gräber schreit' ich,
Und das eigne Herz ist arm und alt.

73.*

Von schönen Lippen fortgedrängt, getrieben
Aus schönen Armen, die uns fest umschlossen!
Ich wäre gern noch einen Tag geblieben,
Da kam der Schwager schon mit seinen Rossen.

Das ist das Leben, Kind! ein ewig Jammern,
Ein ewig Abschiednehmen, ew'ges Trennen
Konnt' denn dein Herz das mein'ge nicht umklammern?
Hat selbst dein Auge mich nicht halten können?

74.**

Wir fuhren allein im dunkeln
Postwagen die ganze Nacht;
Wir ruhten einander am Herzen,
Wir haben gescherzt und gelacht.

Doch als es Morgens tagte,
Mein Kind, wie staunten wir!
Denn zwischen uns saß Amor,
Der blinde Passagier.

*) Zuerst abgedruckt in den „Reisebildern," Bd. I, 1826.

**) Zuerst abgedruckt in den „Reisebildern," Bd. I, 1826.

75.*

Das weiß Gott, wo sich die tolle
Dirne einquartieret hat;
Fluchend in dem Regenwetter
Lauf' ich durch die ganze Stadt.

Bin ich doch von einem Gasthof
Nach dem andern hingerannt,
Und an jeden groben Kellner
Hab' ich mich umsonst gewandt.

Da erblick' ich sie am Fenster,
Und sie winkt und kichert hell.
Konnt' ich wissen, du bewohntest,
Mädchen, solches Pracht-Hotel!

76.**

Wie dunkle Träume stehen
Die Häuser in langer Reih';
Tief eingehüllt im Mantel,
Schreite ich schweigend vorbei.

Der Thurm der Kathedrale
Verkündet die zwölfte Stund';
Mit ihren Reizen und Küssen
Erwartet mich Liebchen jetzund.

*) Zuerst abgedruckt in den „Reisebildern,“ Bd. I, 1826.

**) Zuerst abgedruckt im „Gesellschafter,“ 52. Blatt, vom 31. März 1824.

Der Mond ist mein Begleiter,
Er leuchtet mir freundlich vor;
Da bin ich an ihrem Hause,
Und freudig ruf' ich empor:

„Ich danke dir, alter Vertrauter,
Daſs du meinen Weg erhellt;
Jetzt will ich dich entlassen,
Jetzt leuchte der übrigen Welt!

„Und findest du einen Verliebten,
Der einsam klagt sein Leid,
So tröst' ihn, wie du mich selber
Getröstet in alter Zeit."

77.*

Hast du die Lippen mir wund geküſst,
So küsse sie wieder heil,
Und wenn du bis Abend nicht fertig bist,
So hat es auch keine Eil'.

Du hast ja noch die ganze Nacht,
Du Herzallerliebste mein!
Man kann in solch einer ganzen Nacht
Viel küssen und selig sein.

*) Nur abgedruckt im „Gesellschafter," 52. Blatt, vom 31. März 1824, und in der ersten Auflage des ersten Bandes der „Reisebilder." 1826.

78.*

Und bist du erst mein ehlich Weib,[1]
Dann bist du zu beneiden,
Dann lebst du in lauter Zeitvertreib,
In lauter Plaisir und Freuden.

Und wenn du schiltst und wenn du tobst,
Ich werd' es geduldig leiden;
Doch wenn du meine Verse nicht lobst,
Lass' ich mich von dir scheiden.

79.**

Als sie mich umschlang mit zärtlichem Pressen,
Da ist meine Seele gen Himmel geflogen!
Ich ließ sie fliegen, und hab' unterdessen
Den Nektar von ihren Lippen gesogen.

*) Zuerst abgedruckt im „Gesellschafter," 52. Blatt, vom 31. März 1824.
1) ehliches Weib,

**) Nur abgedruckt im „Gesellschafter," 52. Blatt, vom 31. März 1824.

80.*

In den Küssen welche Lüge!
Welche Wonne in dem Schein!
Ach, wie süß ist das Betrügen,
Süßer das Betrogensein!

Liebchen, wie du dich auch wehrest,
Weiß ich doch, was du erlaubst;
Glauben will ich, was du schwörest,
Schwören will ich, was du glaubst.

81.**

An deine schneeweiße Schulter [1]
Hab' ich mein Haupt gelehnt, [2]
Und heimlich kann ich behorchen,
Wonach dein Herz sich sehnt. [3]

Es blasen die blauen Husaren,
Und reiten zum Thor herein,
Und morgen will mich verlassen
Die Herzallerliebste mein.

*) Nur abgedruckt in der zweiten und den späteren Auflagen des ersten Bandes der „Reisebilder," 1830 ff.

**) Zuerst abgedruckt in den „Reisebildern," Bd. I, 1826.

1) Auf deinen schneeweißen Busen

2) gelegt.

3) Was dir dein Herz bewegt.

Und willst du mich morgen verlassen,
So bist du doch heute noch mein,
Und in deinen schönen Armen
Will ich doppelt selig sein.

82.*

Es blasen die blauen Husaren,
Und reiten zum Thor hinaus;
Da komm' ich, Geliebte, und bringe
Dir einen Rosenstrauß.

Das war eine wilde Wirthschaft!
Kriegsvolk und Landesplag'![1]
Sogar in deinem Herzchen
Viel Einquartierung lag.

83.**

Habe auch in jungen Jahren
Manches bittre Leid erfahren
Von der Liebe Gluth.
Doch das Holz ist gar zu theuer,
Und erlöschen will das Feuer,
Ma foi! und Das ist gut.

*) Zuerst abgedruckt in den „Reisebildern," Bd. I, 1826.
1) Viel Volk und Kriegesplag'!

**) Zuerst abgedruckt in den „Reisebildern," Bd. I, 1826.

Das bedenke, junge Schöne,
Schicke fort die dumme Thräne
Und den dummen Liebesharm.
Ist das Leben dir geblieben,
So vergiss das alte Lieben,
Ma foi! in meinem Arm.

84.*

Bist du wirklich mir so feindlich,
Bist du wirklich ganz verwandelt?
Aller Welt will ich es klagen,
Dass du mich so schlecht behandelt.

O ihr undankbaren Lippen,
Sagt, wie könnt ihr Schlimmes sagen
Von dem Manne, der so liebend
Euch geküsst in schönen Tagen?

85.**

Ach, die Augen sind es wieder,
Die mich einst so lieblich grüßten,
Und es sind die Lippen wieder,
Die das Leben mir versüßten![1]

*) Zuerst abgedruckt im B. d. L. 1. Auflage, 1827.

**) Zuerst abgedruckt im B. d. L. 1. Auflage, 1827.

1) Die mir's Leben einst versüßten!

Auch die Stimme ist es wieder,
Die ich einst so gern gehöret!
Nur ich selber bin's nicht wieder,
Bin verändert heimgekehret.

Von den weißen, schönen Armen
Fest und liebevoll umschlossen,
Lieg' ich jetzt an ihrem Herzen
Dumpfen Sinnes und verdrossen.

86.*

Himmlisch war's, wenn ich bezwang
Meine sündige Begier;
Aber wenn's mir nicht gelang,
Hatt' ich doch ein groß Plaisir.

87.**

Blamier mich nicht, mein schönes Kind,
Und grüß mich nicht unter den Linden;
Wenn wir nachher zu Hause sind,
Wird sich schon Alles finden.

*) Nur abgedruckt im ersten Band der „Reisebilder," 1. Aufl., 1826.

**) Nur abgedruckt im „Gesellschafter," 52. Blatt, vom 31. März 1824, und im ersten Band der „Reisebilder," 1. Auflage.

88.*

Ja, Freund, hier unter den Linden
Kannst du dein Herz erbaun,
Hier kannst du beisammen finden
Die allerschönsten Fraun.

Sie blühn so hold und minnig
Im farbigen Seidengewand!
Ein Dichter hat sie sinnig
Wandelnde Blumen genannt.

Welch schöne Federhüte!
Welch schöne Türkenshawls!
Welch schöne Wangenblüthe!
Welch schöner Schwanenhals.

89.**

Selten habt ihr mich verstanden,
Selten auch verstand ich euch;
Nur wenn wir im Koth uns fanden,
So verstanden wir uns gleich.

*) Nur abgedruckt im ersten Brief aus Berlin, im Kunst- und Wissenschaftsblatt, Nr. 7 (Beiblatt zum „Rheinisch-westfälischen Anzeiger" Nr. 14), vom 15. Februar 1822.

**) Zuerst abgedruckt im „Gesellschafter," 52. Blatt, vom 31. März 1824.

90.*

Doch die Kastraten klagten,
Als ich meine Stimm' erhob;
Sie klagten und sie sagten:
Ich sänge viel zu grob.

Und lieblich erhoben sie Alle
Die kleinen Stimmelein,
Die Trillerchen, wie Kristalle,
Sie klangen so fein und rein.

Sie sangen von Liebessehnen,
Von Liebe und Liebeserguß;
Die Damen schwammen in Thränen
Bei solchem Kunstgenuß.

91.**

Auf den Wellen Salamanka's
Sind die Lüfte lind und labend;
Dort mit meiner holden Donna
Wandle ich am Sommerabend.

*) Zuerst abgedruckt in den „Reisebildern," Bd. I, 1826.

**) Zuerst abgedruckt in den „Reisebildern," Bd. I, 1826.

Um den schlanken Leib der Schönen
Hab' ich meinen Arm gebogen,
Und mit sel'gem Finger fühl' ich
Ihres Busens stolzes Wogen.

Doch ein ängstliches Geflüster
Zieht sich durch die Lindenbäume,
Und der dunkle Mühlbach unten,
Murmelt böse, bange Träume.

„Ach, Sennora, Ahnung sagt mir:
Einst wird man mich relegieren,
Und auf Salamanka's Wällen
Gehn wir nimmermehr spazieren.“

92.*

Neben mir wohnt Don Henriquez,
Den man auch den Schönen nennet;
Nachbarlich sind unsre Zimmer,
Nur von dünner Wand getrennet.

Salamanka's Damen glühen,
Wenn er durch die Straßen schreitet,
Sporenklirrend, schnurbartkräuselnd,
Und von Hunden stets begleitet.

Doch in stiller Abendstunde
Sitzt er ganz allein daheime,
In den Händen die Guitarre,
In der Seele süße Träume.

*) Zuerst abgedruckt im B. d. L., 1. Auflage, 1827.

In die Saiten greift er bebend
Und beginnt zu phantasieren —
Ach! wie Katzenjammer quält mich
Sein Geschnarr und Quinquilieren.

93*

Kaum sahen wir uns, und an Augen und Stimme
Merkt' ich, dass du mir gewogen bist;
Stand nicht dabei die Mutter, die schlimme,
Ich glaube, wir hätten uns gleich geküsst.

Und morgen verlasse ich wieder das Städtchen,
Und eile fort im alten Lauf;
Dann lauert am Fenster mein blondes Mädchen,
Und freundliche Grüße werf' ich hinauf.

94.**

Über die Berge steigt schon die Sonne,
Die Lämmerherde läutet fern;
Mein Liebchen, mein Lamm, meine Sonne und Wonne,
Noch einmal säh' ich dich gar zu gern!

Ich schaue hinauf mit spähender Miene —
Leb wohl, mein Kind, ich wandre von hier!
Vergebens! Es regt sich keine Gardine;
Sie liegt noch und schläft — und träumt von mir? [1]

*) Zuerst abgedruckt in den „Reisebildern," Bd. I, 1826.

**) Zuerst abgedruckt in den „Reisebildern," Bd. I, 1826.

1) Sie liegt noch und schläft, und träumt von mir.

95.*

Zu Halle auf dem Markt,
Da stehn zwei große Löwen.
Ei, du hallischer Löwentrotz,
Wie hat man dich gezähmet!

Zu Halle auf dem Markt,
Da steht ein großer Riese.
Er hat ein Schwert und regt sich nicht,
Er ist vor Schreck versteinert.

Zu Halle auf dem Markt,
Da steht eine große Kirche.
Die Burschenschaft und die Landsmannschaft,
Die haben dort Platz zum Beten.

96.**

Schöne, wirthschaftliche Dame,
Haus und Hof ist wohlbestellt,
Wohlversorgt ist Stall und Keller,
Wohlbeackert ist das Feld.

Jeder Winkel in dem Garten
Ist gereutet und geputzt,
Und das Stroh, das ausgedroschen,
Wird für Betten noch benutzt.

*) Zuerst abgedruckt in den „Reisebildern," Bd. I, 1826.

**) Nur abgedruckt in der ersten Aufl. des ersten Bandes der „Reisebilder," 1826.

Doch dein Herz und deine Lippen,
Schöne Dame, liegen brach,
Und zur Hälfte nur benutzet
Ist dein trautes Schlafgemach.

97.*

Dämmernd liegt der Sommerabend
Über Wald und grünen Wiesen;
Goldner Mond im blauen Himmel
Strahlt herunter, duftig labend.

An dem Bache zirpt die Grille,
Und es regt sich in dem Wasser,
Und der Wandrer hört ein Plätschern
Und ein Athmen in der Stille.

Dorten, an dem Bach alleine,
Badet sich die schöne Elfe;
Arm und Nacken, weiß und lieblich,
Schimmern in dem Mondenscheine.

98.**

Nacht liegt auf den fremden Wegen, —
Krankes Herz und müde Glieder; —
Ach, da fließt, wie stiller Segen,
Süßer Mond, dein Licht hernieder.

*) Zuerst abgedruckt in den „Reisebildern,“ Bd. I, 1826.

**) Zuerst abgedruckt in den „Reisebildern,“ Bd. I, 1826.

Süßer Mond, mit deinen Strahlen
Scheuchest du das nächt'ge Grauen;
Es zerrinnen meine Qualen,
Und die Augen überthauen.

99.*

Der Tod Das ist die kühle Nacht,
Das Leben ist der schwüle Tag.
Es dunkelt schon, mich schläfert,
Der Tag hat mich müd gemacht.

Über mein Bett erhebt sich ein Baum,
Drin singt die junge Nachtigall;
Sie singt von lauter Liebe,
Ich hör' es sogar im Traum.

100.**

„Sag, wo ist dein schönes Liebchen,
Das du einst so schön besungen,
Als die zaubermächt'gen Flammen
Wunderbar dein Herz durchdrungen?"

Jene Flammen sind erloschen,
Und mein Herz ist kalt und trübe,
Und dies Büchlein ist die Urne
Mit der Asche meiner Liebe.

*) Zuerst abgedruckt in den „Reisebildern." Bd. I, 1826.

**) Zuerst abgedruckt in den „Reisebildern." Bd. I, 1826.

Götterdämmerung.*

Der Mai ist da mit seinen goldnen Lichtern
Und seidnen Lüften und gewürzten Düften,
Und freundlich lockt er mit den weißen Blüthen,
Und grüßt aus tausend blauen Veilchenaugen,
Und breitet aus den blumreich grünen Teppich,
Durchwebt mit Sonnenschein und Morgenthau,
Und ruft herbei die lieben Menschenkinder.
Das blöde Volk gehorcht dem ersten Ruf;
Die Männer ziehn die Nankinghosen an
Und Sonntagsröck' mit goldnen Spiegelknöpfen;
Die Frauen kleiden sich in Unschuldweiß;
Jünglinge kräuseln sich den Frühlingsschnurrbart;
Jungfrauen lassen ihre Busen wallen;
Die Stadtpoeten stecken in die Tasche
Papier und Bleistift und Lorgnett', — und jubelnd
Zieht nach dem Thor die krausbewegte Schar,
Und lagert draußen sich auf grünem Rasen,
Bewundert, wie die Bäume fleißig wachsen,
Spielt mit den bunten, zarten Blümelein,
Horcht auf den Sang der lust'gen Vögelein,
Und jauchzt hinauf zum blauen Himmelszelt.

*) Mit der Überschrift: „Traumbilder. Neuer Cyklus. I," zuerst im „Gesellschafter," 84. Blatt, vom 27. Mai 1822, abgedruckt.

Zu mir kam auch der Mai. Er klopfte dreimal
An meine Thür und rief: „Ich bin der Mai,
Du bleicher Träumer, komm, ich will dich küssen!“
Ich hielt verriegelt meine Thür', und rief:
Vergebens lockst du mich, du schlimmer Gast.
Ich habe dich durchschaut, ich hab' durchschaut
Den Bau der Welt, und hab' zu Viel geschaut,
Und viel zu tief, und hin ist alle Freude,
Und ew'ge Qualen zogen in mein Herz.
Ich schaue durch die steinern harten Rinden
Der Menschenhäuser und der Menschenherzen,
Und schau in beiden Lug und Trug und Elend.
Auf den Gesichtern les' ich die Gedanken,
Viel schlimme. In der Jungfrau Schamerröthen
Seh' ich geheime Lust begehrlich zittern;[1]
Auf dem begeistert stolzen Jünglingshaupt
Seh' ich die lachend bunte Schellenkappe;[2]
Und Fratzenbilder nur und sieche Schatten
Seh' ich auf dieser Erde, und ich weiß nicht,
Ist sie ein Tollhaus oder Krankenhaus.
Ich sehe durch den Grund der alten Erde,
Als sei sie von Krystall, und seh' das Grausen,
Das mit dem freud'gen Grüne zu bedecken
Der Mai vergeblich strebt. Ich seh' die Todten;
Sie liegen unten in den schmalen Särgen,
Die Händ' gefaltet[3] und die Augen offen,
Weiß das Gewand und weiß das Angesicht,
Und durch die Lippen kriechen gelbe Würmer.[4]
Ich seh', der Sohn setzt sich mit seiner Buhle
Zur Kurzweil nieder auf des Vaters Grab;
Spottlieder singen rings die Nachtigallen,

1) Seh' ich geheimer Lust begehrlich Zittern;
2) Seh' ich die bunte Schellenkappe sitzen;
3) gefalten
4) Und durch die gelben Lippen kriechen Würmer.

Die sanften Wiesenblumen lachen hämisch,
Der todte Vater regt sich in dem Grab' —
Und schmerzhaft zuckt die alte Mutter Erde.

Du arme Erde, deine Schmerzen kenn' ich!
Ich seh' die Gluth in deinem Busen wühlen,
Und deine tausend Adern seh' ich bluten,
Und seh', wie deine Wunde klaffend aufreißt,
Und wild hervorströmt Flamm und Rauch und Blut.
Ich sehe deine trotz'gen Riesensöhne,[5]
Uralte Brut, aus dunkeln Schlünden steigend
Und rothe Fackeln in den Händen schwingend;[6]
Sie legen[7] ihre Eisenleiter an
Und stürmen wild hinauf zur Himmelsfeste; —
Und schwarze Zwerge klettern nach, und knisternd
Zerstieben droben alle goldnen Sterne.
Mit frecher Hand reißt man den goldnen Vorhang
Vom Zelte Gottes, heulend stürzen nieder
Aufs Angesicht die frommen Engelscharen.
Auf seinem Throne sitzt der bleiche Gott,
Reißt sich vom Haupt die Kron', zerrauft sein Haar —
Und näher dringt heran die wilde Rotte.
Die Riesen werfen[8] ihre rothen Fackeln
Ins weite Himmelreich,[9] die Zwerge schlagen
Mit Flammengeißeln auf der Englein Rücken —
Die winden sich und krümmen sich vor Qualen,
Und werden bei den Haaren fortgeschleudert. —
Und meinen eignen Engel seh' ich dort,
Mit seinen blonden Locken, süßen Zügen,
Und mit der ew'gen Liebe um den Mund,

5) Ich seh' die Riesensöhn' aus alter Nacht,
(Ich seh' die Riesensöhn' der alten Nacht,
Reiseb. I.)

6) Sie steigen aus der Erde offnem Schlund,
Und schwingen rothe Fackeln in den Händen.

7) Und legen

8) Die Riesen schleudern

9) Ins Reich der Ewigkeit,

Und mit der Seligkeit im blauen Auge —
Und ein entsetzlich häßlich schwarzer Kobold
Reißt ihn vom Boden, meinen bleichen Engel,
Beäugelt grinsend seine edlen Glieder,
Umschlingt ihn fest mit zärtlicher Umschlingung —
Und gellend dröhnt ein Schrei durchs ganze Weltall,
Die Säulen brechen, Erd' und Himmel stürzen
Zusammen, und es herrscht die alte Nacht.

Ratcliff.*

Der Traumgott brachte mich in eine Landschaft,
Wo Trauerweiden mir „Willkommen" winkten
Mit ihren langen, grünen Armen, wo die Blumen
Mit klugen Schwesteraugen still mich ansahn,
Wo mir vertraulich klang der Vögel Zwitschern,
Wo gar der Hunde Bellen mir bekannt schien,
Und Stimmen und Gestalten mich begrüßten
Wie einen alten Freund, und wo doch Alles
So fremd mir schien, so wunderseltsam fremd.
Vor einem ländlich schmucken Hause stand ich;
In meiner Brust bewegte sich's, im Kopfe
War's ruhig, ruhig schüttelte ich ab
Den Staub von meinen Reisekleidern,
Grell klang [1] die Klingel und die Thür ging auf.

10) mit griechischer Umschlingung —

*) Mit der Überschrift: „Traumbilder. Neuer Cyklus. II." zuerst im „Gesellschafter," 106. Blatt, vom 5. Juli 1822, abgedruckt.

1) Dumpf klang

Da waren[2] Männer, Frauen, viel' bekannte
Gesichter. Stiller Kummer lag auf allen
Und heimlich scheue Angst. Seltsam verstört,
Mit Beileidsmienen fast, sahn sie mich an,
Dass es mir selber durch die Seele schauert',
Wie Ahnung eines unbekannten Unheils.
Die alte Margreth hab' ich gleich erkannt;
Ich sah sie forschend an, jedoch sie sprach nicht.
„Wo ist Maria?" fragt' ich, doch sie sprach nicht,
Griff leise meine Hand, und führte mich
Durch viele lange, leuchtende Gemächer,
Wo Prunk und Pracht und Todtenstille herrschte,
Und führt' mich endlich in ein dämmernd Zimmer.
Und zeigt' mit abgewandtem Angesicht
Nach der Gestalt, die auf dem Sopha saß.
„Sind Sie Maria?" fragt' ich. Innerlich
Erstaunt' ich selber ob der Festigkeit,
Womit ich sprach. Und steinern und metallos
Scholl eine Stimm': „So nennen mich die Leute."
Ein schneidend Weh durchfröstelte mich da,
Denn jener hohle, kalte Ton war doch
Die einst so süße Stimme von Maria!
Und jenes Weib im fahlen Lilakleid,
Nachlässig angezogen, Busen schlotternd,
Die Augen gläsern starr, die Wangenmuskeln
Des weißen Angesichtes lederschlaff —
Ach, jenes Weib war doch die einst so schöne,
Die blühend holde, liebliche Maria!
„Sie waren lang auf Reisen!" sprach sie laut,
Mit kalt unheimlicher Vertraulichkeit,
„Sie schaun nicht mehr so schmachtend, liebster Freund,
Sie sind gesund, und pralle Lend' und Wade

[2]) Das waren

Bezeugt Solidität.“ Ein süßlich Lächeln
Umzitterte den gelblich blassen [3] Mund.
In der Verwirrung sprach's aus mir hervor:
„Man sagte mir, Sie haben sich vermählt?“
„Ach ja!“ sprach sie gleichgültig laut und lachend,
„Hab' einen Stock von Holz, der überzogen
Mit Leder ist, Gemahl sich nennt; doch Holz
Ist Holz!“ Und klanglos widrig lachte sie, [4]
Dass kalte Angst durch meine Seele rann,
Und Zweifel mich ergriff: — sind Das die keuschen,
Die blumenkeuschen [5] Lippen von Maria?
Sie aber hob sich in die Höh', nahm rasch
Vom Stuhl den Kaschemir, [6] warf ihn
Um ihren Hals, hing sich an meinen Arm, [7]
Zog mich von hinnen durch die offne Hausthür,
Und zog mich fort durch Feld und Busch und Au.

Die glühend rothe Sonnenscheibe schwebte
Schon niedrig, und ihr Purpur überstrahlte
Die Bäume und die Blumen und den Strom,
Der in der Ferne majestätisch floss.
„Sehn Sie das große goldne Auge schwimmen
Im blauen Wasser?“ rief Maria hastig.
„Still, armes Wesen!“ sprach ich, und ich schaute
Im Dämmerlicht ein märchenhaftes Weben.
Es stiegen Nebelbilder aus den Feldern,
Umschlangen sich mit weißen, weichen Armen!
Die Veilchen sahn sich zärtlich an, sehnsüchtig
Zusammenbeugten sich die Liljenkelche;
Auf allen Rosen glühten Wollustgluthen;

3) gelblich weißen
4) Mit Leder ist, bei mir im Bette liegt,
Und sich Gemahl nennt. Aber Holz ist
Holz!“
Und klanglos widrig lachte sie dabei,
5) Die blumenzarten
6) den Türkenshawl,
7) Um ihren Nacken, hing mir bald am
Arm,

Die Nelken wollten sich im Hauch entzünden;
In sel'gen Düften schwelgten alle Blumen,
Und alle weinten stille Wonnethränen,
Und Alle jauchzten: „Liebe! Liebe! Liebe!"
Die Schmetterlinge flatterten, die hellen
Goldkäfer summten feine Elfenliedchen,[8]
Die Abendwinde flüsterten, es rauschten
Die Eichen, schmelzend sang die Nachtigall —
Und zwischen all dem[9] Flüstern, Rauschen, Singen
Schwatzte mit blechern klanglos kalter Stimme
Das welke Weib, das mir am Arme hing:
„Ich kenn' ihr nächtlich Treiben auf dem Schloss;
Der lange Schatten ist ein guter Tropf,
Er nickt und winkt[10] zu Allem, was man will;
Der Blaurock ist ein Engel; doch der Rothe
Mit blankem Schwert ist Ihnen spinnefeind."
Und noch viel buntre, wunderliche Reden
Schwatzt' sie in Einem fort, und setzte sich
Ermüdet mit mir nieder auf die Moosbank,
Die unterm alten Eichenbaume steht.

Da saßen wir beisammen, still und traurig,
Und sahn uns an, und wurden immer traur'ger.
Die Eiche säuselte wie Sterbeseufzer,
Tiefschmerzlich sang die Nachtigall herab.
Doch rothe Lichter drangen durch die Blätter,
Umflimmerten Maria's weißes Antlitz,
Und lockten Gluth aus ihren starren Augen,
Und mit der alten, süßen Stimme sprach sie:
„Wie wusstest du, dass ich so elend bin?
Ich las es jüngst in deinen wilden Liedern."

[8]) Lieblingsliedchen.

[9]) Und zwischen all das
[10]) Er nickt und nickt

Eiskalt durchzog's mir da die Brust, mir graußte
Ob meinem eignen Wahnsinn, der die Zukunft
Geschaut, es zuckte dunkel durch mein Hirn,
Und vor Entsetzen bin ich aufgewacht.

Donna Clara.*

In dem abendlichen Garten
Wandelt des Alkaden Tochter;
Pauken und Drommetenjubel
Klingt herunter von dem Schlosse.

„Lästig werden mir die Tänze
Und die süßen Schmeichelworte,
Und die Ritter, die so zierlich
Mich vergleichen mit der Sonne.

„Überlästig wird mir Alles,
Seit ich sah beim Strahl des Mondes
Jenen Ritter, dessen Laute
Nächtens mich ans Fenster lockte.

„Wie er stand so schlank und muthig,
Und die Augen leuchtend schossen
Aus dem edelblassen Antlitz,
Glich er wahrlich Sankt Georgen."

*) Mit der Bemerkung: „Aus einem spanischen Romane" zuerst abgedruckt im ersten Bande der „Reisebilder," 1826. Vgl. über diese Romanze den Brief Heine's an Moser vom 5. oder 6. November 1823. — Sämmtl. Werke, Bd. XIX.

Also dachte Donna Clara,
Und sie schaute auf den Boden;
Wie sie aufblickt, steht der schöne,
Unbekannte Ritter vor ihr.

Händedrückend, liebeflüsternd
Wandeln sie umher im Mondschein.
Und der Zephyr schmeichelt freundlich,
Märchenartig grüßen Rosen.

Märchenartig grüßen Rosen,
Und sie glühn wie Liebesboten. —
Aber sage mir, Geliebte,
Warum du so plötzlich roth wirst?

„Mücken stachen mich, Geliebter,
Und die Mücken sind im Sommer
Mir so tief verhasst, als wären's
Langenas'ge Judenrotten."

Lass die Mücken und die Juden,
Spricht der Ritter, freundlich kosend.
Von den Mandelbäumen fallen
Tausend weiße Blüthenflocken.

Tausend weiße Blüthenflocken
Haben ihren Duft ergossen. —
Aber sage mir, Geliebte,
Ist dein Herz mir ganz gewogen?

„Ja, ich liebe dich, Geliebter,
Bei dem Heiland sei's geschworen,
Den die gottverfluchten Juden
Boshaft tückisch einst ermordet."

Lass den Heiland und die Juden,
Spricht der Ritter, freundlich kosend.
In der Ferne schwanken traumhaft
Weiße Lilien, lichtumflossen.

Weiße Lilien, lichtumflossen,
Blicken nach den Sternen droben. —
Aber sage mir, Geliebte,
Hast du auch nicht falsch geschworen?

„Falsch ist nicht in mir, Geliebter,
Wie in meiner Brust kein Tropfen
Blut ist von dem Blut der Mohren
Und des schmutz'gen Judenvolkes."

Lass die Mohren und die Juden,
Spricht der Ritter, freundlich kosend;
Und nach einer Myrtenlaube
Führt er die Alkadentochter.

Mit den [1] weichen Liebesnetzen
Hat er heimlich sie umflochten!
Kurze Worte, lange Küsse,
Und die Herzen überflossen.

Wie ein schmelzend süßes Brautlied
Singt die Nachtigall, die holde;
Wie zum Fackeltanze hüpfen
Feuerwürmchen auf dem Boden.

In der Laube wird es stiller,
Und man hört nur, wie verstohlen,
Das Geflüster kluger Myrten
Und der Blumen Athemholen.

[1]) Wie mit

Aber Pauken und Drommeten
Schallen plötzlich aus dem Schlosse,
Und erwachend hat sich Clara
Aus des Ritters Arm gezogen.

„Horch! da ruft es mich, Geliebter,
Doch, bevor wir scheiden, sollst du
Nennen deinen lieben Namen,
Den du mir so lang' verborgen."

Und der Ritter, heiter lächelnd,
Küsst die Finger seiner Donna,
Küsst die Lippen und die Stirne,
Und er spricht zuletzt die Worte:[2]

Ich, Sennora, Eu'r Geliebter,
Bin der Sohn des vielbelobten,
Großen, schriftgelehrten Rabbi
Israel von Saragossa.

An Edom![*]

Ein Jahrtausend schon und länger
Dulden wir uns brüderlich;
Du, du duldest, dass ich athme,
Dass du rasest, dulde ich.

[2]) Und er spricht die langen Worte:

[*]) Dies am 11. September 1824 geschriebene, auf die Stellung der Juden zu den Christen bezügliche Gedicht ist nur in dem Briefe Heine's an M. Moser vom 25. Oktober des erwähnten Jahres mitgetheilt.

Manchmal nur, in dunkeln Zeiten,
Ward dir wunderlich zu Muth,
Und die liebefrommen Tätzchen
Färbtest du mit meinem Blut.

Jetzt wird unsre Freundschaft fester,
Und noch täglich nimmt sie zu;
Denn ich selbst begann zu rasen,
Und ich werde fast wie du!

Mit einem Exemplar des „Rabbi von Bacharach."*

Brich aus in lauten Klagen,
Du düstres Martyrerlied,
Das ich so lang getragen
Im flammenstillen Gemüth!

Es dringt in alle Ohren,
Und durch die Ohren ins Herz;
Ich habe gewaltig beschworen
Den tausendjährigen Schmerz.

Es weinen die Großen und Kleinen,
Sogar die kalten Herrn,
Die Frauen und Blumen weinen,
Es weinen am Himmel die Stern'.

*) Diese, am 24. Oktober 1824 geschriebenen und an M. Moser gerichteten Widmungszeilen sind nur in dem Briefe Heine's an Letzteren vom 25. Oktober jenes Jahres mitgetheilt.

Und alle die Thränen fließen
Nach Süden im stillen Verein,
Sie fließen und ergießen
Sich all' in den Jordan hinein.

Almansor.*

1.

In dem Dome zu Cordova [1]
Stehen Säulen, dreizehnhundert,
Dreizehnhundert Riesensäulen
Tragen die gewalt'ge Kuppel.

Und auf Säulen, Kuppel, Wänden
Ziehn von oben sich bis unten
Des Korans arab'sche Sprüche,
Klug und blumenhaft verschlungen.

Mohrenkön'ge bauten weiland
Dieses Haus zu Allah's Ruhme,
Doch hat Vieles [2] sich verwandelt
In der Zeiten dunkelm Strudel.

Auf dem Thurme, wo der Thürmer
Zum Gebete aufgerufen,
Tönet jetzt der Christenglocken
Melancholisches Gesumme.

*) Zuerst 1826 abgedruckt in den „Reisebildern," Bd. I., mit der Bemerkung: „Aus einem spanischen Roman." Vgl. die Anmerkung zum nachfolgenden Gedichte.

1) In den älteren Auflagen findet sich überall die Schreibart „Corduva."

2) Doch hat Alles

Auf den Stufen, wo die Gläub'gen
Das Prophetenwort gesungen,
Zeigen jetzt die Glatzenpfäfflein
Ihrer Messe fades Wunder.

Und das ist ein Drehn und Winden
Vor den buntbemalten Puppen,
Und Das blökt und dampft und klingelt,
Und die dummen Kerzen funkeln.

In dem Dome zu Cordova
Steht Almansor ben Abdullah,
All' die Säulen still betrachtend,
Und die stillen Worte murmelnd:

„O, ihr Säulen, stark und riesig,
Einst geschmückt zu Allah's Ruhme,
Jetzo müßt ihr dienend huld'gen
Dem verhassten Christenthume!

„Ihr bequemt euch in die Zeiten,
Und ihr tragt die Last geduldig;
Ei, da muss ja wohl der Schwächre
Noch viel leichter sich beruh'gen."

Und sein Haupt, mit heiterm Antlitz,
Beugt Almansor ben Abdullah
Über den gezierten Taufstein,
In dem Dome zu Cordova.

2.

Hastig schritt er aus dem Dome,
Jagte fort auf wildem Rappen,
Daß im Wind die feuchten Locken
Und des Hutes Federn wallen.

Auf dem Weg nach Alkolea,
Dem Guadalquivir entlange,
Wo die weißen Mandeln blühen,
Und die duft'gen Gold-Orangen;

Dorten jagt der lust'ge Ritter,
Pfeift und singt, und lacht behaglich,
Und es stimmen ein die Vögel
Und des Stromes laute Wasser.

In dem Schloß zu Alkolea
Wohnet Clara de Alvares,
In Navarra kämpft ihr Vater,
Und sie freut sich mindern Zwanges.

Und Almansor hört schon ferne
Pauken und Drommeten schallen,
Und er sieht des Schlosses Lichter
Blitzen durch der Bäume Schatten.

In dem Schloß zu Alkolea
Tanzen zwölf geschmückte Damen,

Tanzen zwölf geschmückte Ritter,
Doch am schönsten tanzt Almansor.

Wie beschwingt von muntrer Laune
Flattert er herum im Saale,
Und er weiß den Damen allen
Süße Schmeichelein zu sagen.

Isabellens schöne Hände
Küfft er rasch, und springt von dannen
Und er setzt sich vor Elviren,
Und er schaut ihr froh ins Antlitz.

Lachend fragt er Leonoren:
Ob er heute ihr gefalle?
Und er zeigt die goldnen Kreuze,
Eingestickt in seinen Mantel.

Er versichert jeder Dame, [1]
Daſs er sie im Herzen trage;
Und „so wahr ich Christ bin!“ schwört er
Dreißig Mal an jenem Abend.

3.

In dem Schloſs zu Alkolea
Ist verschollen Lust und Klingen,
Herrn und Damen sind verschwunden,
Und erloschen sind die Lichter.

1) Und zu jeder Dame spricht er.

Donna Clara und Almansor
Sind allein im Saal geblieben;
Einsam streut die letzte Lampe
Über Beide ihren Schimmer.

Auf dem Sessel sitzt die Dame,
Auf dem Schemel sitzt der Ritter,
Und sein Haupt, das schlummermüde,
Ruht auf den geliebten Knieen.

Rosenöl aus goldnem Fläschchen
Gießt die Dame, sorgsam sinnend,
Auf Almansor's braune Locken —
Und er seufzt aus Herzenstiefe.

Süßen Kuß, mit sanftem Munde,
Drückt die Dame, sorgsam sinnend,
Auf Almansor's braune Locken —
Und es wölkt sich seine Stirne.

Thränenfluth aus lichten Augen
Weint die Dame, sorgsam sinnend,
Auf Almansor's braune Locken —
Und es zuckt um seine Lippen.

Und er träumt: er stehe wieder,
Tief das Haupt gebeugt und triefend,
In dem Dome zu Cordova,
Und er hört viel' dunkle Stimmen.

All' die hohen Riesensäulen
Hört er murmeln unmuthgrimmig,
Länger wollen sie's nicht tragen,
Und sie wanken und sie zittern; —

Und sie brechen wild zusammen,
Es erbleichen Volk und Priester,
Krachend stürzt herab die Kuppel,
Und die Christengötter wimmern.

Die Wallfahrt nach Kevlaar.*

1.

Am Fenster stand die Mutter,
Im Bette lag der Sohn.
„Willst du nicht aufstehn, Wilhelm,
Zu schaun die Procession?“

*) Bei dem ältesten Abdruck im „Gesellschafter,“ 92. Blatt, vom 10 Juni 1822, und in der ältesten Auflage des ersten Bandes der „Reisebilder“ war dies Lied von folgender Nachbemerkung begleitet:

„Der Stoff dieses Gedichtes ist nicht ganz mein Eigenthum. Es entstand durch Erinnerung an die rheinische Heimat. — Als ich ein kleiner Knabe war, und im Franciskanerkloster zu Düsseldorf die erste Dressur erhielt und dort zuerst Buchstabieren und Stillsitzen lernte, saß ich oft neben einem andern Knaben, der mir immer erzählte: wie seine Mutter ihn nach Kevlaar (der Accent liegt auf der ersten Silbe, und der Ort selbst liegt im Geldernschen) einstmal mitgenommen, wie sie dort einen wächsernen Fuß für ihn geopfert, und wie sein eigener schlimmer Fuß dadurch geheilt sei. Mit diesem Knaben traf ich wieder zusammen in der obersten Klasse des Gymnasiums, und als wir im Philosophen-Kollegium bei Rektor Schallmeyer neben einander zu sitzen kamen, erinnerte er mich lachend an jene Mirakel-Erzählung, setzte aber doch etwas ernsthaft hinzu: jetzt würde er der Mutter Gottes ein wächsernes Herz opfern. Ich hörte später, er habe damals an einer unglücklichen Liebschaft laboriert, und endlich kam er mir ganz aus den Augen und aus dem Gedächtnis. — Im Jahre 1819, als ich in Bonn studierte und einmal in der Gegend von Godesberg am Rhein spazieren ging, hörte ich in der Ferne die wohlbekannten Kevlaar-Lieder, wovon das vorzüglichste den gedehnten Refrain hat: „Gelobt seist du, Maria!“ und als die Procession näher kam, bemerkte ich unter den Wallfahrtern meinen Schulkameraden mit seiner alten Mutter. Diese führte ihn. Er aber sah sehr blaß und krank aus.

Berlin, den 16. des Maimonds 1822.

H. Heine.“

In der ältesten Auflage des ersten Bandes der „Reisebilder“ schließen sich an diese Nachbemerkung des Verfassers noch folgende Zeilen:

„Ich durfte diese Notiz nicht von dem Gedichte trennen, weil beide zugleich entstanden, schon einmal zusammen abgedruckt worden, und dadurch gleichsam verwachsen sind. Auf keinen Fall will ich irgend eine Vorneigung andeuten, eben so wenig, wie irgend eine Abneigung durch das vorhergehende Gedicht ausgesprochen werden soll. Dieses, „Almansor“ überschrieben, wird im Romane, dem es entlehnt ist, von einem Mauren, einem unmuthigen Bekenner des Islams, gedichtet und gesungen. „Und wahrlich,“ — so spricht ein englischer Schriftsteller — „wie Gott, der Urschöpfer, stehe auch der Dichter, der Nachschöpfer, parteilos erhaben über allem Sektengeklätsche dieser Erde.““

„Ich bin so krank, o Mutter,
Daß ich nicht hör' und seh';
Ich denk' an das[1] todte Gretchen,
Da thut das Herz mir weh." —

„Steh auf, wir wollen nach Kevlaar,
Nimm Buch und Rosenkranz;
Die Mutter-Gottes heilt dir
Dein krankes Herze ganz."

Es flattern die Kirchenfahnen,
Es singt im Kirchenton
Das ist zu Köln am Rheine,
Da geht die Procession.

Die Mutter folgt der Menge,
Den Sohn, Den führet sie,
Sie singen Beide im Chore:
„Gelobt seist du, Marie!"

2.

Die Mutter-Gottes zu Kevlaar
Trägt heut ihr bestes Kleid;
Heut hat sie Viel zu schaffen,
Es kommen viel' kranke Leut'.

Die kranken Leute bringen
Ihr dar[1] als Opferspend'

1) Ich denk' ans

1) Die kranken Leute legen
Ihr hin rc.

Aus Wachs gebildete Glieder,
Viel' wächserne Füß' und Händ'.

Und wer eine Wachshand opfert,
Dem heilt an der Hand die Wund';
Und wer einen Wachsfuß opfert,
Dem wird der Fuß gesund.

Nach Kevlaar ging Mancher auf Krücken,
Der jetzo tanzt auf dem Seil,
Gar Mancher spielt jetzt die Bratsche,
Dem dort kein Finger war heil.

Die Mutter nahm ein Wachslicht,
Und bildete draus ein Herz.
„Bring das der Mutter-Gottes,
Dann heilt sie deinen Schmerz."

Der Sohn nahm seufzend das Wachsherz,
Ging seufzend zum Heiligenbild;
Die Thräne quillt aus dem Auge,
Das Wort aus dem Herzen quillt:

„Du Hochgebenedeite,
Du reine Gottesmagd,
Du Königin des Himmels,[2]
Dir sei mein Leid geklagt!

„Ich wohnte mit meiner Mutter
Zu Köllen in der Stadt,[3]
Der Stadt, die viele hundert
Kapellen und Kirchen hat.

[2]) Du Mutter aller Gnade.
[3]) Zu Köln, der heil'gen Stadt.

„Und neben uns wohnte Gretchen,
Doch die ist todt jetzund —
Marie, dir bring' ich ein Wachsherz,
Heil du meine Herzenswund'.

„Heil du mein krankes Herze —
Ich will auch spät und früh
Inbrünstiglich beten und singen:
Gelobt seist du, Marie!"

3.

Der kranke Sohn und die Mutter,
Die schliefen im Kämmerlein;
Da kam die Mutter-Gottes
Ganz leise geschritten herein.

Sie beugte sich über den Kranken,
Und legte ihre Hand
Ganz leise auf sein Herze,
Und lächelte mild und schwand.

Die Mutter schaut Alles im Traume,
Und hat noch Mehr geschaut;
Sie erwachte[1] aus dem Schlummer,
Die Hunde bellten so laut.[2]

Da lag dahingestrecket
Ihr Sohn, und Der war todt;

1) Sie wachte auf
2) Zu laut.

Es spielt'[3] auf den bleichen Wangen
Das lichte Morgenroth.

Die Mutter faltet'[4] die Hände,
Ihr war, sie wusste nicht wie;
Andächtig sang sie leise:
„Gelobt seist du, Marie!“

[3]) spielt
[4]) faltet

Aus der Harzreise.*

(1824.)

*) Mit Ausnahme des zweiten, nur in der ersten Auflage des ersten Bandes der „Reisebilder“ mitgetheilten Liedes, wurden die nachstehenden Gedichte sämmtlich zuerst bei der fragmentarischen Veröffentlichung der „Harzreise“ im „Gesellschafter,“ 11.—24. Blatt, vom 20. Januar bis 11. Februar 1826, abgedruckt.

Prolog.

Schwarze Röcke, seidne Strümpfe,
Weiße, höfliche Manschetten,
Sanfte Reden, Embrassieren —
Ach, wenn sie nur Herzen hätten!

Herzen in der Brust, und Liebe,
Warme Liebe in dem Herzen —
Ach, mich tödtet ihr Gesinge
Von erlognen Liebesschmerzen.

Auf die Berge will ich steigen,
Wo die frommen Hütten stehen,
Wo die Brust sich frei erschließet,
Und die freien Lüfte wehen.

Auf die Berge will ich steigen,
Wo die dunkeln Tannen ragen,
Bäche rauschen, Vögel singen,
Und die stolzen Wolken jagen.

Lebet wohl, ihr glatten Säle,
Glatte Herren, glatte Frauen!
Auf die Berge will ich steigen,
Lachend auf euch niederschauen.

Auf dem Hardenberge.

Steiget auf, ihr alten Träume!
Öffne dich, du Herzensthor!
Liederwonne, Wehmuthsthränen
Strömen wunderbar hervor.

Durch die Tannen will ich schweifen,
Wo die muntre Quelle springt,
Wo die stolzen Hirsche wandeln,
Wo die liebe Drossel singt.

Auf die Berge will ich steigen,
Auf die schroffen Felsenhöhn,
Wo die grauen Schloßruinen
In dem Morgenlichte stehn.

Dorten setz' ich still mich nieder
Und gedenke alter Zeit,
Alter blühender Geschlechter
Und versunkner Herrlichkeit.

Gras bedeckt jetzt den Turnierplatz,
Wo gekämpft der stolze Mann,

Der die Besten überwunden
Und des Kampfes Preis gewann.

Epheu rankt an dem Balkone,
Wo die schöne Dame stand,
Die den stolzen Überwinder
Mit den Augen überwand.

Ach! den Sieger und die Siegrin
Hat besiegt des Todes Hand —
Jener dürre Sensenritter
Streckt uns alle in den Sand.

Berg-Idylle.

1.

Auf dem Berge steht die Hütte,
Wo der alte Bergmann wohnt;
Dorten rauscht die grüne Tanne,
Und erglänzt der goldne Mond.

In der Hütte steht ein Lehnstuhl,
Ausgeschnitzelt wunderlich;[1]
Der darauf sitzt, Der ist glücklich,
Und der Glückliche bin ich!

Auf dem Schemel sitzt die Kleine,
Stützt den Arm auf meinen Schoß;

[1]) Reich geschnitzt und wunderlich;

Äuglein wie zwei blaue Sterne,
Mündlein wie die Purpurros'.

Und die lieben blauen Sterne
Schaun mich an so himmelgroß;
Und sie legt den Liljenfinger
Schalkhaft auf die Purpurros'.

Nein, es sieht uns nicht die Mutter,
Denn sie spinnt mit großem Fleiß,
Und der Vater spielt die Zither,
Und er singt die alte Weis'.

Und die Kleine flüstert leise,
Leise, mit gedämpftem Laut;
Manches wichtige Geheimnis
Hat sie mir schon anvertraut.

„Aber seit die Muhme todt ist,
Können wir ja nicht mehr gehn
Nach dem Schützenhof zu Goslar,
Dorten ist es[2] gar zu schön.

„Hier dagegen ist es einsam,
Auf der kalten Bergeshöh',
Und des Winters sind wir gänzlich
Wie begraben[3] in dem Schnee.

„Und ich bin ein banges Mädchen,
Und ich fürcht' mich wie ein Kind
Vor den bösen Bergesgeistern,
Die des Nachts geschäftig sind."

[2]) Und dort ist es
[3]) Wie vergraben

Plötzlich schweigt die liebe Kleine,
Wie vom eignen Wort erschreckt,
Und sie hat mit beiden Händchen
Ihre Äugelein bedeckt.

Lauter rauscht die Tanne draußen,
Und das Spinnrad schnurrt und brummt,[4]
Und die Zither klingt dazwischen,
Und die alte Weise summt:

„Fürcht dich nicht, du liebes Kindchen,
Vor der bösen Geister Macht!
Tag und Nacht, du liebes Kindchen,
Halten Englein bei dir Wacht!“

2.

Tannenbaum, mit grünen Fingern,
Pocht ans niedre Fensterlein,
Und der Mond, der stille Lauscher,
Wirft sein goldnes Licht herein.[1]

Vater, Mutter schnarchen leise
In dem nahen Schlafgemach;
Doch wir Beide, selig schwatzend,
Halten uns einander wach.

„Daß du gar zu oft gebetet,
Das zu glauben wird mir schwer,
Jenes Zucken deiner Lippen
Kommt wohl nicht vom Beten her.

[4]) schnarrt und brummt.
[1]) Wirft sein süßes Licht herein.

„Jenes böse, kalte Zucken,
Das erschreckt mich jedesmal,
Doch die dunkle Angst beschwichtigt
Deiner Augen frommer Strahl.

„Auch bezweifl' ich, dass du glaubest,
Was so rechter Glaube heißt, —
Glaubst wohl nicht an Gott den Vater,
An den Sohn und heil'gen Geist?"

Ach, mein Kindchen, schon als Knabe,
Als ich saß auf Mutters Schoß,
Glaubte ich an Gott den Vater,
Der da waltet gut und groß!

Der die schöne Erd' erschaffen,
Und die schönen Menschen drauf,
Der den Sonnen, Monden, Sternen
Vorgezeichnet ihren Lauf.

Als ich größer wurde, Kindchen,
Noch Viel mehr begriff ich schon,
Ich begriff [2] und ward vernünftig,
Und ich glaubt' auch an den Sohn;

An den lieben Sohn, der liebend
Uns die Liebe offenbart,
Und zum Lohne wie gebräuchlich,
Von dem Volk gekreuzigt ward.

Jetzo, da ich ausgewachsen,
Viel gelesen, viel gereist,

1) Und begriff

Schwillt mein Herz, und ganz von Herzen
Glaub' ich an den heil'gen Geist.

Dieser that die größten Wunder,
Und viel größre thut er noch;
Er zerbrach die Zwingherrnburgen,
Und zerbrach des Knechtes Joch.

Alte Todeswunden heilt er,
Und erneut das alte Recht:
Alle Menschen, gleichgeboren,
Sind ein adliges Geschlecht.

Er verscheucht die bösen Nebel
Und das dunkle Hirngespinst,
Das uns Lieb' und Lust verleidet,
Tag und Nacht uns angegrinst.

Tausend Ritter, wohlgewappnet,
Hat der heil'ge Geist erwählt,
Seinen Willen zu erfüllen;
Und er hat sie muthbeseelt.

Ihre theuren Schwerter blitzen,
Ihre guten Banner wehn!
Ei, du möchtest wohl, mein Kindchen,
Solche stolze Ritter sehn?

Nun, so schau mich an, mein Kindchen,
Küsse mich, und schaue dreist;
Denn ich selber bin ein solcher
Ritter von dem heil'gen Geist.

3.

Still versteckt der Mond sich draußen
Hinterm grünen Tannenbaum,
Und im Zimmer unsre Lampe
Flackert matt und leuchtet kaum.

Aber meine blauen Sterne
Strahlen auf in hellerm Licht,
Und es glühn die Purpurröslein,
Und das liebe Mädchen spricht:

„Kleines Völkchen, Wichtelmännchen,
Stehlen unser Brot und Speck,
Abends liegt es noch im Kasten,
Und des Morgens ist es weg.

„Kleines Völkchen, unsre Sahne
Nascht es von der Milch, und lässt
Unbedeckt die Schüssel stehen,
Und die Katze säuft den Rest.

„Und die Katz' ist eine Hexe,
Denn sie schleicht bei Nacht und Sturm
Drüben nach dem Geisterberge,
Nach dem altverfallnen Thurm.

„Dort hat einst ein Schloss gestanden,
Voller Lust und Waffenglanz;
Blanke Ritter, Fraun und Knappen
Schwangen sich im Fackeltanz.

„Da verwünschte Schloß und Leute
Eine böse Zauberin;
Nur die Trümmer blieben stehen,
Und die Eulen nisten drin.

„Doch die sel'ge Muhme sagte:
Wenn man spricht das rechte Wort,
Nächtlich zu der rechten Stunde,
Drüben an dem rechten Ort,

„So verwandeln sich die Trümmer
Wieder in ein helles Schloß,
Und es tanzen wieder lustig
Ritter, Fraun und Knappentroß;

„Und wer jenes Wort gesprochen,
Dem gehören Schloß und Leut',
Pauken und Trompeten huld'gen
Seiner jungen Herrlichkeit.“

Also blühen Märchenbilder
Aus des Mundes Röselein,
Und die Augen gießen drüber
Ihren blauen Sternenschein.

Ihre goldnen Haare wickelt
Mir die Kleine um die Händ',
Giebt den Fingern hübsche Namen,
Lacht und küßt, und schweigt am End'.

Und im stillen Zimmer Alles
Blickt mich an so wohlvertraut;
Tisch und Schrank, mir ist, als hätt' ich
Sie schon früher mal geschaut.

Freundlich ernsthaft schwatzt die Wanduhr,
Und die Zither, hörbar kaum,
Fängt von selber an zu klingen,
Und ich sitze wie im Traum.

Jetzo ist die rechte Stunde,
Und es ist der rechte Ort;
Ja, ich glaube, von den Lippen
Gleitet mir das rechte Wort.[1]

Siehst du, Kindchen, wie schon dämmert[2]
Und erbebt die Mitternacht!
Bach und Tannen brausen lauter,
Und der alte Berg erwacht.

Zitherklang und Zwergenlieder
Tönen aus des Berges Spalt,
Und es sprießt, wie'n toller Frühling,
Draus hervor ein Blumenwald; —

Blumen, kühne Wunderblumen,
Blätter, breit und fabelhaft,
Duftig bunt und hastig regsam,
Wie gedrängt von Leidenschaft.

Rosen, wild wie rothe Flammen,
Sprühn aus dem Gewühl hervor;
Lilien, wie krystallne Pfeiler,
Schießen himmelhoch empor.

1) Staunen würdest du, mein Kindchen,
Spräch' ich aus das rechte Wort.
2) Sprech' ich jenes Wort, so dämmert

Und die Sterne, groß wie Sonnen,
Schaun herab mit Sehnsuchtgluth;
In der Liljen Riesenkelche
Strömet ihre Strahlenfluth.

Doch wir selber, liebes Kindchen,[3]
Sind verwandelt noch viel mehr;
Fackelglanz und Gold und Seide
Schimmern lustig um uns her.

Du, du wurdest zur Prinzessin;
Diese Hütte ward zum Schloss,
Und da jubeln und da tanzen
Ritter, Fraun und Knappentross.

Aber ich, ich hab' erworben
Dich und Alles, Schloss und Leut';
Pauken und Trompeten huld'gen
Meiner jungen Herrlichkeit!

Der Hirtenknabe.

König ist der Hirtenknabe,
Grüner Hügel ist sein Thron;
Über seinem Haupt die Sonne
Ist die große, goldne Kron'.[1]

[3]) süßes Kindchen,
[1]) Ist die schwere, goldne Kron'.

Ihm zu Füßen liegen Schafe,
Weiche Schmeichler, rothbekreuzt;
Kavaliere sind die Kälber,
Und sie wandeln stolzgespreizt.

Hofschauspieler sind die Böcklein;
Und die Vögel und die Küh',
Mit den Flöten, mit den Glöcklein,
Sind die Kammermusici.

Und Das klingt und singt so lieblich,
Und so lieblich rauschen drein
Wasserfall und Tannenbäume,
Und der König schlummert ein.

Unterdessen muss regieren
Der Minister, jener Hund,
Dessen knurriges Gebelle
Wiederhallet in der Rund'.

Schläfrig lallt der junge König:
„Das Regieren ist so schwer;
Ach, ich wollt', dass ich zu Hause
Schon bei meiner Kön'gin wär'!

„In den Armen meiner Kön'gin
Ruht mein Königshaupt so weich,
Und in ihren schönen Augen[2]
Liegt mein unermesslich Reich!"

[2]) lieben Augen

Auf dem Brocken.

Heller wird es schon im Osten
Durch der Sonne kleines Glimmen,
Weit und breit die Bergesgipfel
In dem Nebelmeere schwimmen.

Hätt' ich Siebenmeilenstiefeln,
Lief ich mit der Hast des Windes
Über jene Bergesgipfel
Nach dem Haus des lieben Kindes.

Von dem Bettchen, wo sie schlummert,
Zög' ich leise die Gardinen,
Leise küsst' ich ihre Stirne,
Leise ihres Munds Rubinen.

Und noch leiser wollt' ich flüstern
In die kleinen Liljenohren:
Denk im Traum, dass wir uns lieben,
Und dass wir uns nie verloren.

Die Ilse.

Ich bin die Prinzessin Ilse,
Und wohne im Ilsenstein;
Komm mit nach meinem Schlosse,
Wir wollen selig sein.

Dein Haupt will ich benetzen
Mit meiner klaren Well',
Du sollst deine Schmerzen vergessen,
Du sorgenkranker Gesell!

In meinen weißen Armen,
An meiner weißen Brust,
Da sollst du liegen und träumen
Von alter Märchenlust.

Ich will dich küssen und herzen,
Wie ich geherzt und geküßt
Den lieben Kaiser Heinrich,
Der nun gestorben ist.

Es bleiben todt die Todten,
Und nur der Lebendige lebt;
Und ich bin schön und blühend,
Mein lachendes Herze bebt.

Komm in mein Schloß herunter,
In mein krystallenes Schloß,

Dort tanzen die Fräulein und Ritter,
Es jubelt der Knappentroß.[1]

Es rauschen die seidenen Schleppen,
Es klirren die Eisensporn,
Die Zwerge trompeten und pauken,
Und fiedeln und blasen das Horn.

Doch dich soll mein Arm umschlingen,
Wie er Kaiser Heinrich umschlang; —
Ich hielt ihm zu die Ohren,
Wenn die Trompet' erklang.

1) Statt der obigen, finden sich im ältesten Abdruck folgende zwei Strophen:

Und bebt mein Herz dort unten,
Braust oben der Wasserfall.
Die Eichen und Buchen schauern,
Es trillert die Nachtigall.

Und bebt mein Herz dort unten,
So klingt mein krystallenes Schloß,
Es tanzen die Fräulein und Ritter,
Es jubelt der Knappentroß.

Die Nordsee.

(1825—1826.)

Friedrich Merckel

sind die Bilder der Nordsee

freundschaftlichst zugeeignet

vom Verfasser.*

*) Die Widmung an Merckel findet sich nur in den ältesten Auflagen des „Buches der Lieder,“ sowie in der zweiten und den späteren Auflagen des ersten Bandes der „Reisebilder,“ woselbst sie lautet: „Herrn Friedrich Merckel widmet diese Bilder der Nordsee der Verfasser.“

Erster Cyklus.

Uneigennützig zu sein in Allem, am uneigennützigsten in Liebe und Freundschaft, war meine höchste Lust, meine Maxime, meine Ausübung, so daß jenes freche, spätere Wort: „Wenn ich dich liebe, was geht's dich an?" mir recht aus der Seele gesprochen ist.

(Aus Goethe's „Dichtung und Wahrheit," vierzehntes Buch.)*

1.

Krönung.**

Ihr Lieder! Ihr meine guten Lieder!
Auf, auf! und wappnet euch!
Lasst die Trompeten klingen,
Und hebt mir auf den Schild
Dies junge Mädchen,
Das jetzt mein ganzes Herz
Beherrschen soll, als Königin.

Heil dir! du junge Königin!

*) Dies Motto findet sich nur in der ältesten Auflage des ersten Bandes der „Reisebilder."

**) Unter der Überschrift: „Huldigung" zuerst abgedruckt in den „Reisebildern," Bd. I, 1826.

Von der Sonne droben
Reiß' ich das strahlend rothe Gold,
Und webe draus ein Diadem
Für dein geweihtes Haupt.
Von der flatternd blauseidnen Himmelsdecke,
Worin die Nachtdiamanten blitzen,
Schneid' ich ein kostbar Stück,
Und häng' es dir als Krönungsmantel
Um deine königliche Schulter.
Ich gebe dir einen Hofstaat
Von steifgeputzten Sonetten,
Stolzen Terzinen und höflichen Stanzen;
Als Läufer diene dir mein Witz,
Als Hofnarr meine Phantasie,
Als Herold, die lachende Thräne im Wappen,
Diene dir mein Humor.
Aber ich selber, Königin,
Ich kniee vor dir nieder,
Und huld'gend, auf rothem Sammetkissen,
Überreiche ich dir
Das bißchen Verstand,
Das mir aus Mitleid noch gelassen hat
Deine Vorgängerin im Reich.

2.

Abenddämmerung.*

Am blassen Meeresstrande
Saß ich gedankenbekümmert und einsam.
Die Sonne neigte sich tiefer, und warf
Glührothe Streifen auf das Wasser,
Und die weißen, weiten Wellen,
Von der Fluth gedrängt,
Schäumten und rauschten näher und näher —
Ein seltsam Geräusch, ein Flüstern und Pfeifen,
Ein Lachen und Murmeln, Seufzen und Sausen,
Dazwischen ein wiegenliedheimliches Singen —
Mir war, als hört' ich verschollne Sagen,
Uralte, liebliche Märchen,
Die ich einst als Knabe
Von Nachbarskindern vernahm,
Wenn wir am Sommerabend
Auf den Treppensteinen der Hausthür
Zum stillen Erzählen niederkauerten
Mit kleinen, horchenden Herzen
Und neugierklugen Augen;
Während die großen Mädchen
Neben duftenden Blumentöpfen
Gegenüber am Fenster saßen,
Rosengesichter,
Lächelnd und mondbeglänzt.

*) Zuerst abgedruckt in den „Reisebildern," Bd. I, 1826.

3.

Sonnenuntergang.*

Die glühend rothe Sonne steigt
Hinab ins weit aufschauernde,
Silbergraue Weltmeer;
Luftgebilde, rosig angehaucht,
Wallen ihr nach; und gegenüber,
Aus herbstlich dämmernden Wolkenschleiern,
Ein traurig todblasses Antlitz,
Bricht hervor der Mond,
Und hinter ihm, Lichtfünkchen,
Nebelweit, schimmern die Sterne.

Einst am Himmel glänzten,
Ehlich vereint,
Luna, die Göttin, und Sol, der Gott,
Und es wimmelten um sie her die Sterne,
Die kleinen, unschuldigen Kinder.

Doch böse Zungen zischelten Zwiespalt,
Und es trennte sich feindlich
Das hohe, leuchtende Ehpaar.

Jetzt am Tage, in einsamer Pracht,
Ergeht sich dort oben der Sonnengott,

*) Zuerst abgedruckt in den „Reisebildern,“ Bd. I. 1826.

Ob seiner Herrlichkeit
Angebetet und vielbesungen
Von stolzen, glückgehärteten Menschen.
Aber des Nachts
Am Himmel wandelt Luna,
Die arme Mutter,
Mit ihren verwaisten Sternenkindern,
Und sie glänzt in stiller Wehmuth,[1]
Und liebende Mädchen und sanfte Dichter
Weihen ihr Thränen und Lieder.

Die weiche Luna! Weiblich gesinnt,
Liebt sie noch immer den schönen Gemahl.
Gegen Abend, zitternd und bleich,
Lauscht sie hervor aus leichtem Gewölk,
Und schaut nach dem Scheidenden, schmerzlich,
Und möchte ihm ängstlich rufen: „Komm!
Komm! die Kinder verlangen nach dir —“
Aber der trotzige Sonnengott,
Bei dem Anblick der Gattin erglüht er
In doppeltem Purpur,
Vor Zorn und Schmerz,
Und unerbittlich eilt er hinab
In sein fluthenkaltes Wittwerbett.

* * *

Böse, zischelnde Zungen
Brachten also Schmerz und Verderben
Selbst über ewige Götter.
Und die armen Götter, oben am Himmel
Wandeln sie, qualvoll,
Trostlos unendliche Bahnen,

1) in stummer Wehmuth.

Und können nicht sterben,
Und schleppen mit sich
Ihr strahlendes Elend.

Ich aber, der Mensch,
Der Niedrig-gepflanzte, der Tod-beglückte,
Ich klage nicht länger.

4.

Die Nacht am Strande.*

Sternlos und kalt ist die Nacht,
Es gähnt das Meer;
Und über dem Meer, platt auf dem Bauch,
Liegt der ungestaltete Nordwind,
Und heimlich, mit ächzend gedämpfter Stimme,
Wie'n störriger Griesgram, der gut gelaunt wird,
Schwatzt er ins Wasser hinein,
Und erzählt viel' tolle Geschichten,
Riesenmärchen, todschlaglaunig,
Uralte Sagen aus Norweg,
Und dazwischen, weitschallend, lacht er und heult er
Beschwörungslieder der Edda,
Auch Runensprüche,[1]
So dunkeltrotzig und zaubergewaltig,
Daß die weißen Meerkinder
Hoch aufspringen und jauchzen,
Übermuth-berauscht.

*) Zuerst abgedruckt in den „Reisebildern," Bd. I, 1826.

1) Graue Runensprüche.

Derweilen, am flachen Gestade,
Über den fluthbefeuchteten Sand
Schreitet ein Fremdling, mit einem Herzen,
Das wilder noch als Wind und Wellen.
Wo er hintritt,
Sprühen Funken, und knistern die Muscheln;
Und er hüllt sich fest in den grauen Mantel,
Und schreitet rasch durch die wehende Nacht;
Sicher geleitet vom kleinen Lichte,
Das lockend und lieblich schimmert
Aus einsamer Fischerhütte.

Vater und Bruder sind auf der See,
Und mutterseelallein blieb dort
In der Hütte die Fischertochter,
Die wunderschöne Fischertochter.
Am Herde sitzt sie,
Uud horcht auf des Wasserkessels
Ahnungssüßes, heimliches Summen,
Und schüttet knisterndes Reisig ins Feuer,
Und bläst hinein,
Daß die flackernd rothen Lichter
Zauberlieblich wiederstrahlen
Auf das blühende Antlitz,
Auf die zarte, weiße Schulter,
Die rührend hervorlauscht
Aus dem groben, grauen Hemde,
Und auf die kleine, sorgsame Hand,
Die das Unterröckchen fester bindet
Um die feine Hüfte.

Aber plötzlich, die Thür springt auf,
Und es tritt herein der nächtige Fremdling;
Liebesicher ruht sein Auge

Auf dem weißen, schlanken Mädchen,
Das schauernd vor ihm steht,
Gleich einer erschrockenen Lilje;
Und er wirft den Mantel zur Erde,
Und lacht und spricht:

„Siehst du, mein Kind, ich halte Wort,
Und ich komme, und mit mir kommt
Die alte Zeit, wo die Götter des Himmels
Niederstiegen zu Töchtern der Menschen,
Und die Töchter der Menschen umarmten,
Und mit ihnen zeugten
Sceptertragende Königsgeschlechter
Und Helden, Wunder der Welt.
Doch staune, mein Kind, nicht länger
Ob meiner Göttlichkeit,
Und ich bitte dich, koche mir Thee mit Rum,
Denn draußen war's kalt,
Und bei solcher Nachtluft
Frieren auch wir, wir ewigen Götter,
Und kriegen wir leicht den göttlichsten Schnupfen
Und einen unsterblichen Husten.“

5.

Poseidon.*

Die Sonnenlichter spielten
Über das weithinrollende Meer;
Fern auf der Rhede glänzte das Schiff,
Das mich zur Heimat tragen sollte;
Aber es fehlte an gutem Fahrwind,
Und ich saß noch ruhig auf weißer Düne
Am einsamen Strand.
Und ich las das Lied vom Odysseus,
Das alte, das ewig junge Lied,
Aus dessen meerdurchrauschten Blättern
Mir freudig entgegenstieg
Der Athem der Götter,
Und der leuchtende Menschenfrühling,
Und der blühende Himmel von Hellas.

Mein edles Herz begleitete treulich
Den Sohn des Laertes, in Irrfahrt und Drangsal,
Setzt' sich mit ihm, seelenbekümmert,
An gastliche Herde,
Wo Königinnen Purpur spinnen,
Und half ihm lügen und glücklich entrinnen
Aus Riesenhöhlen und Nymphenarmen,
Folgte im nach in kimmerische Nacht,

*) Zuerst abgedruckt in den „Reisebildern," Bd. I, 1826.

Und in Sturm und Schiffbruch,
Und duldete mit ihm unsägliches Elend.

Seufzend sprach ich: Du böser Poseidon,
Dein Zorn ist furchtbar,
Und mir selber bangt
Ob der eignen Heimkehr.

Kaum sprach ich die Worte,
Da schäumte das Meer,
Und aus den weißen Wellen stieg
Das schilfbekränzte Haupt des Meergotts,
Und hönisch rief er:

„Fürchte dich nicht, Poetlein!
Ich will nicht im geringsten gefährden
Dein armes Schiffchen,
Und nicht dein liebes Leben beängst'gen
Mit allzubedenklichem Schaukeln.
Denn du, Poetlein, hast nie mich erzürnt,
Du hast mir kein einziges Thürmchen verletzt
An Priamos' heiliger Feste,
Kein einziges Härchen hast du versengt
Am Aug' meines Sohns Polyphemos,
Und dich hat niemals rathend beschützt
Die Göttin der Klugheit, Pallas Athenė."

Also rief Poseidon
Und tauchte zurück ins Meer;
Und über den groben Seemannswitz
Lachten unter dem Wasser
Amphitrite, das plumpe Fischweib,
Und die dummen Töchter des Nereus.

6.

Erklärung.*

Herangedämmert kam der Abend,
Wilder toste die Fluth,
Und ich saß am Strand, und schaute zu
Dem weißen Tanz der Wellen,
Und meine Brust schwoll auf wie das Meer,
Und sehnend ergriff mich ein tiefes Heimweh
Nach dir, du holdes Bild,
Das überall mich umschwebt,
Und überall mich ruft,
Überall, überall,
Im Sausen des Windes, im Brausen des Meers,
Und im Seufzen der eigenen Brust.

Mit leichtem Rohr schrieb ich in den Sand:
„Agnes, ich liebe dich!"
Doch böse Wellen ergossen sich
Über das süße Bekenntnis,
Und löschten es aus.

Zerbrechliches Rohr, zerstiebender Sand,
Zerfließende Wellen, euch trau' ich nicht mehr!
Der Himmel wird dunkler, mein Herz wird wilder,
Und mit starker Hand, aus Norweg's Wäldern,

*) Zuerst abgedruckt in den „Reisebildern," Bd. I, 1826.

Reiß' ich die höchste Tanne,
Und tauche sie ein
In des Ätna's glühenden Schlund, und mit solcher
Feuergetränkten Riesenfeder
Schreib' ich an die dunkle Himmelsdecke:
„Agnes, ich liebe dich!"

Jedwede Nacht lodert alsdann
Dort oben die ewige Flammenschrift,
Und alle nachwachsenden Enkelgeschlechter
Lesen jauchzend die Himmelsworte:
„Agnes, ich liebe dich!"

7.

Nachts in der Kajüte.*

Das Meer hat seine Perlen,
Der Himmel seine Sterne,
Aber mein Herz, mein Herz,
Mein Herz hat seine Liebe.

Groß ist das Meer und der Himmel,
Doch größer ist mein Herz,
Und schöner als Perlen und Sterne
Leuchtet und strahlt meine Liebe.

*) Zuerst abgedruckt in den „Reisebildern," Bd. I, 1826.

Du kleines, junges Mädchen,
Komm an mein großes Herz;
Mein Herz und das Meer und der Himmel
Vergehn vor lauter Liebe.

* * *

An die blaue Himmelsdecke,
Wo die schönen Sterne blinken,
Möcht' ich pressen meine Lippen,
Pressen wild und stürmisch weinen.

Jene Sterne sind die Augen
Meiner Liebsten, tausendfältig
Schimmern sie und grüßen freundlich
Aus der blauen Himmelsdecke.

Nach der blauen Himmelsdecke,
Nach den Augen der Geliebten,
Heb' ich andachtsvoll die Arme,
Und ich bitte[1] und ich flehe:

Holde Augen, Gnadenlichter,
O, beseligt meine Seele,
Lasst mich sterben und erwerben
Euch und euren ganzen Himmel!

* * *

Aus den Himmelsaugen droben
Fallen zitternd goldne Funken[2]
Durch die Nacht, und meine Seele
Dehnt sich liebeweit und weiter.

1) Und ich bete.
2) lichte Funken

O, ihr Himmelsaugen droben!
Weint euch aus in meine Seele,
Daß von lichten[3] Sternenthränen
Überfließet meine Seele.

* * *

Eingewiegt von Meereswellen
Und von träumenden Gedanken,
Lieg' ich still in der Kajüte,
In dem dunkeln Winkelbette.

Durch die offne Luke schau' ich
Droben hoch die hellen Sterne,
Die geliebten, süßen Augen
Meiner süßen Vielgeliebten.

Die geliebten, süßen Augen
Wachen über meinem Haupte,
Und sie blinken[4] und sie winken
Aus der blauen Himmelsdecke.

Nach der blauen Himmelsdecke
Schau' ich selig lange Stunden,
Bis ein weißer Nebelschleier
Mir verhüllt die lieben Augen.

* * *

An die bretterne Schiffswand,
Wo mein träumendes Haupt liegt,
Branden die Wellen, die wilden Wellen;
Sie rauschen und murmeln
Mir heimlich ins Ohr:

[3]) Daß von lieben
[4]) Und sie klingen.

„Bethörter Geselle!
Dein Arm ist kurz, und der Himmel ist weit,
Und die Sterne droben sind festgenagelt
Mit goldnen Nägeln, —[5]
Vergebliches Sehnen, vergebliches Seufzen,
Das Beste wäre, du schliefest ein.“

* * *

Es träumte mir von einer weiten Heide,
Weit überdeckt von stillem, weißem Schnee,[6]
Und unterm weißen Schnee lag ich begraben
Und schlief den einsam kalten Todesschlaf.

Doch droben aus dem dunkeln Himmel schauten
Herunter auf mein Grab die Sternenaugen,
Die süßen Augen! und sie glänzten sieghaft
Und ruhig heiter, aber voller Liebe.

8.

Sturm.*

Es wüthet der Sturm,
Und er peitscht die Wellen,[1]
Und die Welln[2] wuthschäumend und bäumend,
Thürmen sich auf, und es wogen lebendig
Die weißen Wasserberge,
Und das Schifflein erklimmt sie,

5) Diese Zeile fehlt in den älteren Auflagen.

6) von weißem, weißem Schnee,

*) Zuerst abgedruckt in den „Reisebildern.“ Bd. I. 1826.

1) die Welln,

2) Und die Wellen,

Hastig mühsam,
Und plötzlich stürzt es hinab
In schwarze, weitgähnende Fluthabgründe —

O Meer!
Mutter der Schönheit, der Schaumentstiegenen!
Großmutter der Liebe! schone meiner!
Schon flattert, leichenwitternd,
Die weiße, gespenstische Möwe,
Und wetzt an dem Mastbaum den Schnabel,
Und lechzt voll Fraßbegier nach dem Herzen,
Das vom Ruhm deiner Tochter ertönt,
Und das dein Enkel,[*] der kleine Schalk,
Zum Spielzeug erwählt.

Vergebens mein Bitten und Flehn!
Mein Rufen verhallt im tosenden Sturm,
Im Schlachtlärm der Winde.
Es braust und pfeift und prasselt und heult,
Wie ein Tollhaus von Tönen!
Und zwischendurch hör' ich vernehmbar
Lockende Harfenlaute,
Sehnsuchtwilden Gesang,
Seelenschmelzend und seelenzerreißend,
Und ich erkenne die Stimme.

Fern an schottischer Felsenküste,
Wo das graue Schlößlein hinausragt
Über die brandende See,
Dort am hochgewölbten Fenster,
Steht eine schöne, kranke Frau,

*) Und lechzt voll Fraßbegier nach dem Mund,
Der von Ruhm deiner Tochter ertönt,
| Und lechzt nach dem Herzen,
Das dein Enkel,

Zartdurchsichtig und marmorblaß,
Und sie spielt die Harfe und singt,
Und der Wind durchwühlt ihre langen Locken,
Und trägt ihr dunkles Lied
Über das weite, stürmende Meer.

9.

Meeresstille.*

Meeresstille! Ihre Strahlen
Wirft die Sonne auf das Wasser,
Und im wogenden Geschmeide
Zieht das Schiff die grünen Furchen.

Bei dem Steuer liegt der Bootsmann
Auf dem Bauch, und schnarchet leise.
Bei dem Mastbaum, segelflickend,
Kauert der betheerte Schiffsjung'.

Hinterm Schmutze seiner Wangen
Sprüht es roth, wehmüthig zuckt es
Um das breite Maul, und schmerzlich
Schaun die großen, schönen Augen.

Denn der Kapitän steht vor ihm,
Tobt und flucht und schilt ihn: „Spitzbub',
Spitzbub'! einen Hering hast du
Aus der Tonne mir gestohlen!"

*) Zuerst abgedruckt in den „Reisebildern," Bd. I, 1826.

Meeresstille! Aus den Wellen
Taucht hervor ein kluges Fischlein,
Wärmt das Köpfchen an der Sonne,
Plätschert lustig mit dem Schwänzchen.

Doch die Möwe, aus den Lüften,
Schießt herunter auf das Fischlein,
Und den raschen Raub im Schnabel
Schwingt sie sich hinauf ins Blaue.

10.

Seegespenst.*

Ich aber lag am Rande des Schiffes,
Und schaute, träumenden Auges,
Hinab in das spiegelklare Wasser,
Und schaute tiefer und tiefer —
Bis tief im Meeresgrunde,
Anfangs wie dämmernde Nebel,
Jedoch allmählich farbenbestimmter,
Kirchenkuppel und Thürme sich zeigten,
Und endlich, sonnenklar, eine ganze Stadt,
Alterthümlich niederländisch,
Und menschenbelebt.
Bedächtige Männer, schwarzbemäntelt,
Mit weißen Halskrausen und Ehrenketten,
Und langen Degen und langen Gesichtern,

*) Zuerst abgedruckt in den „Reisebildern,“ Bd. I. 1826.

Schreiten über den wimmelnden Marktplatz
Nach dem treppenhohen Rathhaus,
Wo steinerne Kaiserbilder
Wacht halten mit Scepter und Schwert.
Unferne, vor langen Häuserreihn,
Wo spiegelblanke Fenster
Und pyramidisch beschnittene Linden,
Wandeln seidenrauschende Jungfern,
Schlanke Leibchen, die Blumengesichter
Sittsam umschlossen von schwarzen Mützchen
Und hervorquellendem Goldhaar.[1]
Bunte Gesellen, in spanischer Tracht,
Stolzieren vorüber und nicken.
Bejahrte Frauen,
In braunen, verschollnen Gewändern,
Gesangbuch und Rosenkranz in der Hand,
Eilen, trippelnden Schritts,
Nach dem großen Dome,
Getrieben von Glockengeläute
Und rauschendem Orgelton.

Mich selbst ergreift des fernen Klangs
Geheimnisvoller Schauer!
Unendliches Sehnen, tiefe Wehmuth
Beschleicht mein Herz,
Mein kaum geheiltes Herz; —
Mir ist, als würden seine Wunden
Von lieben Lippen aufgeküsst,
Und thäten wieder bluten, —
Heiße, rothe Tropfen,

1) Unferne, vor langen Häuserreihn
Mit spiegelblanken Fenstern,
Stehn pyramidisch beschnittene Linden,
Und wandeln seidenrauschende Jungfraun,
Ein gülden Band um den schlanken Leib,
Die Blumengesichter sittsam umschlossen
Von schwarzen, sammtnen Mützchen,
Woraus die Lockenfülle hervordringt.

Die lang und langsam niederfalln
Auf ein altes Haus, dort unten
In der tiefen Meerstadt,
Auf ein altes, hochgegiebeltes Haus,
Das melancholisch menschenleer ist,
Nur daß am untern Fenster
Ein Mädchen sitzt,
Den Kopf auf den Arm gestützt,
Wie ein armes, vergessenes Kind —
Und ich kenne dich, armes, vergessenes Kind!

So tief, meertief also
Versteckest du dich vor mir
Aus kindischer Laune,
Und konntest nicht mehr herauf,[2]
Und saßest fremd unter fremden Leuten,
Jahrhunderte lang,[3]
Derweilen ich, die Seele voll Gram,
Auf der ganzen Erde dich suchte,
Und immer dich suchte,
Du Immergeliebte,
Du Längstverlorene,
Du Endlichgefundene —
Ich hab' dich gefunden und schaue wieder
Dein süßes Gesicht,
Die klugen, treuen Augen,
Das liebe Lächeln —
Und nimmer will ich dich wieder verlassen,
Und ich komme hinab zu dir,
Und mit ausgebreiteten Armen
Stürz' ich hinab an dein Herz —

[2]) hinauf.
[3]) Fünfhundert Jahre lang.

Aber zur rechten Zeit noch
Ergriff mich beim Fuß der Kapitän,
Und zog mich vom Schiffsrand,
Und rief, ärgerlich lachend:
„Doktor, sind Sie des Teufels?“

11.

Reinigung.*

Bleib du in deiner Meerestiefe,
Wahnsinniger Traum,
Der du einst so manche Nacht
Mein Herz mit falschem Glück gequält hast,
Und jetzt als Seegespenst
Sogar am hellen Tag mich bedrohest —
Bleib du dort unten in Ewigkeit,
Und ich werfe noch zu dir hinab
All' meine Schmerzen und Sünden,
Und die Schellenkappe der Thorheit,
Die so lange mein Haupt umklingelt,
Und die kalte, gleißende Schlangenhaut
Der Heuchelei,
Die mir so lang' die Seele umwunden,
Die kranke Seele,
Die gottverleugnende, engelverleugnende,
Unselige Seele —
Hoiho! Hoiho! Da kommt der Wind!

*) Zuerst abgedruckt in den „Reisebildern,“ Bd. I, 1826.

Die Segel auf! Sie flattern und schwelln!
Über die stillverderbliche Fläche
Eilet das Schiff,
Und es jauchzt die befreite Seele.

12.

Frieden.*

Hoch am Himmel stand die Sonne,
Von weißen Wolken umwogt;
Das Meer war still,
Und sinnend lag ich am Steuer des Schiffes,
Träumerisch sinnend, — und, halb im Wachen
Und halb im Schlummer, schaute ich Christus,
Den Heiland der Welt.
Im wallend weißen Gewande
Wandelt' er riesengroß
Über Land und Meer;
Es ragte sein Haupt in den Himmel,
Die Hände streckte er segnend
Über Land und Meer;
Und als ein Herz in der Brust
Trug er die Sonne,
Die rothe, flammende Sonne;
Und das rothe, flammende Sonnenherz
Goß seine Gnadenstrahlen

*) Zuerst abgedruckt in den „Reisebildern,“ Bd. I. 1826. — Im B. d. L. wurde bisher niemals die zweite Hälfte des Gedichtes mit abgedruckt, während sie in den „Reisebildern“ niemals gestrichen ward.

Und sein holdes, liebseliges Licht,
Erleuchtend und wärmend,
Über Land und Meer.

Glockenklänge zogen feierlich
Hin und her, zogen wie Schwäne,
An Rosenbändern,[1] das gleitende Schiff,
Und zogen es spielend ans grüne Ufer,
Wo Menschen wohnen, in hochgethürmter,
Ragender Stadt.

O Friedenswunder! Wie still die Stadt!
Es ruhte das dumpfe Geräusch
Der schwatzenden, schwülen Gewerbe,
Und durch die reinen, hallenden Straßen
Wandelten[2] Menschen, weißgekleidete,
Palmzweig-tragende,
Und wo sich Zwei begegneten,
Sahn sie sich an, verständnisinnig,
Und schauernd, in Liebe und süßer Entsagung,
Küssten sie sich auf die Stirne,
Und schauten hinauf
Nach des Heilands Sonnenherzen,
Das freudig versöhnend sein rothes Blut
Hinunterstrahlte,
Und dreimalselig sprachen sie:
„Gelobt sei Jesus[3] Christ!“

* *
*

Hättest du doch dies Traumbild ersonnen,
Was gäbest du drum,
Geliebtester!

1) Am Rosenbande,
2) Zogen
3) Jesu

Der du in Kopf und Lenden so schwach,
Und im Glauben so stark bist,
Und die Dreifaltigkeit ehrest in Einfalt,
Und den Mops und das Kreuz und die Pfote
Der hohen Gönnerin täglich küssest,
Und dich hinaufgefrömmelt hast
Zum Hofrath und dann zum Justizrath,
Und endlich zum Rathe bei der Regierung,
In der frommen Stadt,
Wo der Sand und der Glauben blüht,
Und der heiligen Sprea geduldiges Wasser
Die Seelen wäscht und den Thee verdünnt —
Hättest du doch dies Traumbild ersonnen,
Geliebtester!
Du trügest es höheren Ortes zu Markt,
Dein weiches, blinzelndes Antlitz
Verschwämme ganz in Andacht und Demuth,
Und die Hocherlauchte,
Verzückt und wonnebebend,
Sänke betend mit dir aufs Knie,
Und ihr Auge, selig strahlend,
Verhieße dir eine Gehaltzulage
Von hundert Thalern Preußisch Kourant,
Und du stammeltest händefaltend:
„Gelobt sei Jesus[4] Christ!"

[4]) Jesu

Zweiter Cyklus.

Motto: Xenophon's Anabasis, IV, 7.*

1.

Meergruß.**

Thalatta! Thalatta!
Sei mir gegrüßt, du ewiges Meer!
Sei mir gegrüßt zehntausendmal
Aus jauchzendem Herzen,
Wie einst dich begrüßten
Zehntausend Griechenherzen,
Unglückbekämpfende, heimatverlangende,
Weltberühmte Griechenherzen.

Es wogten die Fluthen,
Sie wogten und brausten,
Die Sonne goß eilig herunter-

*) In den späteren Auflagen der „Reisebilder" steht dies Motto auf der Rückseite des Titelblattes der „Nordsee," als auf beide Cyklen bezüglich.

**) Zuerst abgedruckt in den „Reisebildern," Bd. II, 1827.

Die spielenden Rosenlichter,
Die aufgescheuchten Möwenzüge
Flatterten fort, lautschreiend,
Es stampften die Rosse, es klirrten die Schilde,
Und weithin erscholl es wie Siegesruf:
„Thalatta! Thalatta!“

Sei mir gegrüßt, du ewiges Meer
Wie Sprache der Heimat rauscht mir dein Wasser,
Wie Träume der Kindheit seh' ich es flimmern
Auf deinem wogenden Wellengebiet,
Und alte Erinnrung erzählt mir aufs Neue
Von all dem lieben, herrlichen Spielzeug,
Von all' den blinkenden Weihnachtsgaben,
Von all' den rothen Korallenbäumen,
Goldfischchen, Perlen und bunten Muscheln,
Die du geheimnisvoll bewahrst,
Dort unten im klaren Krystallhaus.

O, wie hab' ich geschmachtet in öder Fremde
Gleich einer welken Blume
In des Botanikers blecherner Kapsel,
Lag mir das Herz in der Brust.
Mir ist, als säß ich winterlange,
Ein Kranker, in dunkler Krankenstube,
Und nun verlass' ich sie plötzlich,
Und blendend strahlt mir entgegen
Der smaragdene Frühling, der sonnengeweckte,
Und es rauschen die weißen Blüthenbäume,
Und die jungen Blumen schauen mich an
Mit bunten, duftenden Augen,
Und es duftet und summt und athmet und lacht,
Und im blauen Himmel singen die Vöglein —
Thalatta! Thalatta!

Du tapferes Rückzugherz!
Wie oft, wie bitteroft
Bedrängten dich des Nordens Barbarinnen!
Aus großen, siegenden Augen
Schossen sie brennende Pfeile;
Mit krummgeschliffenen Worten
Drohten sie mir die Brust zu spalten;
Mit Keilschriftbilletts zerschlugen sie mir
Das arme, betäubte Gehirn —
Vergebens hielt ich den Schild entgegen,
Die Pfeile zischten, die Hiebe krachten,
Und von des Nordens Barbarinnen
Ward ich gedrängt bis ans Meer —
Und frei aufathmend begrüß' ich das Meer,
Das liebe, rettende Meer,
Thalatta! Thalatta!

2.

Gewitter.*

Dumpf liegt auf dem Meer das Gewitter,
Und durch die schwarze Wolkenwand
Zuckt der zackige Wetterstrahl,
Rasch aufleuchtend und rasch verschwindend,
Wie ein Witz aus dem Haupte Kronion's.
Über das wüste, wogende Wasser
Weithin rollen die Donner,

*) Zuerst abgedruckt in den „Reisebildern," Bd. II, 1827.

Und springen die weißen Wellenrosse,
Die Boreas selber gezeugt
Mit des Erichthon's reizenden Stuten,
Und es flattert ängstlich das Seegevögel,
Wie Schattenleichen am Styx,
Die Charon abwies vom nächtlichen Kahn.

Armes, lustiges Schifflein,
Das dort dahintanzt den schlimmsten Tanz!
Äolus schickt ihm die flinksten Gesellen,
Die wild aufspielen zum fröhlichen Reigen;
Der Eine pfeift, der Andre bläst,
Der Dritte streicht den dumpfen Brummbaß —
Und der schwankende Seemann steht am Steuer
Und schaut beständig nach der Boussole,
Der zitternden Seele des Schiffes,
Und hebt die Hände flehend zum Himmel:
„O rette mich, Kastor, reisiger Held,
Und du, Kämpfer der Faust, Polydeukes!“

3.

Der Schiffbrüchige.*

Hoffnung und Liebe! Alles zertrümmert!
Und ich selber, gleich einer Leiche,
Die grollend ausgeworfen das Meer,
Lieg' ich am Strande,

*) Zuerst abgedruckt in den „Reisebildern,“ Bd. II, 1827.

Am öden, kahlen Strande.
Vor mir woget die Wasserwüste,
Hinter mir liegt nur Kummer und Elend,
Und über mich hin ziehen die Wolken,
Die formlos grauen Töchter der Luft,
Die aus dem Meer, in Nebeleimern,
Das Wasser schöpfen,
Und es mühsam schleppen und schleppen,
Und es wieder verschütten ins Meer,
Ein trübes, langweil'ges Geschäft,
Und nutzlos, wie mein eignes Leben.

Die Wogen murmeln, die Möwen schrillen,
Alte Erinnrungen wehen mich an,
Vergessene Träume, erloschene Bilder,
Qualvoll süße, tauchen hervor.

Es lebt ein Weib im Norden,
Ein schönes Weib, königlich schön.
Die schlanke Cypressengestalt
Umschließt ein lüstern weißes Gewand;
Die dunkle Lockenfülle,
Wie eine selige Nacht
Von dem flechteugekrönten Haupt sich ergießend,[1]
Ringelt sich träumerisch süß
Um das süße, blasse Antlitz;
Und aus dem süßen, blassen Antlitz,
Groß und gewaltig, strahlt ein Auge,
Wie eine schwarze Sonne.

O, du schwarze Sonne, wie oft,
Entzückend oft, trank ich aus dir

1) Wie eine selige Nacht, ergießt sich
Von dem hohen, flechtengekrönten Haupte,
Sie ringelt sich 2c.

Die wilden Begeistrungsflammen,
Und stand, und taumelte, feuerberauscht —
Dann schwebte ein taubenmildes Lächeln
Um die hochgeschürzten, stolzen Lippen,
Und die hochgeschürzten, stolzen Lippen
Hauchten Worte, süß wie Mondlicht
Und zart wie der Duft der Rose —
Und meine Seele erhob sich
Und flog, wie ein Aar, hinauf in den Himmel!

Schweigt, ihr Wogen und Möwen!
Vorüber ist Alles, Glück und Hoffnung,
Hoffnung und Liebe! Ich liege am Boden,
Ein öder, schiffbrüchiger Mann,
Und drücke mein glühendes Antlitz
In den feuchten Sand.

4.

Untergang der Sonne.*

Die schöne Sonne
Ist ruhig hinabgestiegen ins Meer;
Die wogenden Wasser sind schon gefärbt
Von der dunkeln Nacht,
Nur noch die Abendröthe
Überstreut sie mit goldnen Lichtern,

*) Mit der Überschrift: „Sonnenuntergang“ zuerst abgedruckt im „Berliner Konversations-Blatt für Poesie, Literatur und Kunst,“ erster Jahrgang, Nr. 28, vom 8. Februar 1827.

Und die rauschende Fluthgewalt
Drängt ans Ufer die weißen Wellen,
Die lustig und hastig hüpfen,
Wie wollige Lämmerherden,
Die Abends der singende Hirtenjunge
Nach Hause treibt.

„Wie schön ist die Sonne!“
So sprach nach langem Schweigen der Freund,
Der mit mir am Strande wandelte,
Und scherzend halb und halb wehmüthig
Versichert' er mir: die Sonne sei
Eine schöne Frau, die den alten Meergott
Aus Konvenienz geheirathet;
Des Tages über wandle sie freudig
Am hohen Himmel, purpurgeputzt
Und diamantenblitzend,
Und allgeliebt und allbewundert
Von allen Weltkreaturen,
Und alle Weltkreaturen erfreuend
Mit ihres Blickes Licht und Wärme;
Aber des Abends, trostlos gezwungen,
Kehre sie wieder zurück
In das nasse Haus,[1] in die öden Arme
Des greisen Gemahls.

„Glaub mir's,“[2] — setzte hinzu der Freund,
Und lachte und seufzte und lachte wieder —
„Die führen dort unten die zärtlichste Ehe!
Entweder sie schlafen, oder sie zanken sich,
Daß hoch aufbraust hier oben das Meer
Und der Schiffer im Wellengeräusch es hört,

1) In das feuchte Haus.
2) „Glaub mir.“

Wie der Alte sein Weib ausschilt:
„Runde Metze des Weltalls!
Strahlenbuhlende!
Den ganzen Tag glühst du für Andre,
Und Nachts, für mich, bist du frostig und müde!“
Nach solcher Gardinenpredigt,
Versteht sich! bricht dann aus in Thränen
Die stolze Sonne und klagt ihr Elend,
Und klagt so jammerlang, daß der Meergott
Plötzlich verzweiflungsvoll aus dem Bett springt,
Und schnell nach der Meeresfläche heraufschwimmt,
Um Luft und Besinnung zu schöpfen.

„So sah ich ihn selbst verflossene Nacht
Bis an die Brust dem Meer enttauchen.
Er trug eine Jacke von gelbem Flanell,
Und eine liljenweiße Schlafmütz', [3]
Und ein abgewelktes Gesicht.“

5.

Der Gesang der Okeaniden.*

Abendlich blasser wird es am Meer, [1]
Und einsam, mit seiner einsamen Seele,
Sitzt dort ein Mann auf dem kahlen Strand,
Und schaut todtkalten Blickes hinauf

[3]) Nachtmütz',

*) Zuerst abgedruckt im „Berliner Konversations-Blatt,“ Nr. 68, vom 29. März 1827.

1) Meere,

Nach der weiten, todtkalten Himmelswölbung,
Und schaut auf das weite, wogende Meer —
Und über das weite, wogende Meer,
Lüftesegler,[2] ziehn seine Seufzer,
Und kehren zurück,[3] trübselig,
Und hatten verschlossen gefunden das Herz,
Worin sie ankern wollten —
Und er stöhnt so laut, daß die weißen Möwen,
Aufgescheucht aus den sandigen Nestern,
Ihn herdenweis umflattern,
Und er spricht zu ihnen die lachenden Worte:

„Schwarzbeinigte Vögel,
Mit weißen Flügeln, Meer-überflatternde,
Mit krummen Schnäbeln Seewasser-saufende,
Und thranigtes Robbenfleisch-fressende,
Eu'r Leben ist bitter wie eure Nahrung!
Ich aber, der Glückliche, koste nur Süßes!
Ich koste den süßen Duft der Rose,
Der Mondschein-gefütterten Nachtigallbraut!
Ich koste noch süßeres Zuckerbackwerk,
Gefüllt mit geschlagener Sahne;[4]
Und das Allersüßeste kost' ich,
Süße Liebe und süßes Geliebtsein.

„Sie liebt mich! sie liebt mich, die holde Jungfrau!
Jetzt steht sie daheim am Erker des Hauses,
Und schaut in die Dämmrung hinaus auf die Landstraß',
Und horcht und sehnt sich nach mir — wahrhaftig!
Vergebens späht sie umher und sie seufzet,
Und seufzend steigt sie hinab in den Garten,
Und wandelt in Duft und Mondschein,

2) Wie Lüftesegler,
3) Und kehren wieder,

4) Ich koste noch süßere Josty-Baisers,
Mit weißer Seligkeit gefüllte;

Und spricht mit den Blumen, erzählet ihnen,
Wie ich, der Geliebte, so lieblich bin
Und so liebenswürdig — wahrhaftig!
Nachher im Bette, im Schlafe, im Traum,
Umgaukelt sie selig mein theures Bild,
Sogar des Morgens, beim Frühstück,
Auf dem glänzenden Butterbrote,
Sieht sie mein lächelndes Antlitz,
Und sie frisst es auf vor Liebe — wahrhaftig!"

Also prahlt er und prahlt er,
Und zwischendrein schrillen die Möwen,
Wie kaltes, ironisches Kichern.
Die Dämmrungsnebel steigen herauf;
Aus violettem Gewölk, unheimlich,
Schaut hervor der grasgelbe Mond!
Hoch aufrauschen die Meereswogen,
Und tief aus hoch aufrauschendem Meer,
Wehmüthig wie flüsternder Windzug,
Tönt der Gesang der Okeaniden,
Der schönen mitleidigen[5] Wasserfraun,
Vor allem vernehmbar die liebliche Stimme
Der silberfüßigen Peleus-Gattin,
Und sie seufzen und singen:

„O Thor, du Thor, du prahlender Thor!
Du kummergequälter!
Dahingemordet sind all' deine Hoffnungen,
Die tändelnden Kinder des Herzens,
Und, ach! dein Herz, Nioben gleich,[6]
Versteinert vor Gram!
In deinem Haupte wird's Nacht,

[5]) mitleid'gen
[6]) Und, ach! dein Herz, dein Niobe-Herz,

Und es zucken hindurch die Blitze des Wahnsinns,
Und du prahlst vor Schmerzen!
O Thor, du Thor, du prahlender Thor!
Halsstarrig bist du wie dein Ahnherr,
Der hohe Titane, der himmlisches Feuer
Den Göttern stahl und den Menschen gab,
Und Geier-gequälet, Felsen-gefesselt,
Olymp-auf trotzte und trotzte und stöhnte,
Daß wir es hörten im tiefen Meer,
Und zu ihm kamen mit Trostgesang.
O Thor, du Thor, du prahlender Thor!
Du aber bist ohnmächtiger noch,
Und es wäre vernünftig, du ehrtest die Götter,
Und trügest geduldig die Last des Elends,
Und trügest geduldig so lange, so lange,
Bis Atlas selbst die Geduld verliert,
Und die schwere Welt von den Schultern abwirft
In die ewige Nacht."

So scholl der Gesang der Okeaniden,
Der schönen, mitleidigen Wasserfraun,
Bis lautere Wogen ihn überrauschten —
Hinter die Wolken zog sich der Mond,
Es gähnte die Nacht,
Und ich saß noch lange im Dunkeln und weinte.

6.

Die Götter Griechenlands.*

Vollblühender Mond! In deinem Licht,
Wie fließendes Gold, erglänzt das Meer;
Wie Tagesklarheit, doch dämmrig verzaubert,
Liegt's über der weiten Strandesfläche;
Und am hellblau'n, sternlosen Himmel
Schweben die weißen Wolken,
Wie kolossale Götterbilder
Von leuchtendem Marmor.

Nein, nimmermehr, Das sind keine Wolken!
Das sind sie selber, die Götter von Hellas,
Die einst so freudig die Welt beherrschten,
Doch jetzt, verdrängt und verstorben,
Als ungeheure Gespenster dahinziehn
Am mitternächtlichen Himmel.

Staunend und seltsam geblendet, betracht' ich
Das luftige Pantheon,
Die feierlich stummen, graunhaft bewegten
Riesengestalten.
Der dort ist Kronion, der Himmelskönig,
Schneeweiß sind die Locken des Haupts,
Die berühmten, Olympos-erschütternden Locken;

*) Zuerst abgedruckt im Berliner „Konversations-Blatt," Nr. 64, vom 30. März 1827.

Er hält in der Hand den erloschenen Blitz,
In seinem Antlitz [1] liegt Unglück und Gram,
Und doch noch immer der alte Stolz.
Das waren bessere Zeiten, o Zeus,
Als du dich himmlisch ergötztest
An Knaben und Nymphen und Hekatomben!
Doch auch die Götter regieren nicht ewig,
Die jungen verdrängen die alten,
Wie du einst selber den greisen Vater
Und deine Titanen-Öhme verdrängt hast,
Jupiter Parricida!
Auch dich erkenn' ich, stolze Juno! [2]
Trotz all deiner eifersüchtigen Angst,
Hat doch eine Andre das Scepter gewonnen,
Und du bist nicht mehr die Himmelskön'gin,
Und dein großes Aug' ist erstarrt,
Und deine Liljenarme sind kraftlos,
Und nimmermehr trifft deine Rache
Die gottbefruchtete Jungfrau
Und den wunderthätigen Gottessohn.
Auch dich erkenn' ich, Pallas Athene!
Mit Schild und Weisheit konntest du nicht
Abwehren das Götterverderben?
Auch dich erkenn' ich, auch dich, Aphrodite,
Einst die goldene! jetzt die silberne!
Zwar schmückt dich noch immer des Gürtels Liebreiz,
Doch graut mir heimlich vor deiner Schönheit,
Und wollt' mich beglücken dein gütiger Leib,
Wie andre Helden, ich stürbe vor Angst —
Als Leichengöttin erscheinst du mir,
Venus Libitina!

1) In seinem Gesichte
2) stolze Here!

Nicht mehr mit Liebe blickt nach dir,[3]
Dort, der schreckliche Ares.
Es schaut so traurig Phöbus Apollo,
Der Jüngling. Es schweigt seine Lei'r,
Die so freudig erklungen beim Göttermahl.
Noch trauriger schaut Hephaistos,
Und wahrlich! der Hinkende, nimmermehr
Fällt er Heben ins Amt,
Und schenkt geschäftig in der Versammlung
Den lieblichen Nektar. — Und längst ist erloschen
Das unauslöschliche Göttergelächter.

Ich hab' euch niemals geliebt, ihr Götter!
Denn widerwärtig sind mir die Griechen,
Und gar die Römer sind mir verhasst.
Doch heil'ges Erbarmen und schauriges Mitleid
Durchströmt mein Herz,
Wenn ich euch jetzt da droben schaue,
Verlassene Götter,
Todte, nachtwandelnde Schatten,
Nebelschwache, die der Wind verscheucht —
Und wenn ich bedenke, wie feig und windig
Die Götter sind, die euch besiegten,
Die neuen, herrschenden, tristen Götter,
Die Schadenfrohen im Schafspelz der Demuth —
O, da fasst mich ein düsterer Groll,
Und brechen möcht' ich die neuen Tempel,
Und kämpfen für euch, ihr alten Götter,
Für euch und eu'r gutes ambrosisches Recht,
Und vor euren hohen Altären,
Den wiedergebauten, den opferdampfenden,
Möcht' ich selber knieen und beten,
Und flehend die Arme erheben —

[3]) schaut nach dir

Denn immerhin, ihr alten Götter,
Habt ihr's auch ehmals in Kämpfen der Menschen
Stets mit der Partei der Sieger gehalten,
So ist doch der Mensch großmüth'ger als ihr,
Und in Götterkämpfen halt' ich es jetzt
Mit der Partei der besiegten Götter.

* *
*

Also sprach ich, und sichtbar errötheten
Droben die blassen Wolkengestalten,
Und schauten mich an wie Sterbende,
Schmerzenverklärt, und schwanden plötzlich;
Der Mond verbarg sich eben
Hinter Gewölk, das dunkler heranzog;
Hoch aufrauschte das Meer,
Und siegreich traten hervor am Himmel
Die ewigen Sterne.

7.

Fragen.*

Am Meer, am wüsten, nächtlichen Meer
Steht ein Jüngling-Mann,
Die Brust voll Wehmuth, das Haupt voll Zweifel,
Und mit düstern Lippen fragt er die Wogen:

„O löst mir das Räthsel des Lebens,
Das qualvoll uralte Räthsel,

* Zuerst abgedruckt in den „Reisebildern," Bd. II, 1827.

Worüber schon manche Häupter gegrübelt,
Häupter in Hieroglyphenmützen,
Häupter in Turban und schwarzem Barett,
Perückenhäupter und tausend andre
Arme, schwitzende Menschenhäupter —
Sagt mir, was bedeutet der Mensch?
Woher ist er kommen? Wo geht er hin?
Wer wohnt dort oben auf goldenen Sternen?

Es murmeln die Wogen ihr ew'ges Gemurmel,
Es wehet der Wind, es fliehen die Wolken,
Es blinken die Sterne gleichgültig und kalt,
Und ein Narr wartet auf Antwort.

8.

Der Phönix.*

Es kommt ein Vogel geflogen aus Westen,
Er fliegt gen Osten,
Nach der östlichen Gartenheimat,
Wo Spezereien duften und wachsen,
Und Palmen rauschen und Brunnen kühlen —
Und fliegend singt der Wundervogel:

„Sie liebt ihn! sie liebt ihn!
Sie trägt sein Bildnis im kleinen Herzen,
Und trägt es süß und heimlich verborgen,
Und weiß es selbst nicht!

*) Zuerst abgedruckt in den „Reisebildern." Bd. II, 1827. Der zweite Theil des Gedichtes führt dort als Nr. 9. die besondere Überschrift: „Echo."

Aber im Traume steht er vor ihr,
Sie bittet und weint und küsst seine Hände,
Und ruft seinen Namen,
Und rufend erwacht sie und liegt erschrocken,
Und reibt sich verwundert die schönen Augen —
Sie liebt ihn, sie liebt ihn!"

* * *

An den Mastbaum gelehnt, auf dem hohen Verdeck,
Stand ich und hört' ich des Vogels Gesang.
Wie schwarzgrüne Rosse mit silbernen Mähnen,
Sprangen die weißgekräuselten Wellen;
Wie Schwanenzüge schifften vorüber
Mit schimmernden Segeln die Helgolander,
Die kecken Nomaden der Nordsee!
Über mir in dem ewigen Blau,
Flatterte [1] weißes Gewölk
Und prangte die ewige Sonne,
Die Rose des Himmels, die feuerblühende,
Die freudvoll im Meer sich bespiegelte; —
Und Himmel und Meer und mein eigenes Herz [2]
Ertönten im Nachhall:
„Sie liebt ihn! sie liebt ihn!"

1) Über mein Haupt, im ewigen Blau,
Hinflatterte
2) mein eignes Herz

9.

Seekrankheit.*

Die grauen Nachmittagswolken
Senken sich tiefer hinab auf das Meer,
Das ihnen dunkel entgegensteigt,
Und zwischendurch jagt das Schiff.

Seekrank sitz' ich noch immer am Mastbaum,
Und mache Betrachtungen über mich selber,
Uralte, aschgraue Betrachtungen,
Die schon der Vater Loth gemacht,
Als er des Guten zu Viel genossen,
Und sich nachher so übel befand.
Mitunter denk' ich auch alter Geschichten:
Wie kreuzbezeichnete Pilger der Vorzeit
Auf stürmischer Meerfahrt das trostreiche Bildnis
Der heiligen Jungfrau gläubig küssten;
Wie kranke Ritter, in solcher Seenoth,
Den lieben Handschuh ihrer Dame
An die Lippen pressten, gleich getröstet —
Ich aber sitze und kaue verdrießlich
Einen alten Hering, den salzigen Tröster
In Katzenjammer und Hundetrübsal!

Unterdessen kämpft das Schiff
Mit der wilden, wogenden Fluth;

*) Nur abgedruckt in den „Reisebildern," 1. Aufl., Bd. II, 1826, und in Bd. I, der späteren Auflagen.

Wie'n bäumendes Schlachtross, stellt es sich jetzt
Auf das Hintertheil, dass das Steuer kracht,
Jetzt stürzt es kopfüber wieder hinab
In den heulenden Wasserschlund,
Dann wieder, wie sorglos liebematt,
Denkt es sich hinzulegen
An den schwarzen Busen der Riesenwelle,
Die mächtig heranbraust,
Und plötzlich, ein wüster Meerwasserfall,
In weißem Gekräusel zusammenstürzt
Und mich selbst mit Schaum bedeckt.

Dieses Schwanken und Schweben und Schaukeln
Ist unerträglich!
Vergebens späht mein Auge und sucht
Die deutsche Küste. Doch, ach! nur Wasser,
Und abermals Wasser, bewegtes Wasser!

Wie der Winterwandrer des Abends sich sehnt
Nach einer warmen, innigen Tasse Thee,
So sehnt sich jetzt mein Herz nach dir,
Mein deutsches Vaterland!
Mag immerhin dein süßer Boden bedeckt sein
Mit Wahnsinn, Husaren, schlechten Versen
Und laulig dünnen Traktätchen;[1]
Mögen immerhin deine Zebras
Mit Rosen sich mästen, statt mit Disteln;
Mögen immerhin deine noblen Affen
In müßigem Putz sich vornehm spreizen,
Und sich besser dünken, als all das andre
Banausisch schwerhinwandelnde Hornvieh;
Mag immerhin deine Schneckenversammlung

1) Und Gemüthsdiarrhoe-verbreitenden
Dünnen Traktätchen;

Sich für unsterblich halten,
Weil sie so langsam dahinkriecht,
Und mag sie täglich Stimmen sammeln,
Ob den Maden des Käses der Käse gehört?
Und noch lange Zeit in Berathung ziehn,
Wie man die ägyptischen Schafe veredle,
Damit ihre Wolle sich bessre
Und der Hirt sie scheren könne wie Andre,
Ohn' Unterschied —
Immerhin, mag Thorheit und Unrecht
Dich ganz bedecken, o Deutschland!
Ich sehne mich dennoch nach dir:
Denn wenigstens bist du doch festes Land.

10.

Im Hafen.*

Glücklich der Mann, der den Hafen erreicht hat,
Und hinter sich ließ das Meer und die Stürme,
Und jetzo warm und ruhig sitzt
Im guten Rathskeller zu Bremen.

Wie doch die Welt so traulich und lieblich
Im Römerglas sich widerspiegelt,
Und wie der wogende Mikrokosmus
Sonnig hinabfließt ins durstige Herz!
Alles erblick' ich im Glas,

*) Zuerst abgedruckt in den „Reisebildern," Bd. II, 1827.

Alte und neue Völkergeschichte,
Türken und Griechen, Hegel und Gans,
Citronenwälder und Wachtparaden,
Berlin und Schilda und Tunis und Hamburg,
Vor Allem aber das Bild der Geliebten,
Das Engelköpfchen auf Rheinweingoldgrund.

O, wie schön! wie schön bist du, Geliebte!
Du bist wie eine Rose!
Nicht wie die Rose von Schiras,
Die Hafis-besungene Nachtigallbraut;
Nicht wie die Rose von Saron,
Die heiligrothe, prophetengefeierte; —
Du bist wie die Ros' im Rathskeller zu Bremen!
Das ist die Rose der Rosen,
Je älter sie wird, je lieblicher blüht sie,
Und ihr himmlischer Duft, er hat mich beseligt,
Er hat mich begeistert, er hat mich berauscht,
Und hielt mich nicht fest, am Schopfe fest,
Der Rathskellermeister von Bremen,
Ich wäre gepurzelt!

Der brave Mann! wir saßen beisammen
Und tranken wie Brüder,
Wir sprachen von hohen heimlichen Dingen,
Wir seufzten und sanken uns in die Arme,
Und er hat mich bekehrt zum Glauben der Liebe, —
Ich trank auf das Wohl meiner bittersten Feinde,
Und allen schlechten Poeten vergab ich,
Wie einst mir selber vergeben soll werden,
Ich weinte vor Andacht, und endlich
Erschlossen sich mir die Pforten des Heils,
Wo die zwölf Apostel, die heil'gen Stückfässer,

Schweigend pred'gen, und doch so verständlich
Für alle Völker.

Das sind Männer!
Unscheinbar von außen, in hölzernen Röcklein,
Sind sie von innen schöner und leuchtender
Denn all die stolzen Leviten des Tempels
Und des Herodes Trabanten und Höflinge,
Die goldgeschmückten, die purpurgekleideten —
Hab' ich doch immer gesagt,
Nicht unter ganz gemeinen Leuten,
Nein, in der allerbesten Gesellschaft
Lebte beständig der König des Himmels!

Hallelujah! Wie lieblich umwehn mich
Die Palmen von Beth-El!
Wie duften die Myrrhen von Hebron!
Wie rauscht der Jordan und taumelt vor Freude! —
Auch meine unsterbliche Seele taumelt,
Und ich taumle mit ihr, und taumelnd
Bringt mich die Treppe hinauf, ans Tageslicht,
Der brave Rathskellermeister von Bremen.

Du braver Rathskellermeister von Bremen!
Siehst du, auf den Dächern der Häuser sitzen
Die Engel und sind betrunken und singen;
Die glühende Sonne dort oben
Ist nur eine rothe, betrunkene Nase,
Die Nase des Weltgeists;[1]
Und um die rothe Weltgeistnase
Dreht sich die ganze, betrunkene Welt.

1) Diese Zeile fehlt in der ältesten Ausgabe.

11.

Epilog.*

Wie auf dem Felde die Weizenhalmen
So wachsen und wogen im Menschengeist
Die Gedanken.
Aber die zarten Gedanken der Liebe
Sind wie lustig dazwischenblühende
Roth' und blaue Blumen.

Roth' und blaue Blumen!
Der mürrische Schnitter verwirft euch als nutzlos,
Hölzerne Flegel zerdreschen euch höhnend,
Sogar der hablose Wandrer,
Den eu'r Anblick ergötzt und erquickt,
Schüttelt das Haupt,
Und nennt euch schönes Unkraut.
Aber die ländliche Jungfrau,
Die Kränzewinderin,
Verehrt euch und pflückt euch,
Und schmückt mit euch die schönen Locken,
Und also geziert eilt sie zum Tanzplatz,
Wo Pfeifen und Geigen lieblich ertönen,
Oder zur stillen Buche,
Wo die Stimme des Liebsten noch lieblicher tönt,
Als Pfeifen und Geigen.

*) Zuerst abgedruckt in den „Reisebildern,“ Bd. II, 1827.

CPSIA information can be obtained
at www.ICGtesting.com
Printed in the USA
LVHW101649140522
718424LV00010B/125

9 783375 010317